KB274481

괴물을
사랑한
여자들

괴물을 사랑한 여자들
김용만 장편소설

초판 인쇄 | 2008년 8월 20일
초판 발행 | 2008년 8월 25일

지은이 | 김용만
펴낸이 | 신현운
펴는곳 | 연인M&B
디자인 | 이희정
기 획 | 여인화
등 록 | 2000년 3월 7일 제2-3037호
주 소 | 143-874 서울특별시 광진구 자양동 680-25호(2층)
전 화 | (02)455-3987 팩스 | (02)3437-5975
홈주소 | www.yeoninmb.co.kr
이메일 | yeonin7@hanmail.net

값 10,000원

ⓒ 김용만 2008 Printed in Korea

ISBN 978-89-6253-005-6 03810

괴물을 사랑한 여자들

김용만 장편소설

연인 M&B

　2년 반 동안 문예지에 연재해 온 이 소설은 핍진성과 더불어 읽히는 재미에도 무게를 두었다.

　강도를 사랑한 두 여자의 이야기, 과연 있을 수 있는 이야기일까?

　왜 이런 작품을 썼는가?

　그 비현실성이 작품의 리얼리티에 흠이 되고 있음을 시인할 수밖에 없다. 학생들에게 소설작법을 강의해 온 사람이 정작 자신의 작품에서는 허점을 보인 그 파격성은 여주인공의 말을 통해 변명할 수밖에 없다.

　"나는 인간이 아닌 괴물을 잉태하고 싶었어."

　인간적인 삶이 얼마나 지루한지를 일깨워주는 대목이다.

　지금 같은 세상에 그런 말을 할 수 있는 여자가 과연 몇이나 될까?

　진실이 무엇인지, 그 진실을 캐는데 얼마나 깊이 파고들 수 있는지, 이 작품은 그 캄캄한 화두에 매달린, 일종의 아포리즘인 셈이다.

2008년 8월

김용만

괴물을 사랑한 여자들

김용만 장편소설

톱스타와 빨간 벽등

늘씬한 포드20M 승용차가 성재 앞을 막아선다. 석양을 등에 업은 탓인지 차에서 내린 진화경의 모습이 스크린 속의 장면처럼 얼비친다. 그녀의 몸을 감싼 연초록 드레스에서는 톱스타, 여우주연상, 트로피 같은 화려한 이미지가 반짝인다.

"날 보고 싶지 않았어? 자그마치 8년 만이야."

화경의 목소리는 여전히 경쾌하다. 미모도 여전하다. 육감적인 몸매나 색정 어린 눈매도 여전하다.

하지만 그런 실제 모습과는 달리 팬들이 느끼는 화경의 이미지는 올무에 채인 새의 애처로운 눈빛에 비유되곤 한다. 비극의 여주인공 역을 자주 맡아온 탓도 있겠지만, 팬들이 그녀에 대해 깊이 살피지 못했다는 게 성재의 생각이다. 애처롭긴 하되 그 애처로운 운명을 즐기는 화경의 의연함을 간과했다는 말이다.

“8년? 그걸 계산하다니. 화경이답잖게.”

“어디 가는 길이었어?”

“그냥 걷던 중이야.”

“여기에 내 아지트가 있어. 차 한 잔 마시고 우리 집에 가면 어때?”

화경은 질문만 던져 놓은 채 성재의 손을 잡고 건물 2층으로 올라간다. 유리문을 열고 안으로 들어서자 너른 홀이 열리고, 나비넥타이를 맨 청년이 두 사람을 밀실처럼 생긴 사무실로 안내한다. 광화문 네거리가 한눈에 잡히는 외딴 공간이다. 소파에 마주 앉자 두 사람은 서로 상대방의 얼굴부터 살펴본다.

“그냥 걷다니? 공부 벌레가 왜 그리 한가해졌어? 얼굴이 많이 낡았는데, 어디 아파?”

“예나 지금이나 멀쩡해.”

“하긴 그 시절에도 빌빌댔지. 공부와 연애 말고는.”

“말투 여전하군.”

“성재를 만나니까 그래. 미안해. 말에 굶주려서 그래.”

“연예계가 말 많은 곳이라던데, 말에 굶주리다니?”

“말 많은 곳이니까 말을 못하는 거지.”

“뉴스 시간에 들었어. 신문에서도 읽었고. 암튼 장례식에 참석 못한 것 미안해.”

이태 전에 한 젊고 유망한 영화감독이 자기 집에서 분신한 사건이 있었다. 영화예술에 미치다시피한 그는 촬영장으로 달려가던 중 차가 전복되어 불이 나는 바람에 중화상을 입게 되었다. 게다가 화독으로 두 눈까지 잃게 되자 결국 비관 자살하고 말았는데 그가 바로 톱스타 진화경의 남편이었다.

"잘못된 뉴스야."

"잘못된 뉴스라니?"

"캐지 마. 나도 은미 소식을 안 물었잖아."

화경이 성재를 데리고 밖으로 나오자 기사가 그들 앞에 차를 댄다. 어스름이 깔린 거리에는 최루가스 냄새가 매캐하다. 또 데모가 있었던 모양이다. 대학생들의 함성은 낮과 밤을 가리지 않는다. 함성은 낮에는 하늘을 뒤덮는 먹구름이 되고 밤에는 어둠을 녹이는 불꽃이 되었다.

화경의 승용차는 남대문을 지나 남산 쪽으로 달린다. 고개를 넘어 후암동 산자락으로 빠지자 언덕에 외딴 저택 한 채가 드러난다. 대문을 통과한 차는 마당 복판에 두 사람을 내려놓고 뒤란 쪽으로 사라진다. 성벽에 갇힌 기분이다. 초승 달빛이 괴괴하다. 멀리 해방촌에서 들려오는 개 짖는 소리가 이따금 정적을 흔들 뿐이다.

"외모는 그럴듯하지만 집안은 엉망이야. 마당 잔디도 꼭 창녀 머리칼 같애. 질경이, 쇠뜨기, 클로버 같은 잡풀이 무성하거든."

화경이 우거진 정원수에 눈을 주며 시큰둥한 말을 던진다.

"하필 왜 창녀 머리칼이야?"

"그놈의 풀들은 아무리 쥐어뜯어도 끄떡없다구."

"우리 집은 더 해. 귀신이 나올 지경이야."

"거짓말 마. 깔끔 떠는 은미가 그냥 놔두겠니? 더구나 늬네 집은 서울에서도 소문난 호화 저택이잖아."

현관문이 열리고, 이십대 후반쯤으로 보이는 아가씨가 앞치마를 두른 채 달려 나온다. 부엌일을 보다 나온 모양이다. 화경이 친척이라고 소개했지만 가정부로 일하는 동거인 같다.

화려할 줄 알았던 실내는 오래된 집이어서 고풍스럽다 뿐이지 마루에 때가 끼고 벽이 헐어 보인다. 안방에는 화장대와 침대만 덜렁 놓여 있다. 톱스타의 방치고는 너무 검소하다 싶어 그 이유를 물으니 화려하게 꾸미는 건 딱 질색이라고 한다.

"실내장식에 신경을 쓰다 보면 머리에 잡념이 껴."

미리 준비해 두었는지 집안에 들어서기가 무섭게 가정부가 저녁상을 차려온다. 식사로는 국수를 삶아 낙지볶음에 곁들이고, 술안주로는 과일과 마른안주가 준비되었다. 성재가 먼저 밥상머리에 앉자 화경은 가슴이 드러난 빨간 드레스로 옷을 갈아입고 마주 앉는다.

그들은 국수로 대충 양을 채우고 나서 술을 들기 시작한다. 화경이 분위기를 내자며 전등을 끄고 촛불을 켜자 매실주 향기가 홍송목 촛대 사이를 흐른다.

"오늘 실컷 마시자구."

화경의 목소리가 먼저 풀어지기 시작한다.

"밤중에, 안방에서, 진화경이, 유부남과 술을 마신다? 자칫 가십에라도 오르면 낭패겠는걸."

"구질구질한 소리 마. 마약까지 한 내가 더 유명해지면 뭐하겠어. 차라리 추락하는 게 재밌잖겠니? 톱스타? 그거 무시해 버리면 편하다구.

인기? 홀랑 벗어던지면 그만이야."

화경이 성재 앞으로 손을 내밀자 성재가 두 손으로 살포시 그녀의 손을 잡아준다. 성재의 그런 따뜻한 정표는 마약을 복용하다 걸려든 그 상처에 대한 위로인 셈이다.

남편이 죽자 술에 젖어 지낸 화경은 대마초를 피우다가 끝내는 마약의 유혹에 빠져들었고, 정상참작으로 겨우 구속만은 면하게 되었지만 이미지 손상이 컸다.

"기본은 지켜야지. 그걸 안 지키면 방종이 되니까."

"넌, 예나 지금이나 김새는 말만 하는구나. 그리고 네 입에서 방종이란 말이 나올 수 있어? 방종한 인간은 바로 너잖아? 암튼 은미가 답답하겠다. 너하고 사 년간 살았으니 질릴 때가 됐을 텐데."

"은미는 누구한테도 질릴 여자가 아니지. 원래 혼자 살 체질이거든."

"무관심으로 버틴다는 말이구나. 무관심이 시간 죽이기엔 편리한 방법이지."

"솔직히……."

성재는 머뭇거리다가 다시 말을 잇는다.

"은미는 내가 바람피우길 은근히 바라고 있어."

"그앤 큰 걸 노리는 여자야. 보통 여자가 아니라구. 어느 여자보다 존경스런 여자지. 이 세상 뭣도 은미의 양을 채울 수 없어. 그래서 아예 모든 걸 버리고 싶어한다구."

"은미를 칭찬하는 거니? 그토록 앙숙으로 지냈으면서?"

"양숙으로 지냈으니까 그애가 대단하다는 걸 알지. 암튼 그애한테
잘해 줘. 어쩜 은미한텐 네가 가장 적합한 남잘지 몰라."

"내가 왜?"

"바보니까."

"그럼 내가 바보여서 너도 날 좋아했니?"

"시시한 말 집어치고 저 벽등이나 봐."

화경이 손가락으로 나팔꽃처럼 생긴 빨간 벽등을 가리킨다.

"불꽃 같지? 활활 타오르는 것 같지? 아름답지? 뭔가가 떠오르잖니?
몸을 뒤트는 것, 향기로운 것, 그런 게 떠오르잖니?"

"글쎄……."

"남편의 몸이 탈 때도 저렇게 불꽃이 신비스러웠어. 기름을 뒤발한
몸에 내가 직접 성냥불을 그어댔거든. 사랑하는 사람을 죽일 만한 힘
으로 밀어붙이면…… 내 변신이 가능하리라 믿었던 거지."

"도대체 뭔 소리야?"

"남편이 병원에서 퇴원하고 열흘쯤 지나서였어. 집에 돌아와 보니
가정부도 없고 집안이 조용했어. 예감이 이상해서 얼른 방문을 여니까
기름내가 확 풍기더군. 남편이 누워 있는 침대가 기름에 젖어 있었어.
기가 막혔지. 그이를 수발하기에 지친 몸이라 말할 기력조차 없었어.
나는 방바닥에 주저앉았어. 그때 남편의 애절한 음성이 들렸지. 여보,
나는 가장 아름답게 죽고 싶어."

화경은 잠시 숨을 돌리고 나서 말을 잇는다.

"죽여 달라는 고함 소리를 하도 많이 들어선지 그 조용한 음성을 듣

는 순간 눈물이 솟구쳤어. 그래 같이 죽자! 나는 동반자살을 결심했어. 그때였어. 그이가 라이터 불을 켜들고 말하더군. 내 죽음을 가치 있게 쓰라구. 사랑하는 사람을 죽일 만한, 그런 모험으로 밀어붙이라구. 그렇게 변신해 보라구. 그이는 라이터를 내게 주며 불을 당기라고 했어. 그리고 베개 밑에서 성냥을 꺼내들고 내가 안 당기면 자기가 당길 수밖에 없다고 엄포를 놓았어. 안 된다고 외치니까 그이가 사납게 울부짖더군. 날 사랑한다면 어서 불을 당겨! 그래도 내가 불을 당기지 않자 눈물을 흘리며 사정했어. 당신은 악마가 돼야 해. 악마가 되지 않고는 진정한 연기자가 될 수 없어. 천사의 모습도 악마만이 볼 수 있어. 그래서 당신에게는 큰 상처가 필요한 거야. 심리적 외상 말야. 당신에게 묻겠어. 나를 진정 사랑하는지를. 만약 사랑하지 않는다면 불을 안 질러도 좋아. 그건 살인이거든. 하지만 나를 진정으로 사랑한다면 불을 당겨. 그건 살인이 아니니까. 그이는 나를 그런 식으로 몰아붙였어.”

“상처가 크겠구나.”

“어쩔 수 없었어. 불을 안 지른다 해서 살아남을 그가 아녔거든. 그래서 나는 죽음 대신 연기를 택했어. 내 능력을 초월하는 연기력 말야. 그게 그이의 소망이었으니까. 그이는 내 능력의 한계를 깰 욕심이었어. 가능하다, 가능하다, 가능하다…… 나는 미치고 싶었어. 만약 양심 따위를 생각했더라면 내 몸에서 싹이 돋아나지 않았을 거라구.”

“싹?”

“그이의 영혼 말야. 내 몸에서 그이의 영혼이 재생한 거야. 내 몸은 그 영혼의 먹이였지. 거름이 됐던 거야.”

성재는 깨끗한 희생을 통해 연인의 몸속에 영원히 안긴 그 남자가 부럽다. 금방 화경의 얼굴이 낯설어 보인다. 고교 시절부터 몸을 섞어 왔던 이물 없는 여자가 아니다. 그녀는 다른 남자를 지극히 사랑한 타인이었다.

“집 주변이 조용해 좋군.”

성재가 말을 돌린다.

“이 집은 감옥 같아서 좋아. 나는 무덤처럼 밀폐된 곳을 좋아하거든. 어렸을 때 내 방에는 외제 인형이 수북했어. 나는 그 인형들이 피를 빼낸 미이라처럼 보였지. 아빠가 영국 대사로 계실 때 박물관에서 미이라를 많이 봤거든. 나는 미이라에 호기심이 생겨 구경 가자고 엄마를 조르곤 했지. 그때마다 엄마는 계집애가 무섭지도 않느냐며 별종이야 별종, 그러셨어. 나는 그 별종이란 말이 참 듣기 좋았어. 그래서 미이라 관에다 얼굴을 대 보곤 했지. 일종의 반항심리랄까. 술도 엄마를 괴롭히려고 일부러 마셨던 거야. 그래도 엄마는 별 반응이 없었어. 술은 여자의 몸에 해로운 거다, 그 말이 엄마의 애정표시였지. 그때부터 술을 더 좋아한 거야. 술을 마셔야 창밖의 세계가 밝아 보였거든.”

우거진 나뭇잎들이 갑자기 뒤흔들린다. 한 가닥 거센 바람결이 창밖을 스치는가 싶더니 금방 초승달이 사라진다. 일기예보가 맞는 모양이다. 멀쩡한 날에 웬 폭풍주의본가 했는데 어느새 징조를 보이고 있다.

“폭풍이 몰아쳤으면 좋겠어.”

화경의 목소리가 촉촉하다. 그녀의 말이 끝나기가 무섭게 비바람이
몰아치고, 들이친 빗줄기가 유리창을 때린다. 방이 바다 속에 잠긴 듯
한 느낌. 그 착각이 더욱 술탐을 부리게 한다.

이상한 눈물

　은미는 침대 머리맡에 나란히 놓인 두 베개를 바라본다. 색깔도 같고 크기도 같은 두 베개 중에서 남편이 베고 자던 베개 하나를 쓰다듬어 본다. 남편이 집에 있든 없든 놓아두던 베개다. 남편의 외박을 막고 싶어 주술적 의미로 놓아둔 베개는 아니다.

　은미는 밤마다 남편의 귀가를 바라지도 않는다. 또 남편이 눕던 자리에 베개를 놓아둠으로써 마음의 위안을 받을 만큼 청승맞은 여자도 아니다. 성재와 살면 불행할 줄 알면서도 결혼해 버린 일종의 자학심리에서 우러난 행위랄까.

　어젯밤 은미는 자기의 그런 묘한 심리를 생각하며 몸을 뒤치다가 새벽녘에야 잠이 들었다. 꿈자리도 뒤숭숭했다. 꿈속에서 은미는 잠옷 바람인 채 떡갈나무가 우거진 산속을 혼자 거닐고 있었고, 그때 안개 낀 숲속에서 덩치 큰 사내가 나타나 그녀의 몸에 시퍼런 칼을 댔다.

"이 집엔 당신뿐야. 살고 싶으면……."

꿈이 아니었다. 칼끝은 이미 가슴을 노리고 있었다. 사내의 두 눈에는 살기가 번뜩였다. 은미는 사내의 요구를 잠자코 받아들일 수밖에 없음을 깨달았다. 대개 살인은 반항 때문에 저질러진다는 생각이 들자, 은미는 다소곳이 침대에서 내려와 장롱 속에 숨겨둔 패물을 상자째 꺼내주었다. 결혼 예물로 받은 다이아 반지와 목걸이 등 보석류였다.

사내는 그걸 점퍼 호주머니에 집어넣고 칼끝으로 은미의 몸을 침대 쪽으로 몰았다. 은미가 침대에 눕자 사내는 점퍼를 벗어던지고 사납게 달려들었다. 잠옷이 찢겨지고 사내의 단단한 알가슴이 바위처럼 눌려왔다.

은미는 사내의 몸을 받아들일 수밖에 없다는 생각이 들었다. 아무 저항 없이 몸을 고스란히 내맡겼다. 사내의 뜨거운 몸이 허벅지 사이로 파고들자 은미의 몸이 점점 달아오르기 시작했다. 달아오른 몸이 불꽃이 되어 활활 타오를 즈음, 그녀의 몸속에 꽁꽁 얼어 있던 기억들이 녹아 강물처럼 흘렀다. 그 기억 속에서 어머니의 비명이 들려왔다. 아버지가 휘두른 채찍이 발가벗은 어머니의 몸을 휘감을 때마다 들려오던 비명이었다.

은미는 어릴 적에 보아왔던 그 광경이 두려워 사내의 품속으로 깊이 파고들었다. 사내가 알을 품듯 은미의 몸을 곱게 감싸안으며 다시 한 번 하체에 힘을 꽂자 은미는 두 팔로 사내의 몸을 끌어당겼다. 그때 육중한 사내의 몸이 무너지면서 흐느낌 소리가 들리고, 그제야 뭔가 잘못되었다는 생각이 든 은미는 자기도 모르는 새에 껴안았던 사내의 몸에서 팔을 풀었다.

하지만 사내의 몸을 밀쳐내지는 못했다. 사내의 눈에 물기가 젖어들었던 것이다. 그 눈물은 달빛을 받아 반짝이다가 이내 뺨을 타고 흘러 은미의 젖가슴에 떨어졌다.

빌어먹을…….

사내는 벌떡 몸을 일으키더니 눈물을 삼키려고 숨을 깊이 들이쉬었다. 눈물은 그쳐지기는커녕 점점 홍수처럼 불어났다. 사내는 손바닥으로 눈물을 훔치며 침대에서 내려가 옷을 챙겨 입었다. 은미가 찢어진 잠옷을 걸치고 침대 머리맡에 놓인 소파로 나앉자, 사내는 아까 호주머니에 집어넣었던 패물을 꺼내 방바닥에 던지고 방을 나갔다.

이내 방문 밖에서 라이터를 켜는 소리가 들리고 문틈으로 한 올의 담배 연기가 스며들었다. 방문 옆에 서서 담배를 피우는 모양이었다. 은미는 문 쪽에 귀를 세웠다. 조용했다. 이윽고 거실 마루를 밟는 발소리가 들리고, 이어서 현관문 열리는 소리와 정원을 달리는 소리와 대문을 따고 닫는 소리가 이어졌다. 은미는 비로소 집안에는 자기 혼자만 있다는 생각이 들었고 그 새삼스런 생각에 외로움이 느껴졌다.

왜 눈물을 흘렸을까?

은미는 사내의 뜬금없는 눈물이 궁금했다. 강간하다 흘린 그 어이없는 반칙이 그녀의 마음을 흔들기 시작했다. 도화지에 그려진 옹달샘, 은미는 자기가 그린 그 옹달샘에 빠져 있는 기분이 들었다. 꿈과 현실이 뒤죽박죽이 되어 머리가 어지러웠다.

서투른 강도, 칼을 들고 침입했다가 달빛에 눈물을 적시고 떠난 강
도…….

침대 머리맡에 나란히 놓인 두 베개가 마치 연극 무대의 소품 같다.
남편이 없는 사이에 강도가 칼을 들고 왔다가 눈물을 흘리고 떠난 희
극 무대의 소품.

거실로 나간 은미는 진열장에서 양주병을 꺼내와 병째로 두어 모금
을 마신다. 얼얼한 술기운이 금방 귀살스런 머리를 씻어주었지만 달빛
에 부서지던 사내의 눈물방울은 더욱 생생한 모습으로 떠오른다.

은미는 눈을 질끈 감고 다시 술을 마신다. 독주에 목줄이 타고, 창자
가 타고, 몸이 탔으면 싶었다. 불붙은 소지종이처럼 자기 몸이 금방 재
가 되어 가뭇없이 사라지기를 바랐다.

어느새 먼동이 터오르고 있었다. 담 밖 멀리에서 행상들의 목소리가
들려온다. 열무 사려, 시금치 사려, 콩나물 사려, 은미는 그 일상이 두
렵다.

"어젯밤 사장님이 다녀가셨나요?"

일찍 출근한 가정부 아줌마가 주방에 들어서며 수다를 떤다. 일주일
에 한두 번 정도 집에 돌아오는 성재의 귀가를 그녀는 '다녀가셨나
요?'로 표현하고 모직회사 운영을 삼촌에게 맡긴 채 돈만 쓸 줄 아는
성재를 '사장님'이라고 부른다.

"아뇨. 오긴 누가 와요. 밤에 내가 한 모금 마셨어요."

은미는 일찍 치우지 않은 걸 후회하며 일부러 가정부의 수다를 받아
준다. 독서와 사색을 좋아하는 은미로서는 침묵을 해치는 가정부의

수다가 거슬렸지만 오늘은 그 수다가 싫지 않다. 시끄럽게 깨지고 부서지는 거면 모두 좋다. 커피잔이 깨져도 좋고 식탁이 부서지면 더욱 좋다.

"남들이 싫어하는 짓이라면 뭐든 저질러 보고 싶어요."

가정부에게 불쑥 한마디를 던진 은미는 곧장 침실 쪽으로 걸어간다. 침실 문을 열자 여전히 두 베개가 눈에 띈다. 그 베개들이 이렇게 외치는 것만 같다.

"자살 유혹에 빠지지 마세요."

은미는 문득 살고 싶다는 생각이 들었다. 그녀는 벌렁 침대에 누워 천정을 바라본다. 벌거벗은 어머니의 모습이 천정에 어른거린다. 그 알몸을 채찍으로 치는 아버지의 모습이 겹친다. 그러자 이번에는 알몸인 어머니가 과도로 아버지의 허벅지를 찔러대며 깔깔거린다.

두 여자와의 만남

성재는 아직도 동네 아줌마의 말이 귀에 쟁쟁하다. 네 누난 얼굴도 예뻤지만 몸도 참 예뻤어. 같은 여자면서도 만져 보고 싶을 만큼 탐났지. 그래서 손으로 목덜미나 가슴을 만져줄라치면 질겁을 하며 도망쳤어. 그렇게 순한 여자니까 미쳤을 거라구. 사랑에 속았다구 아무나 미쳐?

성재 누나는 미치고 나서 늘 구멍만 찾아다녔다. 담장 수챗구멍으로부터 마루 밑 쥐구멍이나 부엌 아궁이에 이르기까지 구멍만 보면 침을 흘리며 헤헤거렸다. 딸의 그런 해괴한 짓을 보다 못한 아버지는 마당에 침을 뱉으며 역정을 냈다.

"저런 건 금방 죽지도 않을 거구먼. 차라리 밥을 굶겨."

아버지는 창피해 못살겠다며 누나를 굶겨 죽이고 먼 곳으로 뜨자고 했다. 어머니는 아무리 화가 난다지만 그게 애비 입에서 나올 소리냐며 대들었고 아버지는 더 큰소리로 몰아붙였다.

"천벌을 받아도 좋아. 이젠 더 못 참겠어. 저년이 죽잖으면 내가 죽고 말지."

아버지의 역정에 지친 어머니는 차라리 네 식구 몽땅 죽자며 눈물을 펑펑 쏟았다. 누나는 어머니의 눈물을 보면서도 장독대에서 빈 항아리 속에 손을 집어넣고 헤헤거리기만 했다. 화가 치민 어머니는 빗자루를 치켜들고 누나를 집밖으로 내쫓았다. 집을 쫓겨난 누나는 뒷산 바위 벼랑에서 딱따구리 집을 만지며 놀다가 떨어져 죽었고 딸의 죽음을 자기 탓으로 여긴 어머니는 시름시름 앓다가 이듬해 죽고 말았다.

어머니가 죽자 아버지는 이사를 서둘렀다. 정착지는 서울로 정했다. 충무로가 내려다보이는 남산 기슭에 양옥집을 장만하고 방직공장도 서울 근처로 옮겼다. 그 바람에 성재는 서울에 있는 고등학교로 진학할 수 있었고 은미와 화경을 만나게 되었다.

그녀들은 반에서 자웅을 겨루는 미녀들이었다. 은미가 화경이보다 얼굴이 더 예쁜 편이지만 그 대신 화경은 젖가슴이 풍만하고 몸매가 육감적이었다. 그녀들이 성재에게 호감을 보인 것은 성재가 얼굴이 곱살하고 착해 보이는 데다 시골 출신이어서 무름했기 때문이다. 무름한 인상이 자칫 깔보이기 십상이지만 성재에게는 호락호락 넘어가지 않을 귀공자 타입의 귀티가 엿보여 그런 무름한 인상이 되레 장점으로 부각되었다.

그들 두 여학생 중에서 화경은 성격이 앗살해서 먼저 친하게 되었고, 은미는 말이 없고 신중해서 가까이 지내기가 조심스러웠다. 일 년이 지나도록 아무도 은미의 웃는 모습을 본 적이 없었다. 그녀의 표정은 한결같았으며, 남학생은 고사하고 여학생과도 말을 튼 적이 없을 정도로 입이 무거웠다. 얌전하게 걷는 모습만 봐도 말조차 걸어 보기 어려운 학생이었다. 언젠가 은미가 교실에서 성재에게 미소를 지어 보인 적이 있는데 다른 학생들이 그 미소를 큰 사건으로 여길 정도였다.

그런 은미가 성재에게 노골적으로 눈길을 주기 시작한 것은 2학년 1학기 말부터였다. 어쩌다 교정에서 단둘이 마주치게 되면 은미가 먼저 목례를 주었고 입가에 미소까지 지었다. 3학년이 되고부터는 입시 공부에 대한 요령이나 의견을 성재에게 물었으며, 졸업 무렵이 되어서는 학과 선택에 대한 고민을 털어놓거나 때로는 철학 같은 깊이 있는 학문에 관한 대화를 나누기도 했다.

성재한테 이런 걸 물어보고 싶었어…….

성재라면 현명한 판단을 내려줄 것 같아서…….

성재니까 안심하고 물어보는 건데…….

은미는 그런 식으로 성재에게 접근해 왔다.

은미의 성재에 대한 관심을 화경이 모를 리 없었다. 화경은 틈이 날 때마다 성재를 닦달했다. 처음에는 은미와 상대하지 마, 라고 타일렀다가 나중에는 조심해, 라고 경고를 주더니 종국에는 배신자, 라며 뺨을 쳤다. 뺨을 치는 소리가 빈 교실을 울릴 정도로 오달졌다. 방과 후여서 망정이지 학생들이 봤다면 창피를 당하기 십상이었다.

"너 같은 촌놈에게 몸을 주다니."

성재는 뺨을 맞은 것 정도야 참을 수 있지만 촌놈이란 말에 화가 치밀었다. 그래서 무슨 말로 화경의 속을 뒤집어 놓을까 궁리하다가 이렇게 비아냥거렸다.

"은미가 국문과를 지망하니까 너도 무턱대고 지망한 모양인데, 국문과는 아무나 가는 데가 아냐. 너는 명작 한 권도 안 읽었잖아?"

하지만 화경은 까르륵 웃고 나서 시원스런 목소리로 받아넘겼다.

"소설을 뭐 하러 읽니? 아예 내 몸을 소설로 만들 참인데."

"몸을 소설로 만든다구?"

"그 말도 못 알아듣는 주제에 날 깔봐? 소설처럼 기구하게 살아 보겠다 그 말야. 그나저나 너는 무슨 과를 지망할 거니?"

성재는 아버지의 사업체를 물려받기 위해 경영학과를 지망할 거라고 대답했다. 그러자 화경이 또 까르륵 웃고 나서 놀려주었다.

"돈벌레가 되겠다구? 하긴 촌놈은 배부른 게 최고지."

"너 자꾸 촌놈 촌놈 할래?"

"촌놈이니까 촌놈이라고 하는데 어때? 촌놈이니까 촌색시하고 통하는 거구."

"어째서 은미가 촌색시냐? 버젓이 서울하고도 종로 출신인데."

"출신만 서울이면 뭘해. 하는 짓이 촌티나는걸. 속으론 야살떨면서 겉으론 점잔 빼구."

"착한 애를 헐뜯지 말라구. 은미야말로 교양 있는 우등생이잖아."

"교양? 이제 보니 너 그애한테 푹 빠졌구나."

"그뿐이 아냐. 벗은 몸매를 보니까 아주 끝내주더라."

거짓말이었다. 은미는 속살을 드러낼 여자가 아니었다. 그런 거짓말은 화경을 자극하기 위한 수작에 불과했다. 화경이 교실에서 가슴을 야하게 드러내는 건 은미보다 학업성적이 뒤처지는 약점을 보완하기 위함인데 성재는 화경의 그런 노출에 늘 속수무책이었다. 눈이 부실만큼 하얀 그녀의 교복 칼라 속에서 슈미즈 끈이 얼비칠 때마다 성재는 열이 달아오르고 사타구니가 축축해지기 일쑤였다.

"은미의 알몸을 봤다구? 그래 우등생들끼리 잘 놀아 봐. 이참에 너와 끝낼 참이었는데 마침 잘됐구나."

성재는 가슴 한쪽이 뜨끔했다. 졸업하고 나면 영원히 남남으로 헤어질지 모를 일이어서 무슨 수를 써서라도 화경의 마음을 돌려놔야 했다.

"나는 애초부터 너만 사랑했어. 너를 사랑하니까 몸도 껴안았던 거구. 네 몸에서는 늘 불꽃이 튀거든. 너는 아주 신비스런 여자야. 네 눈빛에 취하면 몸이 폭발할 것만 같다구. 누나도 너처럼 세상을 시시하게만 보다가 결국은 일찍 죽었지만. 난, 아직도 누나의 마지막 목소리를 잊지 못해. 세상이 너무 캄캄하구나. 그 말이 늘 귀에 쟁쟁해. 그날 밤에는 하얗게 눈이 내렸어. 눈 덮인 세상은 밝을 텐데 왜 하필 눈 오는 밤에 죽었는지 몰라. 나는 누나의 피가 새벽 눈을 붉게 물들이는 줄도 모르고 단잠에 빠져 있었거든. 그게 내 잘못이야. 평생 씻을 수 없는 죄지. 밤새 누나를 웃겼어야 되는 건데. 그렇잖음 눈물을 펑펑 쏟도록 울리든가."

"그만해. 그 얘긴 벌써 세 번째야."

화경이 지루하다는 투로 말을 잘랐다. 성재는 또 한번 자존심이 상했지만 세 번째란 말에 기가 꺾이고 말았다. 누나의 죽음을 미화시키기 위해 벼랑에서 미끄러져 죽은 걸 자살한 것처럼 꾸미고, 대낮에 일어난 사건을 영혼이 잠든 새벽에 일어난 것처럼 꾸미고, 실연을 당한 탓에 미친 걸 인생의 허무를 감당 못해 죽은 것처럼 꾸미다 보니 자기도 모르게 같은 말을 반복한 모양이었다. 그렇다. 누나는 벼랑에서 새처럼 날아 새벽 눈에 붉은 꽃잎을 뿌리며 죽은 게 아니었다. 하지만 성재는 누나의 죽음을 끝까지 미화시킬 작정이었다.

"아름다운 얘긴 여러 번 들어도 좋잖아? 새처럼 날다가 하얀 눈에 꽃가루를 뿌린 죽음인데 얼마나 멋지니."

그러자 화경이 쌩한 목소리로 "너 미쳤구나." 하고 성재를 닦아세웠다. 그리고 창밖으로 남산의 가을 풍경을 바라보다가 시무룩한 표정을 지으며 다시 입을 열었다.

"너하고 얘기하다 보면 나도 이상해지는 것 같애. 뭐에 홀리는 기분이야. 네 누나 얘기만 해도 그래. 솔직히 그 얘길 들으면 실증이 나는 게 아니라 자꾸 기분이 묘해지거든. 죽음이 손으로 잡을 수 있는 물건 같애. 버릴 수도 있고 지닐 수도 있는 물건, 예쁘게 치장할 수도 있고 밉게 구길 수도 있는 물건…… 암튼 나도 이제 변해 보고 싶어. 내 앞일이 뻔하잖니? 대학에 들어가 히히덕거리다가 졸업하고 나면 시집가라 할 거고, 시집가면 애 낳고 아줌마 되고 할망구 돼서 죽는다, 인생 뻔하잖아?"

화경이 푹 고개를 숙였다. 왜 저럴까? 성재는 갑자기 무너지는 화경의 모습이 당황스러웠다. 그는 두 손으로 화경의 손을 덥석 잡으며 청

파동 빵집에 가자고 졸랐다. 분위기 좋은 종로제과점으로 데려갈까 하다가 최루가스 냄새 때문에 굴다리 옆에 있는 단골 빵집을 떠올린 것이다. 종로와 광화문 거리는 한일회담 반대 시위로 조용할 날이 없고 도로가 막혀서 전차나 버스가 길에 서 있기 일쑤였다.

"이젠 너 같은 애들과 만나기 싫어. 나는 영화배우가 될 거야. 대학도 예술 계통을 지망하겠어."

화경이 성재의 손을 뿌리치며 단호한 목소리로 말했다.

화경은 졸업식 날에도 성재에게서 멀리 떨어져 있다가 부모의 승용차에 올라타고 훌쩍 떠나버렸다. 화경이 사라지자 성재는 바지 호주머니에 손을 넣고 혼자 교정을 거닐었다. 수십 년 된 정원수들이 방금 그 자리에 심어진 묘목처럼 낯설어 보였다. 새소리도 예전처럼 다정하게 들리지 않았다. 뾰뾰뾰 하는 새소리가 소음으로만 들렸다. 우등상 수상을 축하한다는 친구의 말도 제대로 들리지 않았다. 꼼생이라고 비웃는 것만 같았다. 공부만 파는 꼼생이. 연애도 깔끔하게 못하고 고상만 떠는 꼼생이.

"왜 혼자 거닐고 있어?"

은미의 목소리였다. 그녀는 성재가 뒤를 돌아보자 미소를 지으며 자기 집에 가자고 느닷없는 말을 던졌다. 동네 이름조차 가르쳐주지 않던 은미한테서 뜻밖의 초대를 받은 성재는 서둘러 교문을 빠져나와 시발택시를 잡았다. 택시는 삼각지 로터리와 한강대교를 지나 노량진 언덕을 오르기 시작했다. 은미네 집은 노량진 산동네에 끼어 있었다.

"이 판잣집은 외삼촌이 사주신 거야. 우리 집은 해방 직후 불탔어."

그날 은미는 처음으로 자기의 약점을 드러냈다.

"아버진 독립투사를 수없이 괴롭혔대. 여자들한테도 몹쓸 짓을 했다나 봐. 채찍에 찢기는 여자의 비명이 관사에까지 들렸다는 거야. 아버진 그 비명 소리를 들을 때마다 미소를 지었다고 했어. 외삼촌이 생전에 하신 말씀이야."

성재가 은미한테서 더 충격적인 말을 들은 것은 대학 졸업 무렵이었다. 4년 동안 같은 대학교에 다니면서도 성재는 은미와 살을 맞댄 적이 없다가 그녀와 결혼을 약속한 졸업 무렵에야 노골적으로 접근을 시도해 보았다. 하지만 은미는 여전히 포옹을 거부하면서 엉뚱한 말을 했다.

"내 몸이 아직 폭력에 갇혀서 그래."

은미는 그 말을 하며 눈물까지 흘렸다. 처음 보는 그녀의 눈물 때문에 성재는 폭력이 무슨 뜻인지를 캐물을 수도 없었다. 냉기만 흐르는 은미의 몸속에 눈물이 고여 있었다니, 성재는 은미의 눈물이 궁금하다 못해 두렵기마저 했다.

은미의 눈물은 성재를 옴짝달싹 못하게 강제하는 구속력이나 진배없었다. 성재는 은미가 결혼을 취소하자고 고집을 부렸지만 받아들일 수 없었다. 그녀와의 결혼이 자기 마음대로 할 수 없는 의무처럼 여겨졌다. 마치 신탁(神託)과도 같은 두려운 계시에 따라야 하는 운명이랄까. 그만큼 은미의 눈물은 성재의 마음을 사로잡았다.

은미는 결혼 후에도 좀처럼 몸을 열지 않았다. 성재의 황홀한 기대에 은미는 늘 단단한 목소리로 찬물을 끼얹곤 했다.

"우린 짐승이 아냐."

그때마다 성재가 결혼을 후회하냐고 물으면 은미는 그게 아니라고 잡아떼었다. 그럼 왜 그러지? 하고 재우치면 조금만 더 기다려 줘, 그랬다. 그럴수록 성재는 은미가 말한 폭력이 무엇인지 궁금했지만 은미는 한번도 입 밖에 내지 않았다. 은미의 몸이 굳어 있는 이유를 그 폭력이란 말에서 찾아야 할 텐데, 노골적으로 캐물을 수 없는 노릇이었다.

은미가 폭력에 대해 속내를 비친 것은 결혼하고 일 년이 지날 무렵의 어느 겨울밤이었다. 성재의 성화에 못 이겨 마지못해 몸을 섞고 난 은미는 혼자 거실 소파에 앉아 있다가 성재를 불러냈다.

"함께 술 좀 마실까?"

잠옷 바람인 채 양주병과 마른안주를 거실로 챙겨온 성재는 아내와 마주 앉아 술판을 벌였다. 모처럼 몸을 풀었던 성재는 그 고마움에 보답하려는 듯 손수 잔에 술을 채워 은미의 손에 대주었다.

양주 서너 잔에 벌써 술기운이 오른 은미는 콧노래를 부르기도 하고, 정원등에 손가락질을 하는가 하면, 괜히 허탈한 웃음을 흘리는 등 종잡을 수 없는 짓을 하다가 갑자기 이런 말을 꺼냈다.

"우리 어머니는 절색이셨어. 그런 미인을 이웃집 사람도 구경할 수 없었다는 거야. 아버지가 집에만 가두다시피했거든. 외출할 일이 생기면 거느리고 있는 형사를 시켜 미행할 정도였다니. 그뿐이 아냐. 잠자리가 이뤄질 때도 예사롭지 않았어. 안방에서는 종종 어머니의 비명

소리가 들려오곤 했지. 그날도 비명을 듣고 안방으로 뛰어갔더니 엄마의 등에서는 피가 흐르고 있었어. 하지만 그 참상이 보통 일상사로만 여겨졌지. 평소에도 아버지가 채찍으로 어머니 때리는 모습을 종종 봐 왔거든. 그런데……."

은미는 얼른 입을 다물었다. 그녀는 더 이상 말을 이을 수가 없었다. 초등학교 삼 학년 때 보았던 해괴한 광경을 아무리 남편 앞이라 해도 차마 꺼낼 수가 없었다.

"왜 말을 하다 말지?"

성재가 은미의 손을 잡아주며 이야기를 재촉했다. 은미는 한참동안 멍하니 앉아 있다가 혼자 중얼거리듯 말했다.

"지금도 어머니의 깔깔대는 웃음소리가 귀에 쟁쟁해. 처음엔 어머니의 비명을 듣고 또 채찍을 맞는구나 했는데 섬뜩한 웃음소리가 들려왔어. 어머니의 웃음소리였어. 나는 조심조심 마루로 나가 문틈으로 안방을 엿보았지. 아랫목에서는 아주 색다른 일이 벌어지고 있었어. 아버지가 알몸인 채 두 손이 끄나풀로 묶여 있고 어머니 역시 알몸인 채로 과도를 들고……."

"칼을?"

"과도로 아버지 허벅지를 쿡쿡 찌르는데……."

"그래서?"

"이튿날 우리 집에 불이 났어. 어머니가 질렀다고 했지만 소문에 불과하다는 거야. 언젠가 외삼촌이 그러시더군. 불더미 속에서 파란 불꽃이 피어올랐는데 어찌나 눈부신지 동네사람이 와 하고 소리쳤다구.

그러니 동네 사람들이 불을 지른 게 틀림없다고 했어. 그 파란 불꽃은 아버지가 타는 불꽃이었대."

　은미는 성재의 무릎을 베고 누워 지그시 눈을 감았다. 성재는 은미가 잠들 때까지 머리칼을 쓰다듬어 주다가 두 팔로 은미를 보듬어 안고 안방으로 들어가 침대에 뉘었다. 그리고 은미의 잠든 모습을 지켜보다가 다시 거실로 나와 혼자 술을 마시며 아직 가로등 불빛이 초롱초롱한 광화문 쪽 시가지를 바라보았다. 멀리 북한산 능선이 희미한 윤곽을 드러내고 있었다.

　어서 애를 가져야 돼.

　성재는 은미가 애를 가지면 달라질 성싶었다. 하지만 한 해 두 해가 지나도록 임신 소식은 없고 그녀의 몸은 점점 더 굳어만 갔다. 성재가 애무를 해 주면 은미는 남편의 손을 뿌리치기 예사였다. 섹스도 한 달에 겨우 두세 번 정도, 그것도 성재의 사정에 못이겨 몸을 열어주었고, 그럴 때마다 은미는 못할 짓을 저지른 것 마냥 괴로워했다. 성재가 화경을 만난 것은 그 무렵이었다.

담배 연기의 조화

아침부터 무더위가 기승을 부린다. 외출 준비를 마치고 현관을 나온 은미는 대문 쪽으로 걸어가다 말고 정원수 그늘 속에 서서 배를 만지작거린다. 아무 기미도 느껴지지 않지만 임신이란 말을 들은 터라 저절로 배에 손이 간다.

첫째 달에는 혹시 신경을 써서 그러려니했다. 그런데 다음 달에도 달거리가 없자 은미는 가까운 산부인과 병원을 찾아갔다. 비교적 소문난 병원이었다. 임신한 지 두 달이 지났군요. 원장은 붙임성이 좋은 남자였다. 진찰을 마친 원장은 손님의 환정을 사려는 듯 한 동네 사람임을 강조하며 출산 때까지 매월 검진을 받으라고 했다.

은미는 편하게 대해 주는 그 병원이 마음에 들었지만 앞으로 자주 드나들 곳이라 생각하니 그 삼층 건물이 무슨 복마전처럼 보였다. 그녀는 임신한 자기 몸이 타인의 몸처럼 느껴졌다. 임산부가 되다니, 자기가 보통 여자가 된 것이 실망스러웠다. 그렇다고 성재가 자식을 원하는 터라 애를 함부로 지울 수도 없었다.

　대문 밖으로 나온 은미는 병원 쪽으로 몇 걸음 걷다 말고 발길을 멈춘다. 대문을 열고 나왔을 때 막 집 앞을 걸어가던 넥타이 차림의 중년 남자, 그 낯익은 사내가 걸음을 멈추고 뒤를 돌아봤던 것이다. 지금 찾아가고 있는 남산병원 원장이었다. 은미는 본능적으로 고개를 숙인다. 아무리 의사라 해도 자기 몸을 보인 남자를 병원 밖에서 만난 것이 쑥스러워 얼굴을 피하려는데 원장이 먼저 아는 체를 한다.
　"별장집에 사시는군요."
　은미는 별장집이란 말에 고개를 들고 미소부터 짓는다. 옛날 집이지만 지붕이 불란서식으로 물매가 급하고 소나무 정원이 아름다워서 별장집으로 소문나 있는데 그 별칭을 알 정도라면 원장은 틀림없이 동네 사람이었다.
　"항시 이 길로 다니시나요?"
　"가까운 지름길로 출퇴근하지만 오늘은 볼일이 있어 여기를 지나게 됐지요."
　원장은 잃어버린 귀중품을 찾기나 한 듯 얼굴을 환하게 연다. 그리고 고개를 들어 주변을 휘 둘러보고 나서 말을 잇는다.
　"이 집이 윤성재 사장님 댁인데, 그러고 보니 사모님이시군요. 정말 축하드립니다. 사장님이 그토록 애를 갖고 싶어하셨는데 특별한 경우군요."

"제 남편을 아시나요? 그리고 특별한 경우라뇨?"

순간 원장의 표정이 굳어진다. 품위 있는 단골손님에게 각별한 친절을 베풀다 보니 조심성이 풀어져 실수를 저지른 것이다. 그렇다고 대답을 피할 수도 없는 노릇이어서 그는 성재와의 친분관계를 실토한다.

은미는 원장의 말이 의심스럽다. 남편은 동네 사람들과 친하게 지낼 사람이 아니다. 친하게 지내던 동창이나 친구들과도 인연을 끊고 사는데 낯모르는 동네 사람과 새로 친분을 쌓을 턱이 없다. 더구나 친하게 지내는 사이라면 자기가 모를 리 없다. 은미는 먼저 반갑다는 인사를 차리고 나서 어떻게 아는 사이인지를 물어본다.

원장은 걸으면서 말씀드리겠다며 발걸음을 옮긴다. 하지만 그는 대답을 삼킨 채 엉뚱한 말로 시간을 끈다. 가까운 거리여서 산책 삼아 걸어다닌다느니, 건강에는 걷는 운동이 가장 좋다느니 하며 쓰잘데없는 말을 지껄이다가 은미가 재우치자 그제야 마지못해 입을 연다.

"우리 병원에 몇 차례 오셨다가 바둑까지 두게 됐죠."

"무슨 일로 다녔나요?"

은미는 걸음을 멈추고 원장의 얼굴을 빤히 쳐다본다. 대답을 피할 수 없게 된 원장은 은미의 눈길을 받으며 표정을 밝게 다듬는다.

"윤 사장님은 비밀에 부치라고 했습니다만…… 무심결에 반가운 마음에서 실수를 저질렀군요."

원장은 다시 걷기 시작한다. 은미도 따라 걸으면서 편안히 말해 달라며 원장의 마음을 눅쳐준다.

"하기야 오진일 수도 있고…… 잉태할 확률이 없는 것도 아닙니다만…… 제 판단엔 윤 사장님은 애를 갖지 못하시거든요."

"네? 애를 갖지 못하다뇨?"

"윤 사장님의 몸에는 정자가 없습니다."

은미는 남편에 대한 놀라움보다 자기의 입장이 난처해져 금방 얼굴이 달아오른다. 자기가 바람을 피운 꼴이 된 셈이다.

그럼 강도의 씨?

은미는 다리가 떨린다. 그렇다고 당황한 기색을 비칠 수는 없다. 떳떳이 맞서고 싶다. 그녀는 쾌활한 목소리로 말한다.

"제 입장을 걱정해 주셔서 감사합니다. 제가 바람피운 꼴이 됐네요. 그런데 남편이 왜 병원을 찾아왔는지 모르겠군요. 결혼한 지 삼 년밖에 안 되고……."

"제가 보기엔 무척 애를 소망하시던데요."

"남편은 아마 제 맘을 잡아주기 위해서 애를 일찍 갖고 싶었을 겁니다. 저를 착실한 가정주부로 만들기 위해서죠. 저는 정신병자나 다름없거든요. 인간기피증 환자랄까요."

은미는 자기의 말이 스스로 불륜을 인정하는 꼴이 되었지만 말을 꾸며대기는 싫다. 남편과의 합의 하에 딴 남자의 씨를 받았노라고, 그런 말로 구차하게 변명하고 싶지 않다. 남편이 받을 상처에 비하면 원장에 대한 체면은 아랑곳할 바가 아니다. 누구의 자식이냐는 의문, 그건 원장과는 하등 관계없는 자신의 운명일 따름이다.

은미는 검진을 마치고 나오면서 남편의 치료가 가능한지를 물어본다. 원장은 지금의 의술로는 거의 불가능하다고 대답한다.

"제가 남편의 비밀을 모르는 걸로 해 주세요. 남편이 제게 숨겨왔듯 말예요. 우리 부부는 평생 비밀을 안은 채 서로의 자존심을 지켜줄 겁니다. 그만한 일로 불화를 일으킬 부부가 아니거든요."

은미는 앞으로 자주 들르겠다는 말로 인사를 마치고 병원을 나온다. 솔직히 털어놓으니 숫제 마음이 편하다. 당장 수술해 달랄 수는 없다. 얼마나 수치스러운 말인가. 수술을 요구하느니 길 가는 남자 하나를 잡아 여관에 데려갔노라고 꾸며대는 게 차라리 떳떳하다.

어쩐담?

은미는 현관 밖에 서서 남산을 바라본다. 그녀는 푸른 남산이 만삭이 된 임신부의 배처럼 불룩해 보인다. 나무를 잉태한 배, 아무 씨나 떨어져 어느 건 소나무가 되고, 어느 건 굴참나무가 되고, 어느 건 단풍나무가 되고, 어느 건 벚나무가 되고, 어느 건……

은미는 자기 배가 남산이라고 여겨졌지만 아무 씨나 받고 싶진 않았다. 그렇다고 사랑하는 이의 씨를 골라 받기는 싫었다. 그녀는 사랑 자체를 부정했다. 한번도 사랑을 염두에 둔 적이 없었다. 아마 누구를 사랑한다는 감정이 생기면 수치심이 느껴질 여자다. 은미에게 있어 사랑은 의미 없는 것에 의미를 만들어 덧씌우는 홀림에 불과했다.

은미는 구멍가게에 들어가 담배와 성냥을 사서 핸드백에 넣고 남산 쪽으로 걸어간다. 기슭에 이르자 나무 그늘에 앉아 담배를 입에 물고 불을 당겨 본다. 생전 처음 피워 보는 담배다. 그늘 아랫길로 중년 남자가 지나다가 힐끔힐끔 쳐다본다. 담배 피울 여자가 아닌 것 같은데, 하는 표정을 짓기도 한다.

은미는 자기를 미심쩍게 바라보는 그 행인의 시선을 피하지 않는다. 구경꾼들에게 자기의 모습을 드러내주는 동물원의 짐승처럼, 되레 뽐내고 싶어진다. 나는 외간 남자의 애를 뱄소, 라고 외치고도 싶다. 은미는 눈을 질끈 감고 담배 한 모금을 깊이 빨아 삼킨다. 싸한 매운기가 목구멍을 넘다 말고 기침이 되어 뱉아진다.

숨을 고르고 나서 또 한 모금을 삼킨다. 은미는 담배 연기가 자궁 속에 들어가 물안개처럼 고이기를 바란다. 연기에 범벅이 된 애기, 순간 기형아를 낳고 싶다는 생각이 그녀의 가슴속에서 꿈틀거린다.

참 이상한 일이었다. 성재가 무정자증 환자임을 알기 전만 해도, 그러니까 성재의 애로 여겨질 때만 해도 은미는 애를 가진 게 어색했다. 임신한 자기 몸이 거북할 정도였다. 지울까 말까 고심한 적도 있었다. 만약 성재가 임신 전에 임신을 제의했다면 거절했을지도 모른다. 다른 여자한테서나 낳아요, 그랬을지 모른다.

하지만 이제는 성재의 애를 낳고 싶어졌다. 갖고는 싶은데 가질 수 없는 남편의 애기, 그 모순의 실체가 바로 뱃속에 들어 있는 이물질이었다. 그렇다. 은미는 자기 뱃속의 생명체를 이물질로 여겼다. 그날 밤 사내가 흘린 그 이상한 눈물, 달빛에 반짝이던 그 슬픈 눈물을 은미는 자기 몸속에 담아 키우고 싶었다. 강간하다 흘린 그 터무니없는 슬픔 덩어리를 지우고 싶지 않았다. 그녀는 세 번째로 담배 연기를 들이마신다. 목구멍을 넘어가는 매캐한 연기가 그녀를 흥분시킨다.

담배 피우길 잘했군…….

그 흡연은 일종의 합의(合意)인 셈이다. 성재의 애를 낳고 싶은 충동과 다른 남자의 애를 낳을 수 없다는 갈등과의 합의. 그 마음의 구체적인 기표(記表)가 바로 기형아, 즉 괴물이다. 강도의 씨를 받은 자식, 얼마나 멋진 괴물인가. 칼로 위협당한 강간, 얼마나 자연스런 임신인가.

은미는 연방 배를 쓰다듬는다. 어떤 괴물을 만들어 낼까? 눈은 하나로 만들까? 코는 없애버릴까? 머리통을 두 개로 만들까? 성질은 포악하게 만들까? 성재처럼 순하게 만들까? 지혜와 용기를 지닌 괴물을 만들까? 정직하게 만들까? 야비하게 만들까?

꾸며진 신화

일주일이 멀다하고 걷는 공원길이지만 오늘 따라 유난히 몸이 무거운 것은 무더위 탓이 아닌가 싶다. 은미는 파란 벚나무 잎새 하나를 따서 입술에 대 본다. 잎새의 차디찬 촉감이 발걸음에 힘을 보탠다. 이제부터는 내리막길이다.

퇴계로에 가까워지자 자동차 소음이 요란하다. 행인의 수가 점점 늘어난다. 은미는 골목길로 발길을 돌린다. 두부장수가 자전거에 두부 목판을 싣고 지나간다. 그의 얼굴에는 마수걸이의 기쁨이 젖어 있다.

가죽가방을 든 넥타이 차림의 사내가 채권을 사겠다며 외치고 다닌다. 채권 사려, 채권 사려, 골목이 파도처럼 너울거린다.

너울거리는 골목을 지나 주택가 골목으로 꺾어든다. 조용한 길이다. 그 길 중간쯤에 은미네 집이 우뚝 서 있고 그 집 담 밑에서 낯익은 듯한 사내가 서성대고 있다. 양복 차림의 사내, 옷차림은 달라졌어도 분명 그 사내다. 발걸음이 저절로 멈춰진다.

사내는 은미를 훔쳐보고 나서 고개를 숙인다. 은미는 사내의 앞을 지나쳐 대문 쪽으로 걸어가다가 뒤를 돌아본다. 사내는 여전히 고개를 숙인 채 제자리에 서서 담배를 피운다. 은미는 대문을 열고 집안으로 들어간다. 집안에 들어선 그녀는 현관 쪽으로 걸어가다 말고 발길을 돌려 도로 대문 앞으로 돌아온다.

문고리를 잡고 대문에 귀를 기울인다. 밖에 아무 인기척이 없자 살며시 대문을 열어 본다. 사내가 보이지 않는다. 사라진 걸까? 마음이 놓인 그녀는 조심조심 밖으로 나가 본다. 그때 대문 옆 골목에서 헛기침 소리가 들리면서 사내의 모습이 삐죽 내비친다. 은행나무 그늘에 묻힌 사내의 형국이 칙칙해 보인다.

그냥 피할 수만은 없지…….

은미는 사내의 얼굴을 살피며 천천히 다가간다. 무슨 말로 겁을 줄까? 다시 찾아오면 경찰에 신고하겠다는 말로 겁을 줄까? 만약 신고하라고 대들면 어쩌지? 무턱대고 찾아온 걸로 보아 보통내기는 아닌 듯 싶은데?

"잠깐만이라도 뵙고 싶어서 찾아왔습니다."

사내의 목소리는 몹시 떨린다. 은미는 아무 말 없이 몸을 돌려 아까 걸어온 길을 거슬러 걷기 시작한다. 멀찌감치 떨어져 뒤따라오던 사내는 은미가 남산 공원길로 접어들자 그제야 바삐 뒤를 따른다.

공원길을 걸어 올라온 은미는 4.19혁명 때 이승만 동상이 철거된 잔디밭을 지나 산을 타기 시작한다. 등산객이 다니는 자드락길을 마다하고 일부러 숲속으로 걸어 오른다. 억새풀이나 나뭇가지가 앞을 막을 때는 사내가 앞장서서 길을 열어준다. 맨손으로 풀잎을 헤치다 보니 손등이나 손가락이 긁히게 마련이지만 사내는 개의치 않고 길을 내기에만 열중한다. 은미가 미끄러지기라도 하면 반사적으로 손을 내민다. 하지만 은미는 사내의 손을 피한다. 절벽 위로 오른 은미는 좁다란 바위 안반에서 발길을 멈추고 안반 끝으로 다가간다. 발아래가 까마득하다.

"위험해요."

사내가 소리친다. 은미는 사내의 말을 무시한 채 안반 끄트머리까지 다가간다. 은미의 단호한 태도에 불안감이 느껴진 사내는 얼떨결에 그녀의 팔을 잡는다.

"손 놔요!"

은미가 사내의 손을 뿌리치며 안반 끝에 앉자 사내는 은미를 안전하게 보호할 자세를 취하며 조심조심 옆자리에 앉는다.

"차윤수라고 합니다. 막상 서울을 떠날 생각을 하니 한번은 뵙고 싶어서……."

사내의 목소리가 차분하다. 은미는 입을 다문 채 서울 시가지만 바라본다.

"아무래도 고향에 내려가 일거리를 찾아야겠어요. 가족도 집도 없지만 그래도 낯익은 곳에 가야 살 방도가 생길 것 같아요. 이제 부양할 사람도 없어졌으니까요."

"……."

"여동생 하나가 유일한 가족이었는데 청계천 피복공장에 다니다 몰래 사라졌거든요. 노름꾼 오빠가 싫었던 모양입니다. 노름빚 땜에 그런 몹쓸 짓도 하게 됐죠. 정말 죽을죄를 지었습니다."

은미는 죽을죄란 말이 언짢아서 고개를 돌린다. 은미의 기분이 좀 풀어진다 싶자 차윤수는 점퍼를 벗어 방석처럼 갠 다음 은미의 엉덩이 밑에 깔아주려 한다. 그 친절을 뿌리친 은미는 바위틈에 돋아난 풀잎 하나를 따서 잎자루를 뱅뱅 돌리다가 절벽 아래로 날려버린다. 그리고 손가락으로 풀잎이 떨어진 절벽 아래를 가리킨다.

"저 아래로 떨어지면 살지 못하겠죠? 나를 송장 만들기 싫으면 다신 찾아오지 마세요."

사내는 멀리 한강을 바라보며 마지못해 고개를 끄덕인다. 마침 긴 열차가 검은 연기를 내뿜으며 철교 위를 달려오고 있다. 뭉게뭉게 피어오른 석탄 연기는 노량진 상공으로 퍼져나가 구름 속에 묻혀버린다. 열차는 용산역이 가까워지자 하얀 증기를 토해내며 기적을 울린다. 차윤수는 오늘 밤 열차를 타고 부산에 내려가리라 생각하니 갑자기 눈시울이 뜨거워진다. 사랑한다는 말을 고백하지도 못한 채 그냥 떠나야 되는 그 참담한 슬픔이 자꾸 눈시울을 적신다. 찾아오지 않겠다고 약속은 했지만 정말 그 약속을 지킬 수 있을지, 차라리 감옥에 넣어 달라고 외치고 싶다. 잊을 수 없는 여인.

차윤수는 은미를 겁탈하고 나온 뒤로 산매들린 사람처럼 살아왔다. 만날 술에 취한 채 방에 쭈그리고 앉아 은미의 모습을 떠올리는가 하면 거리를 헤집고 다니며 헛소리를 내지르곤 했다. 자기의 눈물을 바라보던 은미의 연민 어린 눈빛. 형광 불빛에 반짝이던 몸매, 찾아갈 수 없는 그녀지만 얼굴만이라도 봐야 마음을 달랠 수 있었다. 그녀의 발자국이라도 밟아 보다가 숫제 그녀의 그림자가 되고 싶었다. 그는 죽음이 아름답다는 걸 처음 깨달았다.

"뵙지 않고는 견딜 수 없었습니다."

"그 말을 하려고 찾아왔나요?"

은미는 벌떡 일어난다. 차윤수가 부리나케 따라 일어나며 은미의 팔을 잡아주자 그녀는 손을 뿌리치고 앞장서 산을 내려간다. 내려가는 길은 더욱 가파르다. 풀섶에 채여 거꾸러질 것만 같다.

밟힌 돌이 구르면서 은미가 뒤로 넘어지자 차윤수는 얼른 달려들어 은미의 팔을 잡아 일으키려 한다. 그 손을 뿌리치고 벌떡 일어난 은미가 사내의 뺨을 친다.

"내 몸에 손대지 마!"

그래도 차윤수는 은미가 넘어질까 봐 연방 손을 내밀어 팔을 잡아주려 한다. 은미는 그 성의를 뿌리치고 잔디밭 쪽으로 내달리다가 억새풀을 거머쥔 채 뱅글 돌면서 모로 쓰러진다. 넘어진 자리에서 서둘러 일어나려 하지만 그녀의 몸이 제자리에 무너져 내린다. 차윤수가 잽싸게 달려가 그녀 앞에 돌아앉으며 등을 댄다. 은미가 등을 마다하고 다리를 절며 잔디밭을 질러가자 차윤수는 도로 쪽으로 달려가 택시를 잡아온다. 부축마저 거절하며 택시에 오른 은미는 차창 밖으로 소리친다.

"또 찾아오면 경찰에 신고하겠어요."

차윤수는 멍하니 서서 택시의 뒷모습만 바라본다. 햇살을 날리며 달리던 파란 시발택시가 산모퉁이를 돌아 자취를 감추자 차윤수는 담배를 꺼내 피운다. 연거푸 연기를 빨아마시는 그의 눈에 물기가 젖어든다.

차윤수가 다시 은미를 찾아온 것은 그 후 한 달쯤 지나서였다. 이번에는 바로 집 옆 골목에 숨어 있다가 아침 산책하고 돌아오는 은미를 불러 세웠다. 그전의 공손한 태도와는 달리 차윤수의 말투가 당당하고 행동이 거칠다. 우선 이목이 두려운 은미는 그를 본숭만숭하고 대문 쪽으로 걸어가 문을 열고 집안으로 들어간다. 그러자 뒤따라온 차윤수가 집안에 대고 떠든다.

"집안에 아무도 없을 테니 담을 넘겠소."

그럼 벌써 집안 동정을 살폈단 말인가? 당황한 은미는 다시 대문을 열고 밖으로 나와 큰길 쪽으로 걸어간다. 도로와 골목길이 갈라지는 어귀에 파출소가 보인다. 은미의 발길이 빨라진다.

파출소가 점점 가까워져도 차윤수는 개의치 않고 은미의 뒤를 따른다. 신고를 해도 무방하다는 표정이다. 은미는 파출소 앞에서 잠시 머뭇거리다가 다방 간판이 붙어 있는 맞은편 건물 이층으로 올라간다. 그리고 자리에 앉자마자 숨찬 목소리로 말한다.

"정말 이럴 거예요?"

"죄송합니다. 그러지 않으면 저를 만나주시지 않을까 봐……."

"이봐요, 제발 나를 실망시키지 말아요. 나한테 좋은 인상을 남겨 달란 말예요."

은미의 말이 간절하다. 하지만 차윤수는 못 들은 척하며 부산에서 새벽차로 올라왔다는 말로 딴전을 피운다.

"댁이 부산에서 왔건 지옥에서 왔건 그건 알 바 아니니 제발……."

"차라리 당장 신고해 주세요. 감옥에 들어 있으면 여길 못 찾아오겠죠. 안 그러면 장담할 수 없어요."

지친 목소리다.

"이봐요, 우린 영원히 만날 수 없는 처지잖아요. 그러니 좋은 추억으로 남게 해 줘요. 윤수 씨를 신고하지 않고 이렇게 만나주는 것도 그날 밤을 아름다운 추억으로 가꾸고 싶어서예요. 나를 곱게 봐주시는 건 고마워요. 그 고마운 마음에 상처를 주지 마시라구요. 제발 내가 윤수 씨에 대해 그리움을 느끼게 해 주세요. 나는 윤수 씨를 시시한 강도로 여기고 싶지 않아요."

은미는 그를 설득하기 위해 우화 하나를 꾸며낸다. 옛날에 머리에 뿔이 난 괴물처럼 생긴 왕자가 한 예쁜 아가씨를 사랑했다. 아가씨도 괴물처럼 생긴 그 왕자를 사랑했지만 서로 그리워는 하되 만나지 말자고 당부했다. 왕자는 약속을 해 놓고도 아가씨가 보고 싶어 그녀의 집에 찾아갔다. 그런데 아가씨를 보는 순간 왕자는 인간으로 변해버렸다.

"그러니까 찾아가지 말았어야죠. 무슨 말인지 아시겠어요?"

"이해하기가 힘들군요."

아가씨를 찾아감으로써 인간이 됐다면, 찾아간 게 잘된 일인데 찾아가지 말았어야 하다니…….

"괴물이 인간이 됐으니 잘된 게 아니라 잘못된 거죠. 그러니까 아가씨를 찾아가지 말았어야죠."

"무슨 뜻이죠? 괴물이 인간이 됐는데 잘못되다뇨?"

"저는 인간보다 괴물을 더 좋아한다 그 말예요. 그러니 윤수 씨는 인간이 되지 말고 괴물로 남아 있어야 해요."

"그럼 제가 지금 괴물이란 말입니까?"

"댁이 괴물이니까 영원히 잊지 않으려는 거예요."

"이해하기 힘든 말이군요……."

차윤수는 고개를 숙인 채 곰곰이 생각해 본다. 그런데 곰곰이 생각할수록 그 말뜻이 점점 뒤엉키기 시작한다. 도무지 풀 수 없는 수수께끼 같다. 은미의 꾀임에 빠져드는 기분이다. 자기를 따돌리려는 음흉한 꾀임 같다. 괴물이니까 잊지 않겠다니. 도대체 말 같은 말을 해야할 게 아닌가. 차윤수는 무시당하는 기분이어서 화가 치민다.

"쉬운 말로 설명해 주면 안 될까요?"

"그건 설명할 수 없어요. 윤수 씨 스스로 깨달을 수밖에요."

"내가 무식해선가요?"

차윤수의 목소리가 거칠어진다. 은미는 자기의 인간회의(人間懷疑)에 대해 설명할 수 없는 게 안타깝다. 그녀는 정말 인간이 싫었다. 체질이 그랬다. 그 체질을 타인에게 함부로 설명할 수는 없었다. 차윤수스스로 그녀와 같은 체질이 되어야만 그 말뜻을 깨달을 터였다. 은미는 아무 말 없이 빙그레 웃기만 했다. 하지만 차윤수는 은미의 미소가 아니꼽기만 하다.

　빌어먹을! 하기야 강도니까 괴물이지. 괴물은 괴물답게 살아야 돼. 괴물이 순결한 사랑을 품은 것 자체가 잘못이지. 내가 지금 병신 짓을 하고 있는지 몰라. 망나니로 살기를 작정해 놓고 무슨 얼어죽을 사랑. 벌레는 풀잎을 먹어야 돼. 내 수준대로 살아야 된다구. 한번 버림받았으면 충분하지 또 버림받을 순 없어!

　아름다운 아가씨가 있었다. 차윤수 아버지가 머슴살이하던 주인집 딸이었다. 차윤수는 그녀를 사랑했다. 그녀가 산딸기를 먹고 싶어하면 가시밭을 헤집고 다녔다. 팔 다리가 할퀴어도 즐겁기만 했다. 개울을 건널 때면 등에 업어 건네주고 그녀가 추위를 타면 옷을 벗어주었다. 자기 몸이 얼어도 그 고통에서 되레 자부심이 느껴졌다. 그는 그녀의 종이 되리라 결심했다. 그런데 그녀는 대학생이 되고부터 진학하지 못한 차윤수를 무시하기 시작했다. 어느 날 그녀가 차윤수에게 물었다. 하나님은 태초에 뭘 창조하셨냐고. 차윤수가 아담과 이브를 창조했다고 대답하자 그녀는 하나님은 태초에 천지를 창조하셨잖아, 하고 깔깔대며 비웃었다. 그녀는 나중에 부잣집 아들과 결혼했다.

　"괴물은 괴물처럼 살 수밖에 없지!"

　차윤수가 벌떡 일어난다.

　"내 말을 이해 못하는군요. 하기야 그럴 테죠. 세상에는 소통이 되는 사람과 안 되는 사람이 있으니까요."

　"나를 깔아뭉개는군."

차윤수는 다방을 나온다. 그는 은미가 원망스럽다. 하지만 그 원망은 켜켜이 쌓여 더 견디기 힘든 애정으로 불어난다. 그는 입을 앙다물고 버스 정류장 쪽으로 달려간다. 버스에 오르고도 고개를 숙인 채 숨만 헐떡거린다. 서울에 머물러야지, 그는 다시 입을 앙다문다.

차윤수와 헤어진 은미는 집을 향해 터덜터덜 걸어간다. 길거리의 풍경이나 건물들이 안개에 덮인 듯 온통 뿌옇게 보인다. 연탄집, 양장점, 이발소, 치과의원, 라디오 수리점, 세탁소, 주산학원, 복덕방, 구멍가게 등이 금세 온데간데없이 사라진다. 소리도 들리지 않는다. 자동차 소음도 전파사의 라디오 소리도 이미 적막 속에 묻혀버렸다.

은미는 자기의 발걸음도 느껴지지 않는다. 허공에 둥둥 떠다니는 기분이다. 아스팔트 길을 걸어, 대문을 열고, 정원을 지나, 현관문을 열고, 거실 소파에 앉아 있으면서도 그냥 몸이 붕붕 떠다니다가 허공 한 점에 머문 기분이다.

집에 돌아오는 남편의 모습도 환영처럼 보인다. 그의 말소리도 먼 바람소리처럼 어렴풋하다.

"이틀간 바둑에 미쳐 지냈어. 내기바둑으로 술값도 꽤 날렸지."

술집 여자들과 어울린 게 미안해서 꾸며낸 그 변명은 바람소리보다 더 미미하다. 말의 시늉일 뿐이다.

"새삼 왜 그런 말을 하죠?"

사실 변명하지 않아도 은미는 남편의 외박에 신경 쓸 여자가 아니다. 이틀이 멀다 하고 남편이 집을 나가 밤을 새고 돌아와도 그녀의 표정에는 아무런 변화가 없었다.

성재가 누구와 잤는지에도 관심 없고, 묻지도 않는다. 되게 틀어졌군, 성재가 그런 말을 하면 은미는 그게 아니라고 했다. 내 눈치 보지 말고 당신 멋대로 해요, 그랬다.

은미는 되도록 외출을 삼간 채 집안에서 책을 읽고 꽃을 가꾸는 게 일과였다. 남과 어울리는 것도 좋아하지 않거니와 외로움도 모르는 여자다. 얼굴색도 늘 평온하다.

"집에 안 들어와도 좋아요."

"나를 남편으로 여기지 않겠다는 건가?"

"내가 어떤 여잔지 잘 알면서 그래요."

"어떤 여자라니?"

"나는 남편을 가정을 지탱하는데 필요한 구성원 정도로 여긴다구요."

"솔직해 좋군. 하지만 나를 이처럼 무기력한 남자로 만든 건 당신 책임이야."

"무기력한 게 아니고 편의주의에 빠진 거겠죠. 암튼 당신 없어도 집안 잘 간수할 테니 자유롭게 사세요."

"이 세상에 당신 말고 내가 사랑할 여자가 있을 것 같애?"

"아무 여자든 자주 살을 맞대다 보면 모르는 새에 정도 붙어요."

"꼭 경험한 여자 말투 같군. 혹 사귀는 남자라도 있는 거야?"

성재가 농조로 묻는다.

"애인이 있을지도 모르죠."

"당신에게 어떻게 애인이 생길 수 있어. 남자 만날 기회가 없잖아?

그리고 남자를 싫어하잖아?"

성재는 그런 말로 아내의 마음을 풀어주고 싶었다. 하지만 지금 그런 말이 은미의 귀에 들어올 리 없다. 남편한테 고백을 할까 말까 그게 고민이었다. 은미는 지그시 아랫입술을 깨문다.

고백할 수밖에 없어. 성재의 자식인 것처럼 묵묵히 지내면 되겠지만 그게 한두 해로 끝날 비밀이 아니잖는가. 평생을 속고 속이며 살아야 하는데 눈감고 아웅하는 그 조심으로 평생을 버틸 수는 없다. 털어놔야지. 하지만 말은 입속에서만 맴돌 뿐이다.

"나무랄 말이 있으면 주저하지 마."

성재는 노골적으로 자기를 꾸짖지 않고 속으로만 중얼거리는 아내의 마음이 고맙다. 앞으로는 논다니들과 그만 어울리고 가정에 충실해야겠다는 생각이 든다.

"이제부턴 술집 출입도 삼가겠어."

"아녜요. 일부러 그러진 마세요. 편한 대로 사세요."

"편한 대로라니? 그럼 계속 쓸개 없이 살란 말야?"

"그게 아니라, 당신과 나 사이, 그러니까 가정윤리 같은 거에 매이지 말라는 뜻이죠."

"당신은 나를 너무 방임해 왔어. 나는 당신이 내 목동이 돼주기를 바랐어. 나는 수동적인 체질이잖아? 그런데 당신은 나를 들판에 풀어놓기만 했다구. 풀을 뜯어먹든 말든, 해가 지든 말든 모른 체했단 말야. 날이 저물면 울 속으로 불러들여야지."

"죄송해요. 하지만 난들 어쩌겠어요. 그 어쩌지 못하는 내 무능이 당신을 실망시켰다면 그것도 어쩔 수 없는 거죠.”

“어쩔 수 없다구? 당신은 기막힌 여자군. 나를 돌봐주는 건 아주 쉬운 일이잖아? 어려운 일이 아니잖냐구. 화경한테서도 봉변을 당했어. 아내를 두고 왜 자꾸 곁도냐는 거지. 심지어 실망스럽다는 말도 서슴지 않았어.”

“내가 안 껴안아줘서 곁돈다고 하죠?”

은미가 피식 웃는다.

“화경의 말은 내가 아주 유치하다는 거야. 타락했다는 뜻이냐고 따졌더니 넌 타락한 것도 아냐, 그러더군. 타락은 신과의 관계인데 신은 안중에도 없는 사람이라고 나를 닦아세웠어. 화경은 이런 말도 했어. 타락은 신을 찾아가려는 몸부림이거나 신과 작별하려는 몸부림이라고. 암튼 화경이 그런 말을 한 게 참 이상했지.”

“나 임신했어요.”

“……?”

“임신했다구요.”

“임신?”

“왜 기쁘지 않으세요?”

“기쁘고 말고지.”

성재는 억지로 웃음을 지어 보인다. 아무리 농담이라 해도 임신했다는 말에 무심할 수는 없었다. 얼마나 바라던 임신인가. 성재는 은미가 애를 낳으면 그녀의 얼굴에 웃음꽃이 피고 꽁꽁 얼어붙은 몸도 녹으리라 생각했고, 그리되면 가정에 활기가 넘칠 거라고 믿었다.

하지만 삼 년 가까이 임신 소식이 없자 성재는 혼자 병원을 찾아갔던 것이다. 애초에는 부부가 함께 검사를 받을까 했지만 은미가 그런 검사를 받을 리 없고 되레 은미한테 무시당하기 십상이었다.

네가 기껏 그런 수준이냐? 그처럼 자식에 애착을 갖느냐? 만약 애를 못 낳으면 어쩔 셈이냐? 그런 궁상을 떤다면 숨이 막혀 살겠느냐?

은미는 그런 말을 할 게 뻔했다. 그렇잖아도 은미가 넌지시 속을 내비친 적이 있잖은가. 당신 곁에 있으면 양지바른 담장 밑에 앉아 있는 기분이 들어요. 겨울철에는 따스한 햇살보다 더 값진 게 뭐겠어요. 아마 그 따스한 햇살을 사랑이라 해도 무방하겠죠? 하지만 무더운 여름에 쏟아지는 햇볕마저 사랑이라고 말할 순 없겠죠?

은미는 처음으로 성재를 겨울철의 햇살에 비유함으로써 둘 만의 오붓한 생을 부각시켰다. 그리고 여름철의 뜨거운 햇볕을 상기시킴으로써 그 오붓한 둘 만의 생이 상처 입을 수 있음을 경고했다. 요컨대 그 말은 자식의 무용론에 동의하라는 은근한 압력인 셈이었다.

"농담만 할 게 아니라 정말로 애를 가져 봐. 사는 맛이 달라질 테니."

성재는 억지로 웃음을 지었다. 은미는 정색을 하며 성재의 손을 당겨서 자기 배에 대주었다.

"이래도 미끼지 않으세요?"

도톰한 감촉이 손끝에 느껴지자 그제야 성재는 은미의 배를 유심히 들여다보았다. 사실이었다. 그는 임신이 확인되자 한순간 온몸이 굳어버렸지만 금방 너름새를 부리며 "우리 애기!"라고 소리쳤다. 진심으로 자기 애기인 것처럼 속아주고 싶었다. 하지만 그런 너름새와는 달리 그의 속마음은 바람에 쓸리는 가랑잎 마냥 메마르기만 했다. 슬펐다. 무정자증 진단을 받았을 때만 해도 미처 느끼지 못한 슬픔이었다.

출생의 당위성

성재는 은미의 배를 만져주고 나서 밖으로 나간다. 은미에게 사귄 남자가 누구냐고 캐물을 수 없었다. 캐묻는 게 유치한 질문이다 싶어 입을 다물었다.

정원에는 노을이 지고 있다. 오늘 따라 그 고운 노을이 초라해 보인다. 목련 가지에 앉아 있던 작은 참새 한 마리가 높이 솟아 노을 속에 묻혀버린다. 성재는 참새가 사라진 공간을 멍하니 바라보다가 승용차를 몰고 밖으로 나간다. 그리고 마냥 시내 도로를 질주하다가 술집에서 술을 마시고 통금시간이 임박할 무렵에야 차를 몰고 집에 돌아온다. 도로를 질주하고 술을 마시고 집에 도착할 때까지 무슨 생각을 했는지 전혀 기억나지 않는다. 지난 시간이 기억나지 않는 게 다행이라는 생각이 든다.

이튿날에도 아침나절부터 술을 마신다. 인사동 단골 술집에서 술상을 차려 놓고 혼자 마시다가 화경에게 전화를 건다.

"어서 나와 줘."

화장대 앞에서 성재의 전화를 받은 화경은 웬일일까 하고 머리를 갸우뚱거린다. 성재의 그런 애절한 목소리는 처음이다. 성재의 신변에 무슨 일이 생긴 게 틀림없다고 생각한 화경은 곧 가겠다는 확답을 주고 전화를 끊는다. 부리나케 화장을 마친 그녀는 밖으로 나가 차에 오른다. 차는 남산 자락을 넘어 금방 인사동에 도착한다.

"왜 얼굴색이 그래? 어디 아파?"

화경은 성재를 보자 표정부터 살핀다.

"그냥 울적해서 그래."

"무슨 일 있었어? 은미하구?"

"아무 일도 없어. 외려 기쁜 소식을 들었는걸. 은미가 임신했대."

"은미가 임신했다구? 정말 축하해. 너무 늦은 셈야. 여자는 애를 낳아야 진짜 여자지."

화경의 말이 수다스러울 정도다. 성재는 그녀의 수다가 가엾게 느껴진다. 자식을 낳지 않겠다는 여자가 임신을 축하하다니. 보나마나 그 축하 속에는 화경 자신이 가장 싫어하는 형식 즉 예의치레가 담겨 있을 것이었다.

화경은 자식을 갖는 것도 형식이라고 했다. 형식으로 치면 애를 낳아야지만 내용으로 치면 그럴 필요가 없다는 것이다. 흔적을 남기기 싫어. 그게 화경이 애를 낳지 않는 이유 즉 내용이다.

어느 때는 남자 핑계를 대는 경우도 있었다. 남자 없이 어떻게 애를 낳지? 하고 빙그레 웃곤 했다. 모든 남성의 선망의 대상인데 재혼하면 될 것 아냐? 하고 속을 떠보면 결혼은 귀찮아서, 라고 대꾸했다. 그럼 그 영화감독하고는 왜 결혼했니? 하면 그이는 미쳤으니까, 그랬다. 하루종일 이유를 대라면 하루종일 핑계를 댈 여자다.

"아내가 임신했다는데 왜 슬픈 표정이니? 하긴 그래. 너무 기쁜 일을 당해도 슬퍼질 때가 있지. 너…… 혹…… 나한테 미안해서 일부러 그러는 거 아냐? 속으론 펄쩍펄쩍 뛰고 싶으면서?"

화경이 미소를 지으며 다시 성재의 얼굴색을 살핀다.

"새끼를 갖는 게 그리 좋은 거니?"

"무식하게 새끼가 뭐니. 암튼 좋잖아? 본능이니까. 신성한 본능. 아무리 자식을 부정하는 사람도 속으론 갈망할 거라구. 설혹 그 욕심을 버린다 해도 허전한 빈터가 남게 마련일 테구."

"아예 자식을 부정하고 산다면?"

"그야 억지에 불과하지. 그런데 왜 자꾸 그런 생각을 하지?"

"빌어먹을……."

"애 왜 이래. 네 입에서 욕이 나오다니. 너 완전히 달라졌구나."

화경이 은미에게 축하 전화를 걸어주겠다며 자리에서 일어나자 성재가 그녀의 손을 잡아 도로 자리에 앉힌다.

"은미는 나보다 더 슬퍼할지 몰라."

"왜?"

"예감이라구."

"니네들 둘 다 미쳤구나. 가장 기뻐할 일을 놓고 궁상을 떨다니."

화경은 담배를 꺼내 피운다. 성재는 술잔을 연거푸 비워낸다. 땀구멍마다에서 술이 질질 흘러나오도록 마실 참이다. 하지만 서너 잔을 비울 즈음 화경이 술잔을 빼앗는다.

"은미가 바람피웠든? 우리 사이를 알고 있으면서도 눈 하나 깜짝 않는 게 이상했어."

"엉뚱한 소리 마. 은미가 바람 필 여자니?"

"끔찍하게 섬기긴."

"섬기는 게 아니라 사실 그렇잖아."

자리에서 벌떡 일어나 밖으로 나온 성재는 잔디밭을 거닐며 연방 누구일까를 되뇌인다. 뭘 하는 남자일까? 사업가? 정치가? 학자? 예술가? 아니면 종교인? 도대체 어떻게 생긴 남자일까? 보나마나 건장한 남자겠지. 나 같은 약골은 아니겠지.

성재는 안방처럼 안온하게만 느껴지던 은미의 품속이 사방으로 열려진 한데처럼 여겨진다. 은미가 딴 남자의 애를 배다니…….

아스팔트길이 구겨진 휴지처럼 지저분해 보인다. 한 인간에 대한 믿음이 무너지는 아픔, 은미야말로 편안히 거처할 수 있는 유일한 세계인데 그 세계가 무너져버리자 현기증이 인다.

무슨 힘으로 버틴담?

성재는 담배를 피워 문다. 골목 상가 쪽에서 엄마의 손에 끌려 애기가 아장아장 걸어온다. 손가락을 빨던 애기는 행인들에게 눈을 팔며 엄마의 발걸음을 지체시킨다. 얼굴이 동그랗고 다리가 통통하다. 우유, 젖병, 기저귀, 장난감 같은 물건들이 일시에 귀염기를 뽑내며 떼지어 몰려온다. 금방 길거리가 애기 용품들로 가득 찬다. 행인과 차량들이 모두 애기처럼 보인다. 서울은 온통 애기 천지다. 하늘의 뭉게구름도 모두 애기가 된다. 애기 떼는 이제 우주로 번져나간다.

"참 귀엽네요."

애기의 손을 잡아 본다. 애기가 두 손을 치켜든다.

"얜 아무한테나 안아 달래요."

성재가 애기를 번쩍 들어 가슴에 품어 본다. 뭉클한 감촉이 가슴속에서 팔락거린다. 뺨을 부벼 보고 엄마에게 넘겨준다. 가슴이 허전하다. 미처 느껴 보지 못한 감정이다.

"어서 타."

어느새 밖으로 나와 차를 빼낸 화경이 문 유리를 내리며 소리친다. 성재가 차에 오르자 화경은 속도를 내기 시작한다. 인사동을 빠져나온 차는 종로 네거리를 지나 남산 쪽으로 달린다. 을지로 입구에서 파란 신호를 기다리고 있을 때, 핸들을 잡은 화경이 갑자기 성재의 뺨에 입술을 찍는다.

"이런 데서 뽀뽀하면 신나지?"

화경은 목을 뒤로 젖히며 소리내어 웃는다. 옆 차들이 그 모습을 보고 키들키들 웃지만 선글라스를 끼고 모자를 눌러쓴 채 까불대는 여자가 유명 배우란 걸 아무도 모른다.

성재는 화경과 함께 식당이라도 가게 되면 종종 민망한 일을 당했는데 종업원들이 그녀에게 사인을 요구하면 그녀는 성재가 자기보다 더 유명한 분이라며 추켜세웠던 것이다. 종업원들이 뭘로 유명한 분이냐고 캐물으면 그녀는 서슴없이 도예가라고 대답해 주었다. 성재는 요즘 심심풀이로 친구 아버지네 가마에서 화병과 항아리 몇 개를 코일링 식으로 만들어 군 적이 있는데 도예가 하면 그릇 만드는 사람 정도로 알고 있는 그들에게 무난한 대답이 되었다.

차가 후암동집에 도착한 시간은 점심 무렵이다. 대문을 열게 한 화경은 성재의 손을 잡고 정원을 걸어 현관 앞으로 다가간다. 그때 현관문이 열리며 예쁘장한 아가씨가 뛰쳐나와 인사한다. 화경이 막내동생이라고 소개한 그녀는 나중에 가정부로 밝혀진다.

"먼젓번 아줌마가 나가면서 대신 들였는데 무척 착해. 판단은 좀 굼뜨지만 난 착한 게 좋아."

집안에 들어서자 화경은 의상실에서 옷부터 갈아입고 나온다. 몸이 거의 노출된 가벼운 실내복 차림인 그녀는 거실 소파에 앉아 있는 성재를 자기 방으로 데려간다.

"서재 겸 침실로 쓰고 있어."

화경이 성재의 손을 잡으며 방의 용도를 설명해 준다. 그때 노크 소리가 들려오지만 화경은 성재의 손을 놓지 않은 채 그냥 들어오라고 한다. 다반을 받쳐들고 방에 들어선 가정부가 고개를 돌린 자세로 다반만 방바닥에 놓고 얼른 나가려 하자 화경이 그녀를 불러세운다.

"앞으로 잘 모셔야 될 분이셔. 내 동창 겸, 친구 겸, 귀여운 애기 겸, 그런 분야."

"애기가 아니고 애인 겸이지."

성재가 말을 덧붙인다. 가정부가 웃음을 삼킨 채 방을 나가자 성재와 화경은 나란히 침대에 기대고 앉아 차를 마신다. 성재는 고즈넉한 침실과 곁에 붙어 앉은 화경이 어쩐지 어색하다. 예전에 살을 맞대던 여자가 왜 이처럼 멀리 느껴지는 걸까. 화경이 그런 성재의 기분을 눈치 챈 듯 귀에 대고 속삭인다.

"내가 밥을 지어 볼 거야. 밥이 제대로 익을지는 모르지만."

화경은 일어나 부엌으로 나간다. 성재는 방 구석구석을 살펴본다. 죽은 남편에 대한 흔적은 아무것도 없다. 그가 사용했음직한 어떤 물건도 눈에 띄지 않는다. 부엌에서는 두 여자의 목소리에 섞여 종종 그릇 부딪는 소리가 들려온다. 성재는 침대에 올라 편안히 누워 기지개를 켠다. 깜빡 존 듯도 싶다.

부엌에서 점심 준비가 다 되어간다는 화경의 목소리가 들려온다. 성재가 대충 차리라고 대꾸하자 부엌에서는 대충 차리기가 더 힘든데, 라고 더 큰 목소리로 말한다. 장난기 어린 화경의 큰 목소리가 한순간 성재에게 당혹감을 안겨준다. 그 목소리가 남산 능선을 넘어 필동까지 번져 은미의 귀에 들리면 어쩌나, 하는 황당한 생각이 머리를 스쳤던 것이다.

은미는 임신한 몸이 아닌가, 더구나 딴 남자의 애를 잉태했으니 얼마나 괴로울까. 그 고통을 위로받기는커녕 남편이라는 자가 지금 다른 여자의 침대에 누워 있으니 은미가 그 사실을 알면 얼마나 적적할까.

은미에게 끝내 무정자증을 밝히지 않으리라……

성재는 그것이 술집 여자들과 어울려 지내는 자기의 방탕한 죄책감

을 조금이나마 탕감받는 배려로 여겨진다. 물론 내 속에서 나온 자식
이어야만 꼭 내 자식이라는 사고방식이 유치하긴 하다. 성재는 그렇게
마음을 정리하고 나니 이제 은미의 고민을 어떻게 덜어줄지가 문제였
다. 그러니 자기의 무정자증만 밝히지 않으면 은미는 불륜을 감출 수
있어 조금은 숨통이 트일 것이었다. 성재는 자기의 비밀 유지가 가장
현명한 지혜임을 재차 확인한다.

혹 오진은 아닐까?

성재는 병원의 오진에 미련을 가져 보기도 한다. 외출도 싫어하고
누구와 사귄 적도 없는 여자가 임신을 했으니 의술의 정확도를 의심해
볼만도 하다. 은미가 외간 남자와 정을 통했다는 것은 좀처럼 믿기지
않는다.

"또 뭔 생각을 하고 있는 거야?"

화경이 앞치마를 벗으며 방으로 들어온다. 점심 준비를 끝냈다는 표
시다. 그녀는 성재를 앞세워 주방으로 들어간다. 식탁에 차려진 음식
이 맛깔스러워 보인다. 의자에 앉아 찌개 한 수저를 입에 떠 넣은 성
재는 음식이 맛있다며 연방 엄너리를 친다. 그런 제스처는 어서 집에
돌아가려는 선손인 셈이다. 밥을 먹으면서도 화경에게 무슨 핑계를
대고 헤어질까를 궁리하다가 솔직히 은미를 위로해 줘야겠다고 말해
버린다.

"위로라니?"

"다른 여자는 애를 낳으면 기쁠지 몰라도 은미는 그런 체질이 아니
잖니. 너와 똑같은 체질이잖아. 아주 못된 체질 말야."

"아냐. 그건 말 뿐이야. 나도 남편이 원했으면 애를 낳았을 거라구. 분위기에 약한 게 여자잖니. 사랑하는 남편이 애를 낳자는데 빡빡 우길 여자가 어딨겠어."

저녁 식사가 끝나자 성재는 귀가를 서두른다.

그는 집에 돌아오자마자 현관에서 남편을 곱게 맞아들이는 은미를 포근히 껴안아준다. 그리고 안방에 들어와서는 은미를 침대 모서리에 앉히고 그녀의 배에 귀를 대며 속삭인다.

"우리 애기가 숨을 쉬고 있군. 이놈은 혁명가를 만들어야겠어. 나처럼 미지근한 인간을 만들지 말고."

성재가 배에 대고 입을 맞추자 은미는 그의 머리칼을 쓰다듬으며 조용히 말한다.

"당신처럼 훌륭한 아버지가 어딨어요. 그나저나 왜 화를 내지 않는 거죠?"

"화를 내다니? 사랑하는 아내가 임신했는데 화낼 인간이 어딨어."

"나한테 애인이 생겼다고 말했잖아요."

"당신은 바람피울 여자가 아냐. 솔직히 말해 바람피울 여자라면 좋겠소. 그러면 당신 얼굴이 훨씬 밝아질 테니."

사실이다. 성재는 은미가 바람을 피워도 좋으니 그 아름다운 얼굴에 기미처럼 낀 어둠만 걷힌다면 더 바랄 게 없다. 결혼만 하면 씻겨질 줄 알았던 그 침침한 그늘은 마치 피부처럼 굳어져 여태 지워지지 않고 있잖은가. 지워지기는커녕 점점 짙어지고 있으니 성재는 그게 늘 마음에 걸린다.

"애기가 다른 남자의 씨일지도 모르잖아요?"

왜 저럴까? 내 신체의 비밀을 알고 있는 걸까? 은미는 자식을 갖고 싶어 안달할 여자가 아닌데, 내 병을 알고 내 비애감을 씻어주기 위해서 임신했단 말인가? 그럼 누구의 애를 가졌단 말인가.

성재는 은미가 자기의 자식으로 알고 있기를 바란다. 만약 은미가 바람을 피웠다 해도, 애만은 자기의 씨로 알고 있어야지 다른 남자의 씨임을 알게 된다면 애를 지워버릴지 모른다. 생각이 낙태에까지 미치자 덜컥 겁이 난 성재는 은미 곁에 앉아 포근히 껴안아준다. 은미의 어깨 너머로 창밖 정원등을 바라보는 성재의 시선이 흔들린다. 귓속을 파고드는 은미의 목소리가 몹시 떨렸던 것이다.

"당신의 신체적 약점을 알고 애를 지우지 않았어요."

어느새 은미의 눈자위에 물기가 젖어 있다. 성재는 조심스레 입을 연다.

"내 약점을 알고 있었다구?"

"우연히……."

"그럼 언제?"

"당신이 무정자증을 진단받았을 당시죠. 그래서 강도의 씨를 지우지 않은 거예요."

"강도?"

"네. 칼 든 강도 말예요."

하지만 성재는 놀란 기색을 감춘 채 한 손으로 아내의 헝클어진 머리칼을 쓰다듬어 준다. 정말 강도에게 당한 임신이라면 되레 다행이라는 생각이 든다. 불륜 관계가 아닌 불가항력의 결과물이란 데에 마음이 놓인 성재는 은미가 애를 지우겠다며 울음을 터뜨리자 "안 돼!" 하고 소리친다.

"이 애기는 내 자식이야!"

다시 한번 고함을 지른 성재는 은미가 실컷 울도록 거실로 나가 담배를 피운다. 담배 두 개비를 연거푸 태운 그는 부엌에서 물을 한 컵 따라 들고 다시 안방으로 들어간다. 눈물을 지우고 침대에 앉아 있던 은미는 남편이 내민 물컵을 받아 마시고 그의 얼굴을 바라본다.

아내의 말을 다 듣고 난 성재는 두 손으로 아내의 손을 모아쥐고 떨리는 목소리로 위로해 준다.

"여보, 고백해 줘서 고마워. 나는 아무렇지도 않으니 마음을 편히 먹어요."

조용한 목소리로 아내를 안심시킨 성재는 주술을 외듯 중얼거린다.

"잘 키워야지. 이제 나한테 할 일이 생긴 거야. 이 애를 잘 키우는 건 내 인생의 의미 찾기이기도 해. 이제 살맛이 나는군. 세상이 밝아 보여."

성재는 모처럼 아내에게 행복한 미소를 지어 보인다.

"그 후 두 번이나 찾아왔어요. 용서를 빌러 왔다더군요. 노름빚 땜에 그런 짓을 저질렀다는 거예요."

"두 번?"

성재는 두 번이나 찾아왔다는 말이 마음에 걸린다. 용서를 빌러 온 것도 이상하지만 두 번이나 찾아왔다면 집 근처에서 배회한 것도 여러 번일 터였다. 혹 아내한테 연정을 품은 건 아닐까? 그렇다면 어째서 연정을 품게 되었을까? 성재는 아내의 얼굴을 훔쳐본다. 남편의 그런 걱정을 읽은 모양인지 은미는 사내가 자기에게 마음을 주고 있다는 말도 털어놓는다. 하지만 차윤수가 흘렸던 눈물에 대해서만은 끝까지 숨길 작정이었다. 남편이 그 말을 들으면 언짢기도 하겠지만 그 눈물은 누구에게도 말할 수 없는 가장 신성한 무엇이었다. 그 눈물은 은미의 자존심이자 뱃속의 애기가 탄생할 당위이기도 하다.

은미는 성재의 두 손을 끌어모아 잡으며 그녀가 꾸며낼 수 있는 가장 편안한 미소를 지어 보인다. 그런 비나리는 차윤수의 눈물을 신성하게 여긴 그 가책에 대한 일종의 보상인 동시에 그동안 성재에게 느껴왔던 또 다른 죄책감에 대한 보상이기도 하다. 그 죄책감이란 성실한 사업가로 성장했을 성재가 지금처럼 세상을 소극적으로 살아가는 유약한 사내로 전락한 이유를 자기 탓으로 돌린 은미의 사려 깊은 배려다.

사(四) 자를 좋아한 여자

오후가 되자 바람이 불기 시작한다. 낙엽이 쓸리는 정원을 바라보는 은미의 얼굴에 앳된 미소가 번진다. 너른 정원을 거닐며 바람에 쓸리는 가랑잎에 발길을 채여 보고 싶은 낭만은 언제나 그녀를 사춘기 적 소녀로 되돌리곤 한다. 햇살이 스며든 장판방에 엎드려 만지작거리던 껍질 찢어진 책, 염세란 단어만 읽어도 가슴이 부풀던 그 시절에만이 그녀에게는 젊음이 있었다.

그 후 그녀는 일찍 늙어버렸다. 늙어도 아주 폭삭 늙었다. 그녀는 옷도 노티나게 입었고 죽음이란 말을 입에 달고 살았다. 그녀는 글자도 죽을 사(死) 자를 좋아했고 그 사자와 동음인 사(四) 자를 좋아하게 되었다. 그녀는 대학생 시절에 친구들과 어울릴 때도 네 명만을 추려 어울렸고, 약속 시간도 가능하면 오후 네 시로 잡았다. 심지어 학용품을 살 때도 네 가지를 골라 샀다. 한두 가지만 필요할 경우에도 볼펜이나

카드 따위를 끼워 사거나 하다못해 편지 봉투를 낱개로 더 사서 네 가지를 채우곤 했다. 그녀는 칠월 십육일인 생일날도 사월 사일로 바꾸고 그날 친구들에게 생일 턱을 내기도 했다.

친구들이 생일 날짜를 왜 고쳤냐고 의아해하면 은미는 죽는 날짜도 정해진 거냐고 따졌다. 그녀는 죽음이란 말을 자주 입에 올리다 보니 죽음과 연관되는 단어들, 일테면 곡두, 명두, 강시, 따위의 단어에서 친밀감이 느껴지고 상여나 영구차를 보면 바다에 홀로 떠다니는 돛단배를 연상했다. 그녀는 문학작품을 읽을 때도 죽음의식이 강한 작품에 매료되었고, 주변에서 마음에 끌리는 남자가 눈에 띄면 그 남자가 죽어서 무덤 속에 묻힌 모습을 상상하며 그 사위스런 주검에서 애정이 느껴지곤 했다. 은미는 차윤수 역시 살아 있는 차윤수보다 죽어서 무덤에 묻힌 차윤수이기를 바랐다. 만약 무덤 속에 들어 있는 차윤수라면 마음 놓고 사랑할 것이었다.

인터폰에서 부저 소리가 난 듯싶다. 누구냐고 묻자 이내 남자의 목소리가 들려온다. 은미는 그가 누구인지를 알면서도 일부러 누구세요, 를 반복한다. 상대방의 목소리가 점점 높아진다.

"나요. 차윤수란 말요."

은미가 밖에서 만나자며 대문을 열지 않자 발로 문을 탕탕 찬다. 은미는 남의 이목이 두려워 버튼을 누른다. 대문을 열고 들어서는 차윤수의 복장은 양복 차림이다. 그가 마당 잔디를 밟으며 걸어올 동안 은미는 일부러 걸레를 챙겨 마룻바닥을 훔친다.

"사람 대접을 이렇게 하기요?"

차윤수가 현관문을 열고 들어서며 히죽이 웃는다. 처음 보는 섬뜩한 웃음이다.

"함부로 올 집이 아닌데 무슨 염치로 이러는 거죠?"

"그전처럼 예의 차릴 내가 아뇨. 이렇게 당당해진 건 세 가지 이유 때문이지. 첫째는 내가 나쁜 놈이란 것, 둘째는 당신이 날 사랑한다는 것, 셋째는 이집 주인이 바람둥이라는 것. 한마디로 내가 꿀릴 게 없다, 그말이지."

"꿀릴 게 없다뇨?"

"어허, 내숭떨지 말고 술상부터 차려와!"

"요구조건이 뭐죠?"

"요구조건? 점잖은 줄 알았는데 이 여자 아주 형편없군. 당신 언제부터 그처럼 야박해졌지? 사랑마저 돈으로 계산하겠다는 거야?"

"당신이라고 부르지 말아요. 기분 나빠요."

"그럼 이름을 알려줘얄 거 아냐."

은미는 이름을 밝히고 싶지 않다. 차윤수 같은 인간에게 이름을 밝히는 것이 수치로 여겨진다. 그녀는 입을 다물기로 작정하고 쟁반에 양주병과 땅콩 접시를 얹어 들고 나온다. 시장에 간 아줌마가 돌아올 시간이지만 겁나지 않는다. 그건 자기 연민에서 우러나오는 용기였다.

"남편의 뒤까지 밟아 봤군요. 당신 같은 철면피를 인간 대접하다니, 진작 신고해버릴 걸 후회스러워요."

"지금 신고해도 늦지 않을 텐데?"

"내가 댁같이 야비한 인간인 줄 아세요? 한번 봐준 게 잘못이지 신고하다뇨."

"잔말 말고 돈이나 가져와. 당장 셋방을 얻어야겠어."

"셋방요? 그럼 서울에 살게요?"

"왜, 내가 서울에서 사는 게 싫다 그거야?"

"어디에 살 건 알 게 뭐예요. 다만 그런 목돈이 없다는 거죠."

"이런 부잣집 마님 통장에 그깟 방 하나 얻어줄 돈이 없다 그거군. 할 수 없지. 날짜를 봐줄 수밖에. 그럼 목돈은 나중에 챙길 테니 그때 돌려준 패물이나 꺼내와."

은미는 벌떡 일어나 안방 문갑 속에 보관해둔 패물을 상자째 꺼내온다. 차윤수는 상자를 열어 패물만 호주머니에 집어넣고 양주를 병째 들고 벌컥벌컥 마신다. 그 모습을 바라보는 은미의 얼굴에 증오와 연민의 빛이 일렁거린다. 착잡한 심정이다.

하필 네가 그런 인간이라니. 네가 이런 인간만 아니면 비록 죄를 지었다 해도 너를 잊지 않을 텐데.

은미는 그렇게 외치고 싶지만 억지로 참는다.

"앞으론 진짜 강도가 돼요. 강탈한 물건을 도로 쏟아놓고 가지 말고요."

"그래서 도로 가져가잖아."

"차라리 그때 강탈해 간 게 낫다는 말예요. 이런 추한 꼴 보이지 말고요."

"그땐 참 순진했지. 다신 그런 실수를 안 저지를 거야. 이걸 도로 빼앗아가는 것도 잔인해지기 위해서지. 다신 안 속으려구."

“안 속다뇨? 그럼 나한테 호감을 사려고 눈물을 흘렸나요?”

“입 닥쳐! 구역질 나!”

벌컥 화를 낸 차윤수는 현관 밖으로 나간다. 그는 마당 쪽으로 걸어가다 말고 도로 현관문을 열고 들어와 소리친다.

“어서 목돈을 챙겨봐. 곧 찾아올 테니.”

“나가요. 아줌마 올 시간 됐어요. 이 집에서 소박맞긴 싫으니까요.”

“소박맞게야 할 순 없지. 내 밥줄이 끊길 테니까.”

현관 밖으로 나간 차윤수는 뒤를 돌아보지도 않은 채 잔디밭을 내질러 대문 밖으로 사라진다. 해가 기울면서 바람은 잠잠해진다. 은미는 다시 정원을 바라본다. 아무 일도 없었다는 듯 마음을 정리하고 싶다. 한 올의 바람결이 스치고 지나간 듯한, 이웃 사람 하나가 다녀간 듯한, 그런 시시한 흔적으로 지우고 싶다.

차윤수가 다시 찾아온 것은 그 후 한 달이 지나서다. 용케도 성재와 가정부가 없는 시간을 택한 걸로 보아 미리 살펴온 게 틀림없다. 그는 여전히 거친 행동으로 돈을 요구한다. 은미는 결의를 내보일 때가 되었다고 생각한다.

“이 돈이 마지막예요. 다시 집에 찾아오면 요구를 들어줄 수 없어요. 마지막으로 내 말을 잘 들어요. 공갈은 살고 싶어하는 사람에게만 통하는 법예요. 맥도 그 정도는 알겠죠. 하지만 나는 항시 죽음을 안고 살아가는 사람예요. 나는 착한 여자가 아니란 말예요. 착한 여자라면 당신 같은 사람을 두려워할지 모르지만 난 당신보다 더 잔인한 여자거든요.”

“어쭈, 겁주겠다 이거군. 하기야 유식 떠는 것보다야 그게 낫지. 나는 유식 떠는 것 딱 질색이거든. 계집이 아는 척하는 건 더 질색이구. 사랑도 그냥 빨고 핥고 쑤시는 게 최고야. 주둥아리로 지랄 떠는 건 간 자러워서 못 견뎌. 자 그러니 방에 들어가자구.”

자리에서 일어난 차윤수가 은미의 팔을 끈다. 그 힘에 끌려 벌떡 일어난 은미는 그의 뺨을 올려친다.

“벌레만도 못한 인간!”

그러자 차윤수는 비릿한 웃음을 날리더니 은미의 두 손목을 왁살스레 뒤로 엮어 잡고 한 손으로 허리를 끌어당긴다. 억지로 그의 품속을 빠져나온 은미는 또 한번 사내의 뺨을 친 다음 소파 옆 테이블에 놓인 전화기 앞으로 걸어간다. 차윤수는 그 모습을 태연히 서서 바라보기만 한다. 은미는 수화기를 들어 일일이를 돌린다. 거기 경찰이죠? 하지만 상대방의 목소리가 나오자 그냥 수화기를 놓고 소파에 주저앉는다.

“다음에 찾아올 때는 점잖게 굴어.”

차윤수는 비아냥거리고 나서 밖으로 나간다. 은미는 그가 떠난 뒤에도 소파에 앉아 곰곰이 생각해 본다. 다음에 찾아오면 과연 신고할 수 있을까?

은미가 그처럼 망설이는 이유는 두 가지다. 무엇보다 차윤수의 행동이 일부러 꾸며내는 위악으로 보이는 데다 그를 고발하려면 애부터 지우는 게 순서다. 감옥에 집어넣은 남자의 애를 낳을 수는 없다. 답답하다. 차윤수의 행패를 남편에게라도 알리고 싶지만 그 또한 힘든 일이다. 애를 지울 마음이면 모르지만 애를 낳게 되면 앞으로 자식을 바라보는 성재의 마음이 어떻겠는가. 차윤수 같은 비열한 인간의 핏줄을 받은 자식, 그 이미지를 씻기가 힘들 것이다.

만약 위악적인 행동이라면?

이번에는 차윤수를 동정 어린 입장에서 생각해 본다. 왜 그럴까? 왜 일부러 그런 짓을 할까? 일종의 몸부림이겠지. 정을 떼기 위한 몸부림일지 몰라. 은미는 머리를 흔든다. 차윤수를 긍정적으로 평가하려는 자신의 그런 작위가 두렵기만 하다. 그건 성재에 대한 배신이다.

실루엣

불빛에 눈이 떠진다. 남편일 리가 없다. 성재의 귀가 시간은 통금 전인 자정 무렵이나 이른 새벽이다.

"누구세요? 누구세요?"

입속에서만 구르는 소리다.

침대 맞은편 스탠드 불빛에 그려진 검은 입상이 서서히 옆으로 움직인다. 스탠드 불빛에 비친 사내의 옆모습이 낯익어 보인다. 후유, 은미의 입에서 된숨이 터져나온다.

설마 어쩌진 않겠지…….

은미는 손으로 가운을 집기 위해 침대에서 일어나려다 말고 도로 몸을 이불 속에 묻어버린다. 가운을 걸치려면 몸을 움직여야 되고 그때 불룩한 배가 불빛에 드러나게 마련. 은미는 야밤에 침입한 사내 앞에 서마저 외모에 신경이 써지는 자신의 여성스러움이 한심하다 못해 구접스럽다. 아니, 차윤수가 아니고 진짜 강도라면 일부러 임신 육 개월 넘은 배를 보여줄지 모른다. 그렇다면? 저 남자한테 배부른 모습을 보여주기 싫어서?

"조용히 누워 있어!"

순간, 은미의 등에 소름이 끼친다. 그늘에 가려진 사내의 손이 불빛에 노출되면서 번쩍이는 금속성이 눈에 띈다. 분명 칼이다. 그 칼이 점점 가까이 다가온다.

"가정부가 집에 가는 날이더군."

그 날짜까지 파악하다니, 차윤수의 치밀한 뒷조사가 그 칼날만큼이나 섬뜩하다.

"남편은 통금에 걸렸을 테고. 아니지, 딴 계집 품에 안겨 있겠지."

은미는 침대머리에 기댄 채 그대로 앉아 있다. 불빛을 등지고 다가오는 그 완력이 어쩐지 두렵지 않다. 이제 보니 군용 점퍼 차림이었다. 국방색 점퍼의 나일론 외피가 불빛에 반짝인다.

훔친 점퍼일까? 강도용으로? 은미는 할 말이 나오지 않아 고개를 숙인다. 곁에 다가온 차윤수는 한 손으로 은미의 턱을 쳐든다. 사내의 눈빛은 아직도 그늘에 가려져 있다. 술 냄새가 물씬 풍긴다.

"담벼락에 숨어서 기다리는 게 얼마나 괴로운지 아오?"

"왜 이런 짓을 하죠?"

"당신을 위해서지. 당신은 이 시간을 기다리잖소."

"꼭 이래야만 되겠어요?"

"당신이 불행한 여자란 걸 다 알고 있소."

"불행? 천만에요. 남편의 외박 따윈 관심도 없어요. 나를 여느 주부처럼 보지 말아요."

"사내 바람피우는 게 아무 상관없다? 하기야 재물이 더 중할 테니까. 이제 보니 되게 썩은 여자군."

"썩지 않은 이유가 있죠. 남편은 나를 사랑하고, 믿고, 두려워해요. 나는 육체보다 그런 거에 더 가치를 두거든요."

은미는 사랑이니 믿음이니 정신적이니 육체적이니 하는 말이 유치하면서도 차윤수와 대거리하기에는 유용한 낱말로 여겨진다. 은미의 말에서 약점을 낚아챈 차윤수는 손가락으로 삿대질까지 하며 대든다.

"꿈보다 해몽이 좋군. 하기야 그런 식으로라도 자신을 속여야 살아갈 수 있을 테지. 하지만 당신이야말로 육체에 미친 여자라구. 내가 말하지 않아도 당신이 더 잘 알잖아? 오죽해야 강도놈 몸에까지 반했을까. 자 그 썩은 몸뚱아리 한번 더 벌려 보라구. 자 어서 벗어!"

차윤수는 은미의 가슴에 칼끝을 댄다.

은미는 화를 참기 위해 지그시 눈을 감는다. 그녀의 입술이 파르르 떨린다. 은미는 무엇보다 뱃속의 아기가 그와 같은 인간의 피를 물려받았다는 데에 부아가 치민다. 아기가 가장 신성한 물질로 구성되었다는 막연한 믿음에 금이 간 것이다. 신성한 성물이 아니라 악마의 씨일지 모른다는 절망감이 들자 또 한번 소름이 끼친다.

"어서 벗어! 저번처럼 내 품에서 몸부림쳐 보란 말야."

차윤수가 칼을 잠옷 속에 넣고 당기자 옷이 북 찢어진다. 은미는 하얀 가슴을 드러낸 채 멍하니 앉아 스탠드 불빛을 바라본다. 칼을 들고 바짝 다가온 차윤수가 다른 한 손으로 은미의 찢어진 잠옷을 어깨에서 걷어내린다. 잠옷을 걷어내린 손이 이번에는 목덜미를 더듬는다. 그때 은미의 비명과도 같은 고함이 터진다.

"네 새끼니 어서 꺼내가!"

순식간에 벌어진 일이다. 사내가 무심히 쥐고 있는 칼을 빼앗은 은미가 얼른 이불을 젖히고 칼을 자기 배에 댄다. 불룩한 배 중앙에서 칼끝이 떨고 있다. 주춤 뒤로 물러선 차윤수는 뒷걸음질쳐 소파에 가 앉는다.

"어서 이 배를 째고 꺼내가란 말야!"

차윤수는 되도록 은미의 마음을 안정시키려고 소파에 앉은 채 다소곳이 고개를 숙인다. 은미는 그제야 칼을 사내 앞으로 던져버리고 이불로 몸을 가린다.

"네가 괴물로 남아 있기를 바랐는데, 강간하다 눈물을 흘린 그 희귀한 괴물로 남기를 바랐는데, 그래서 너를 마음 놓고 사랑할 수 있기를 바랐는데, 네가 결국 인간이 되겠다는 거냐. 인간 중에서도 하필 이처럼 더러운 인간이?"

방 안에는 무거운 침묵이 쌓여간다. 은미의 숨소리도 점점 침묵 속에 묻혀버린다. 그제야 서서히 자리에서 일어난 차윤수는 은미에게 다가가 침대 밑에 무릎을 꿇는다.

"소파에 가 앉아요."

은미가 차윤수의 손을 잡아 일으킨다. 차윤수가 소파에 가 앉자 방 안에는 다시 긴 침묵이 흐른다. 시간이 흐를수록 그 침묵은 점점 차돌처럼 굳어진다. 차윤수는 고개를 들지 못한다. 입도 열리지 않는다. 무슨 말로 용서를 빌지. 이제는 사랑을 받고 싶어서가 아니라 용서를 받기 위해 은미의 종이 되어야 한다고 결심한다. 평생 그녀 앞에 무릎을 꿇고 발을 씻겨주고 싶다. 그 고운 발에 신을 신겨주고 싶다. 비가 내리면 우산이 되어주고 햇볕이 따가우면 그늘이 되어주리라.

"비밀을 털어놨으니 애를 지울 수밖에 없어요. 애를 안 지우려고 윤수 씨가 괴물로 남아 있기를 바랐는데 이제 모든 게 끝났어요."

차윤수는 두 손으로 머리를 싸쥔다. 그는 소파에서 일어나 다시 은미 앞에 무릎을 꿇는다.

"괴물의 뜻이 뭔진 몰라도, 영원히 괴물로 남겠습니다. 애만 지우지 않는다면 세상에서 가장 흉한 괴물이 되겠어요."

차윤수의 눈에서 소나기 같은 눈물이 쏟아진다.

"나타나지 말라면 죽을 때까지도 나타나지 않을게요."

차윤수는 이번에는 이불자락에 얼굴을 묻고 흐느낀다. 은미는 멍하니 앉아 있다가 손바닥으로 이불을 쓸어 본다. 베이지색 이불이 매끄럽다. 자꾸 쓸어 본다. 차윤수는 아직도 하염없이 눈물만 흘리고 있다. 은미가 그의 머리를 쓰다듬으며 말한다.

"오늘 밤 헤어지면 다신 만날 수 없어요."

차윤수가 눈물을 훔치며 고개를 들자 이번에는 그의 한 손을 잡아 슬며시 자기 배에 대준다. 차윤수의 손이 떨린다. 은미는 손을 놓아주며 말을 덧붙인다.

"내가 항시 윤수 씨를 그리워하게 해 주세요. 우린 죽을 때까지 만나선 안 돼요."

은미의 말을 다소곳이 듣고 있던 차윤수는 고개를 끄덕이고 나서 자리에서 일어난다. 그리고 방문 쪽으로 서서히 걸어가 문을 여는 순간 은미의 차분한 목소리가 차윤수의 발길을 세운다.

"말씀해 주세요. 그때 왜 눈물을 흘렸는지 그 이유를 밝히고 떠나세요."

은미는 그 눈물의 시원을 캐고 싶었다. 강간하다 흘린 그 눈물은 그녀의 운명에 격랑을 일으켰던 여울목인 셈이다. 차윤수가 그때 눈물을 흘리지 안았던들 애를 지웠을 테고 그에게 색다른 감정도 느끼지 않았을 것이다. 차윤수는 한참동안 서서 망설이다가 발길을 돌려 소파에 앉는다.

"그 얘길 왜 듣고 싶어하는 거죠?"

"내 침대가 울 장소가 아니잖아요."

"당신의 침대가 울 장소였기 땜에 눈물이 나온 겁니다. 내가 당신을 그리워하는 것도 거기서 눈물을 흘렸기 때문이오."

"껴안고 싶어 껴안은 게 아녔어요."

"알고 있습니다. 내 눈물도 마찬가지요. 당신이 내 몸을 곱게 받아줘서 흘린 것만은 아닙니다. 언젠가처럼……."

차윤수는 말을 하다 말고 입을 다문다. 꼭 그 이야기를 꺼내야 할지, 여태까지 누구에게도 밝힐 수 없었던 그 눈물의 시원을 밝히는 것이 몹시 주저된다.

"말씀하세요."

은미의 거듭되는 재우침에 차윤수는 잠자코 앉아 있다가 마지못해 입을 연다.

"한창 노름에 미쳐 지낼 때였습니다. 훔친 연봇돈마저 다 날리고 미친 사람처럼 낯선 들판을 헤매고 있었지요. 저녁 이내가 자욱한 계곡 쪽에서 교회 종소리가 들려왔어요. 무작정 계곡 쪽으로 걸어갔죠. 또 연봇돈 생각이 꿈틀댄 모양였어요. 허름한 슬레이트 지붕에 장난감 같은 막대 십자가가 꽂혀 있었습니다. 버려진 폐옥처럼 문도 열려 있고 텅 빈 예배실 바닥에는 송판 마루를 누더기처럼 땜질했더군요. 종을 친 사람도 보이지 않았어요. 강단 뒤에 매달린 십자가에는 유리창으로 스며든 석양의 잔영이 묻어 있었죠. 영락없는 금빛이었어요. 저게 진짜 금이라면. 그때 갑자기 두려움이 느껴졌습니다. 하지만 그 두려움이 싫진 않았어요. 오히려 그 두려움에 빠져들고 싶었죠. 그런 생각이 드는 순간 낡아빠진 십자가는 거대한 손이 되어 내 몸을 끌어당겼습니다. 눈물이 쏟아진 건 바로 그때였어요. 눈물이 홍수처럼 쏟아졌어요. 석양을 받은 그 낡은 십자가는 감나무에 목을 맸던 아버지의 모습이었죠."

말을 끝낸 차윤수는 소파에서 일어나 방문 쪽으로 걸어간다. 그때 침대에서 내려온 은미가 그의 곁으로 다가가 포근히 껴안아준다.

"애는 잘 키우겠어요. 그러니 제발 괴물이 돼주세요. 당신을 영원히 사랑할 수 있도록 말예요."

은미의 입에서 자기도 모르게 당신이란 호칭이 흘러나온다. 차윤수는 포옹이 풀리자 서둘러 밖으로 나간다. 은미는 제자리에 서서 그의 뒷모습만 바라본다.

차윤수가 떠나자 은미는 갑자기 서러워진다. 누구든 붙들고 울고 싶은 심정이다. 모처럼 남편이 원망스러워진다. 이럴 때 곁에 있으면 그의 품에 안겨 울 수 있을 텐데. 그녀는 홀로 사막에 팽개쳐진 기분이 든다. 차윤수가 아직 대문 밖에 서 있다면 쫓아가 그의 품에 안기고 싶다.

떠났겠지…….

은미는 방 안을 서성대다가 침대에 눕는다. 침대에 누워 차윤수의 모습을 되새겨 본다. 하지만 좀처럼 그의 얼굴이 그려지지 않는다.

화경의 에덴동산

　이슬에 젖은 풀잎이 달빛을 받아 반짝거린다. 술에 취한 화경이 성재를 껴안고 잔디밭에 쓰러진다. 그녀의 뽀얀 가슴이 달빛을 빨아들이기 시작한다. 화경의 품속에 파고든 성재가 무당의 신내림과도 같은 묘한 열정에 빠져 사랑한다는 말을 거듭 쏟아내자 화경이 성재의 두 손을 끌어당겨 자기 목에 댄다.

　“졸라 봐.”

　성재는 얼른 몸을 일으킨다.

　“나를 사랑한다면 진짜 목을 졸라 보란 말야.”

　화경이 누운 채 성재의 등을 다독거린다. 성재는 불퉁한 목소리로 이게 무슨 짓이냐고 쏘아붙인다. 화경은 아무 말 없이 달만 바라본다. 달에 눈을 준 채 하염없이 앉아 있던 그녀는 성재의 감정이 식어질 무렵에야 입을 연다.

"나는 남편의 몸에 불을 당기면서 따라 죽겠다고 소리쳤어. 하지만 불이 번지자 집 밖으로 도망쳤지. 사실은 그이를 죽이고 싶었던 거야. 그이가 짐이 됐던 거라구. 너무 흉물스러웠어. 그러니 동반자살하겠니? 분신이 외려 잘된 거지."

"그가 순진했구나."

성재가 일부러 비아냥거리는 투로 말한다.

"내가 배신했다 그거니? 하지만 그인 배신 따위를 몰랐어. 그인 자신이 죽는 것도 몰랐을 거라구. 죽음에 너무 집착했거든. 하지만 너는 배신부터 떠올리잖니? 그게 차이점이지."

"그는 순수하고 나는 때가 묻었다 그 말이군?"

"미안해. 말장난을 해 본 것뿐이니 기분 나빠하지 마. 너니까 그런 말을 할 수 있는 거야. 너를 껴안아주려면 그 정도의 말장난쯤은 필요하잖겠니? 나 자신부터 악마로 만들어 놔야 맘 편히 너를 껴안을 수 있잖겠어? 솔직히 말해서 그이는 내 사랑을 온전히 보전하고 싶어 죽으려 했던 거야. 내 사랑이 식을까 봐 겁이 났던 거지. 내 연기력을 위해 불을 당기라고 한 것도 의도적이었어. 나를 감동시키고 싶었던 거라구. 그게 그이의 진심이었어. 나는 그이가 죽기를 바랐는데, 암튼 괴롭고 두려워."

"달리 생각할 수도 있잖니?"

"달리?"

"너한테 그런 참회의 고통을 안겨주려고 일부러 불을 당기게 한 건 아닐까? 남편이 죽기를 바란 아내한테서 영원히 사랑을 받을 수 있는

길…… 그런 참회야말로 가장 변함없는 애정 아닐까? 너는 죽을 때까지 그 참회의 고통에서 벗어날 수 없을 테니까.”

화경은 문득 그럴지도 모른다는 생각이 든다. 남편이 이런 말을 한 적이 있잖은가. 당신이 나를 영원히 사랑하도록 만들 수 있어. 그러면서 허허한 미소를 지었잖은가. 화경은 숨을 내쉬듯 조용히 말을 흘린다.

“네 생각이 옳을지도 몰라. 참회하는 고통도 사랑일 테니까.”

자리에서 일어난 화경이 옷매무새를 고치고 나서 아직 잔디에 앉아 있는 성재를 일으켜 앉힌다. 능선을 멀찍이 비켜난 달이 골짜기에 드리워진 산그늘을 지우고 있다.

성재와 화경은 일어서서 춤을 추기 시작한다. 춤을 추다가 갑자기 스텝을 푼 화경이 달을 보며 무슨 말인가를 중얼거린다. 성재가 무슨 말이냐고 물어도 그녀는 빙그레 웃기만 한다. 죽은 남편의 이름을 부르는 것만 같아 성재는 그녀의 모습이 계곡에 머물다 사라지는 산그늘처럼 보인다.

“어서 짝을 찾아봐. 맘에 드는 남자가 드물겠지만.”

성재가 화경의 손을 잡고 잔디에 앉으며 위로의 뜻으로 말한다. 그러자 화경이 목소리를 높인다.

“추해지는 것 싫어!”

“재혼이 추하다니?”

“재혼은 일반 여성에게나 해당되는 말야. 내 경우엔 재혼이 배신행위란 걸 너도 알잖니.”

“자신을 특수한 여성으로 여기지 말아. 그냥 보통 여자로 여기라구.”

“사내 죽인 여편네를 보통 여자라구? 그런 년한테 또 시집가라구? 네 입에서는 기껏 그런 말뿐이냐? 창녀촌에 가서 몸 팔라는 말은 못하니? 그런 산뜻한 말은 못하냐구. 미아리나 종로에 가면 네 몸에 신세 안 져도 되잖아? 은미 땜에 찔리니? 네 몸값이 얼마지? 한번 껴안는데 얼마냐구?”

“화경아……..”

“까불지 마. 네가 이뻐서 껴안아주는 게 아냐. 불쌍해서 껴안아주는 거야. 적선처럼 합리적인 타락이 어딨겠니.”

“그래, 적선으로 받아들일게.”

“아니, 적선이 아니지. 신과 놀아 봤으니 이젠 인간하고 어울리는 거라구.”

“영광이다.”

성재는 환하게 웃어준다. 정말로 그는 화경의 죽은 남편을 신의 위상에 놓아주고 싶다. 그래야 화경의 마음이 편할 것이었다. 만약 그녀의 남편을 인간의 위상으로 격하시키면 화경은 마음 놓고 자기와 어울리지 못할 것이다. 성재의 그런 배려는 화경에 대한 우정 어린 연민에서 비롯되었다.

“너는 남편을 사랑했어. 그분이 너를 사랑한 것 이상으로 사랑했다구. 네가 느끼는 양심의 가책은 네 순결이 만들어낸 착각에 불과해. 동반자살하지 못한 걸 죄로 여기는 순결 말야. 그건 착각이야.”

“날 위로하지 마. 나는 동반자살을 전제로 불을 당긴 거라구. 그런데……."

"동반자살과 불을 당겨준 건 엄연히 달라. 불을 당겨준 거에 죄책감을 느낄 필요 없어. 남편의 의도에 협조해 준 것뿐이야. 그게 아니면 공양일 테구."

"성재야 나 어떡하면 좋지? 살아야 되니 죽어야 되니?"

어느새 화경의 눈자위에 물기가 젖어든다. 성재는 몸을 틀어 화경의 어깨를 다독거려 준다. 그러자 화경이 성재의 몸을 자기 몸 위로 끌어당겨 꼭 껴안아준다.

성재는 강아지가 어미의 품속에 파고들 듯 화경의 품속으로 깊이 파고든다. 화경의 품속이 캄캄한 동굴 속 같다. 성재는 자꾸만 그 동굴 속에 갇히고 싶어진다. 출구를 찾을 수 없는 미로, 하지만 그는 출구가 나타나지 않기를 은근히 바란다. 화경의 몸속이라면 영원히 미아가 되고 싶다.

화경의 품에 안기니 마음이 편안하다. 은미에게서는 미처 느끼지 못한 편안함이다. 은미의 품은 어쩐지 낯설었다. 문이 닫힌 집에 사정사정해서 들어가는, 그런 어색한 품속이었다.

두 남자의 만남

분명 그 사내다.

성재는 대문 쪽으로 걸어가다 말고 담장 옆에 붙어 서 있는 삼십대 중반의 사내를 눈여겨본다. 사내는 해묵은 은행잎을 들고 만지작거리고 있다. 쥐색 양복을 입은 그는 성재가 유심히 바라보자 은행잎을 버리고 이쪽으로 고개를 돌린다. 순간 성재는 사내의 얼굴에서 색다른 감정이 느껴진다. 일종의 친근감이랄까, 언뜻 보아 착한 인상이면서도 그 이면에 숨겨진 불꽃 같은 광기가 금방이라도 폭발할 것만 같다. 성재는 무슨 말과 어떤 행동으로 접근할지가 문제다. 누구를 찾아왔느냐고 물을지, 왜 여기서 서성대느냐고 물을지. 하지만 전자는 상대방에게 부담을 지우기 십상이고 후자는 기분을 상하게 하기 십상이어서 성재는 상대방에게 친밀감을 느끼게 할 무름한 말을 떠올리며 가까이 다가간다.

"낯이 익어 보입니다."

예상한 대로 사내는 경계하는 눈빛을 풀며 성재를 바라본다. 그리고 성재가 담배를 꺼내 권하자 담배 한 개비를 빼내 입에 물고 라이터를 켜댄 다음 성재에게 공손히 불을 내민다.

성재는 담배를 피우면서도 다음 말이 잘 떠오르지 않아 조바심이 난다. 어떻게든 대화가 끊기지 말아야 한다. 이번에 헤어지면 다시는 안 나타날지 모르니 무슨 수를 써서라도 긴 대화를 나눠야 한다. 아무튼 지금은 사내의 긴장을 푸는 게 우선이어서 성재는 어색하지 않고 쉬 공감할 수 있는 말을 골라내기에 애를 쓴다. 무슨 말을 꺼낼까? 낯이 익어 보인다고 했으니 어디서 만났는지를 물어볼까?

그때다. 사내가 먼저 "저도 뵌 듯싶습니다."라고 입을 연다. 성재는 미소를 머금은 채 차를 마시자며 손가락으로 길 어귀에 있는 다방을 가리킨다.

"저기 파출소 맞은편에 다방이 보이죠?"

성재는 말을 던지고 앞장서 큰길 쪽으로 걸어간다. 마음 같아서는 당장 이 강도놈, 하고 멱살을 잡고 싶지만 일부러 경쾌한 낯빛으로 이따금 뒤를 돌아본다. 그런데 대여섯 발짝 처져서 뒤따라오던 사내는 성재가 멈칫거릴 때마다 발걸음을 조절하여 두 사람 사이의 간격을 유지한다. 파출소가 앞에 보이니 강도로 집어넣을까 봐 경계하는 걸까? 성재는 속으로 이렇게 외쳐 본다.

이놈아, 나는 고자질할 속물이 아니다. 그러니 형벌 따위는 걱정 말고 네 참모습이나 드러내라. 나는 진실에 약한 사람이다. 네가 강도범

이건 남을 등쳐먹는 사기범이건 그런 건 알 바 아니다. 사기꾼이면 사기꾼답게만 살면 된다.

저녁나절이라 그런지 다방은 손님이 거의 들어찬 상태다. 자리를 잡고 앉자 성재가 먼저 통성명을 청하며 명함을 꺼내주고 사내가 입을 열도록 분위기를 살려준다. 하지만 사내가 신분을 숨기고 간신히 차윤수라고 이름만 밝힐 뿐 말을 아끼는 바람에 침묵이 계속된다. 그는 말수가 적고 차를 마시면서도 줄곧 고개를 숙이고 있다. 성재는 어색한 분위기를 눙치려고 카운터 쪽으로 턱짓을 주며 농담을 던진다.

"저 마담 색골이죠?"

그제야 차윤수는 성재의 얼굴을 똑바로 바라본다. 성재는 이번에는 점잖은 목소리로 그를 안심시킨다.

"이 세상에는 약은 사람도 많지만 미련한 사람도 꽤 많죠. 나 같은 사람이 그 후자에 속할 거요. 만약 말입니다, 만약에 저 마담이 내 아내라면, 그리고 내 아내가 다른 남자한테 눈독을 들인다면 나는 멍하니 서 있기만 할 겁니다. 인생은 원래 멍한 거니까요. 차형은 그럴 경우 어떠시겠어요?"

"……."

"어떠시겠냐구요."

"글쎄요. 저는 아내가 생길지 안 생길지 그것도 미지숩니다. 멍하니 서 있겠다는 윤 사장님보다 훨씬 더 미련한 셈이죠."

아차, 성재는 속이 켕긴다. 함부로 농담이나 지껄일 상대가 아니다. 뱃속에 도사가 들어 있는 말투다. 나이도 한두 살 더 들어 보이는데 산

전수전 다 겪어 본 사람 같다.

노골적으로 접근해야겠다는 생각에 성재는 우선 위스키부터 시킨다. 레지가 더블로 들고 온 잔술을 차윤수가 금방 비워버리자 성재는 위스키를 병째 시킨다. 그래도 사양하지 않는 걸로 보아 차윤수는 실컷 취하기로 작정한 모양이다.

취하기로 작정했다면 어떤 내용의 대화도 받아들일 거라는 생각이 든다. 왜 진작 술을 시키지 않았던가. 술보다 더 편리한 촉매제는 없을 텐데, 성재는 차윤수를 취하게 만들겠다고 생각하니 세상이 온통 불꽃처럼 환해 보인다. '위스키 팝니다'라고 써붙인 안내 종이쪽이 그처럼 반가울 리가 없다.

"술을 좋아하십니까?"

차윤수가 모처럼 질문을 던진다. 성재는 술기운에 풀어진 차윤수의 발그레한 얼굴이 정다워 보인다.

"분위기에 따라 다르지만 마실 때는 꽤 마시는 셈이죠. 차형은 주량이 어떠신지?"

"체질적으로 많이는 못하지만 즐기는 편이죠. 그런데 저를 이처럼 친절히 대해 주시는 이유가 뭐죠?"

"이유란 말은 좀 어폐가 있군요. 우리 집을 엿보는 남자한테 차 한 잔 마시자고 청하는 것쯤이야 상식이죠. 얼마나 좋습니까? 훈훈한 다방에서 아가씨 몸매를 눈요기하며 친구를 사귀는 재미. 참 그런데 나는 명함을 드렸습니다만……."

"여태까지 서울에 붙어살았는데, 살길을 찾아 부산에 내려갈 참입니다. 부산은 고향이나 진배없거든요."

"마음이 넓으시네요. 어느 집에 거주한 게 아니고 너르디너른 서울
땅에 붙어사셨다니 서울 전체가 집인 셈이군요."

"살집이 없으니까 그렇죠."

"가족도 서울에 계십니까?"

"가족은 없습니다."

"좋으시겠네요."

성재는 애매한 말로 연막을 친다. 가족이 없는 게 왜 좋으냐고 물어
도 차윤수는 빙그레 웃기만 한다.

네놈이 나를 만나러 온 게 틀림없어. 집 근처에 나타난 것도 일부러
내 눈에 띄려고 그랬을 거야…….

성재는 뛰는 가슴을 진정시키려고 연거푸 술잔을 비운다. 또 한잔을
비운다. 긴 침묵이 흐른다. 차윤수의 입이 좀처럼 열리지 않을 성싶자
성재가 먼저 침묵을 깬다.

"이봐요, 우리 솔직합시다. 나도 옹졸한 인간이 아뇨."

"……."

"왜 우리 집 근처에서 서성거렸죠?"

"그게 신경 쓰이십니까?"

"신경 쓰이다니, 그럼 자기 집을 기웃거리는 사람한테 신경이 안 쓰
인단 말요?"

"사실은 찾아뵙고 싶었습니다."

"……."

“무슨 말씀부터 드려야 될지 모르겠습니다. 너무 죄가 커서…… 처벌을 달게 받겠습니다.”

“아내가 처벌을 내린 걸로 알고 있는데요.”

“고민 끝에 찾아뵙기로 한 겁니다. 찾아뵙고 곧장 떠날 참이었습니다.”

“나를 만나고 싶었으면 집에 들어오지 그랬소.”

“사모님한테 약속했거든요. 다시는 나타나지 않기로요.”

차윤수는 양복 안주머니에서 두툼한 봉투를 꺼내 성재 앞에 놓는다. 밀봉되지 않은 누런 봉투다. 성재는 천천히 봉투를 집어 들고 내용물을 열어 본다. 다이아 반지와 다이아 목걸이 등이 형광등 불빛을 받아 반짝거린다.

“이게 뭐죠?”

당황한 목소리다.

“모르시겠습니까?”

성재는 그제야 기억이 난 듯 고개를 끄덕거린다. 약혼식 때 자기가 은미에게 장만해 준 패물이다.

“이건 그 당시 놓고 갔다면서요?”

“사모님이 말씀을 안 드렸나 보군요.”

차윤수는 그 후 세 차례나 은미를 찾아가 행패부린 사실과 그때 패물을 도로 챙겨간 사실을 털어놓는다. 그리고 두 손으로 성재의 손을 잡고 애를 지우지 말아 달라며 애원한다.

“죽을 때가지 찾아오지 않겠습니다. 애를 만나지도 않겠습니다. 그

애는 영원히 윤 사장님의 자식입니다. 이 말씀을 드리고 싶어 찾아왔습니다."

목 메인 음성이다. 성재는 지그시 눈을 감고 마음을 가라앉힌다. 한참만에 눈을 뜬 성재는 아무 말 없이 봉투 위에 손을 얹어 차윤수 앞으로 밀어 놓는다.

"이 패물을 내 아내에게 직접 돌려주세요."

"그럴 순 없습니다. 무슨 일이 있어도 사모님을 다시 뵐 순 없습니다. 그 약속을 지키지 못하면 저는 정말 강도에 불과합니다."

성재는 차윤수 앞으로 커피 잔을 밀어주며 그를 똑바로 바라본다. 목을 축이면서 천천히 이야기하라는 배려다.

"맺힌 말 다 풀어 봅시다. 왜 다시 아내를 찾아간 거죠?"

"죄송합니다. 강도보다 더 큰 죄를 지었습니다."

예민한 말이어서인지 차윤수의 말이 어눌하다. 성재는 아내에 대한 그의 애정 고백이 내심 놀라우면서도 겉으로는 편안한 얼굴로 자리에서 일어난다. 차윤수가 따라 일어나자 성재는 카운터에서 술값 계산을 마치고 앞장서 밖으로 나간다.

거리에는 어스름이 깔리고 있다. 엉거주춤 서 있던 차윤수는 방금 켜진 호수다방 간판 불빛에 시선을 준다. 호수 글자는 파랗고 다방 글자는 빨간색이다. 그때 성재가 악수를 청하며 단호한 목소리로 말한다.

"이제 차형과 나는 태어날 애를 신처럼 키울 수도 있고 악마처럼 키울 수도 있소."

차윤수는 한참동안 네온 불빛만 바라보다가 버스 정류장 쪽으로 천천히 걸어간다. 그는 가끔 발걸음을 주춤거리며 뒤를 돌아본다. 더 하고 싶은 말을 남긴 채 떠난다는 아쉬움이 그의 표정에 묻어 있지만 성재는 일부러 고개를 돌리고 터덜터덜 집 쪽으로 걸어간다. 그때 뒤에서 다급한 발소리가 들려오는가 싶더니 윤 사장님, 하고 차윤수의 목소리가 들려온다. 발길을 멈추고 뒤를 돌아보니 차윤수가 숨찬 걸음으로 가까이 다가오고 있다. 성재 앞에 머물자 그가 서슴없이 말한다.

"사모님의 잠옷을 칼로 찢었습니다. 그리고 침대에 오르려 하자 제 칼을 빼앗아 당신 배에 대신 겁니다."

"누가 그 말을 듣고 싶댔소?"

"그때 핏줄 얘길 안 꺼냈으면 또 겁탈했을 겁니다. 아니죠. 함께 죽었을지도 모르죠. 그 순간이 제겐 가장 행복했을 테니까요."

"그 얘기도 듣고 싶지 않소. 먼 훗날 당신한테 감동 어린 말을 해 주고 싶었는데, 그 기회를 뺏긴 게 아쉬울 뿐요."

"먼 훗날이라뇨?"

"태어날 애가 성장하여 훌륭한 사회인이 됐을 때 말요. 그때 차형을 찾아가 애가 당신 자식이오, 하고 자랑하고 싶었는데……."

성재는 그 말을 던지고 홱 몸을 돌려 집 쪽으로 바삐 걸어간다. 차윤수는 그의 뒷모습을 바라보다가 자동차 불빛이 눈부신 큰길 쪽으로 발걸음을 옮긴다. 길거리의 환한 불빛이 그의 피곤한 뒷모습을 비춰준다. 성재는 대문 앞에 도착해서야 뒤를 돌아본다. 벌써 사라졌으리라

예상하면서도 그냥 그가 사라진 공간을 바라보고 싶었다. 어둠과 불빛
이 뒤섞인 그 공간에서 쌀쌀한 초겨울 바람이 몰려온다. 성재는 마냥
서서 그곳을 바라보다가 대문 부저를 누른다.

괴물을 찾아

정우가 태어나자 성재는 집에 있는 시간이 많아졌다. 정우가 귀염을 떨면서부터는 거의 애기와 붙어지냈고 장난감이나 입정감을 사오는 게 취미가 되다시피했다. 성재는 정우가 자기를 많이 닮았다며 일부러 수다를 떨었다. 코도 자기를 닮아 오뚝하고 이마도 자기를 닮아 널찍하다고, 그런 말로 아내의 마음을 풀어주곤 했다.

은미 역시 남편에게 더 다정한 태도를 보였고 몸치장도 화사하게 꾸몄다. 또 남편의 몸을 탐내기도 했다. 예의로 치러지던 지루한 정사가 이제는 파도를 쳤다. 남편의 애무를 곱게 받아들였고 그녀가 먼저 남편에게 접근할 때가 많았다. 가정에는 활기가 넘치고 늘 웃음꽃이 피었다. 그렇게 일 년이 지나갔다.

그런데 정우가 세 살이 되던 해 생일상을 받던 날이다. 은미는 남편이 정성을 기울여 차린 그 화려한 생일상에서 뭔가 빠진 듯한 결핍이 느껴졌다. 정우와 닮은 얼굴을 한번쯤은 찾아보고 싶었다. 차윤수를 평생 만나지 않더라도 그가 사는 모습을 훔쳐보기라도 해야 마음이 정리될 것만 같았다. 차윤수를 깊이 묻어둘수록 되레 그와 정우와의 혈연관계가 선명하게 부각될 것이니 그가 어디에서 무엇을 하고 있는지 그것만이라도 알아봐야 마음이 놓이게 되고 그래야 그를 잊을 수 있었다.

존재하고 있는 것을 존재하지 않는 걸로 눈가림할수록 그 실체는 더욱 구체적으로 떠오르게 마련이고 그럴수록 점점 그에게 관심이 쏠리게 된다. 그러니 차윤수를 찾아가는 것은 성재와의 결속을 위해서도 바람직하다는 게 은미의 생각이다.

하지만 그건 생각일 뿐이다. 자기의 생각이 아무리 옳다 해도 남편에게는 죄를 짓는 셈이다. 강간이야 불가항력이라지만 그를 찾아가는 것은 불륜이다. 차윤수를 아주 잊기 위한 대책이라 하지만 사실은 그를 만나고 싶은 핑계에 불과하다. 성재가 차윤수에 대한 말을 꺼낸 것은 그 무렵이다.

꽃샘추위가 기승을 부리던 어느 밤이었다. 술에 취해 집에 돌아온 성재가 자기를 곱게 맞아들이는 은미를 소파에 앉히며 조용히 대화를 나누자고 했다. 부부 사이에 새삼스레 대화를 갖자는 말이 낯설면서도 회사에 무슨 일이 생긴 게 아닐까 걱정했는데 느닷없이 차윤수 이야기를 꺼냈던 것이다.

"인간적으로 가엾은 사람이잖소."

성재는 차윤수가 어디에서 어떻게 살고 있는지 그 실상은 알고 있어야 마음이 편하다고 했다. 은미는 자기의 생각과 다를 바 없지만 그렇다고 선뜻 동의할 수 없는 노릇이었다.

"경우에 따라서는 도움을 줘도 무방할 것 같소. 암튼 자식을 갖지 못할 우리에게 덕을 베푼 거나 마찬가지잖소. 그것도 아주 자연스럽게 말요. 우리한테 도덕적인 짐을 지우지 않고."

"한번쯤 살펴보는 건 좋아요. 하지만 직접 만나선 안 돼요. 그 사람이 사는 거처를 잘 알지 못하는데 함부로 찾아다니다가 자칫 맞부딪치기라도 하면 후회할 일이 생기기 십상이죠."

"그렇다고 그만둘 수 없는 노릇이잖소. 한번은 다녀와야 할 길이잖소. 만나 봐야 도움도 줄 수 있고."

"도움을 줘서도 안 돼요. 그가 도움을 받아들인다면 실망스런 인간임을 확인하는 셈이 돼요. 그리고 도움을 안 받아들여도 혜택에 대한 미련을 지니게 마련이어서 그의 마음을 혼탁하게 흔들 뿐이죠."

"당신 말도 일리가 있소. 하지만 끝내 나 몰라라 할 순 없잖소."

"도대체 당신 속을 이해할 수 없네요. 여편네한테 정부 만들어주기로 작정한 거예요? 당신 혹시 바보가 아녜요? 그게 아니면 나와 헤어지고 싶어 안달하거나."

은미는 남편의 얼굴을 빤히 쳐다본다. 저런 인간이 있다니, 남편에게 달려들어 두들겨 주고도 싶고 그 너그러운 품속에 안기고도 싶다.

"내가 그 남자를 사랑하게 되면 어쩌죠?"

은미는 소리내어 웃었다. 모처럼 보는 은미의 밝은 웃음새다.

"사랑? 벌써부터 해 온 사랑이잖소?"

"네?"

"그가 당신을 마지막 찾아온 후로 나를 만나러 왔었소."

"뭐라구요? 당신을 찾아와요?"

은미는 차윤수가 남편을 찾아온 것도 황당하지만 그보다 차윤수가 약속을 깬 것이 더 분하다. 다시는 찾아오지 않겠다고 약속해 놓고 또 그런 짓을 저지르다니, 더구나 남편한테까지.

"짐승만도 못한 놈! 그자는 우리 가정을 파탄내려고 작정한 불한당 예요."

은미의 입술이 파르르 떨린다.

"그게 아뇨. 당신이 오해한 거요. 그는 내가 애를 지우라고 할까 봐 걱정이 됐던 거요. 그는 이런 말도 했소. 당신이 임신 사실을 안 꺼냈더라면 욕을 보이고 함께 죽었을지도 모른다구. 그는 너무 솔직한 사람이오. 그만큼 당신을 사랑한 거지."

"그런 사람을 찾아가라구요?"

"그는 앞으로 다신 나타나지 않을 사람이오. 그러니 한번쯤 찾아가라는 거요."

"암튼 만날 순 없어요. 멀리서 살펴보는 건 몰라도. 도움을 주는 것도 먼 훗날 늙어선 몰라도."

"당신 기분도 답답할 테니 홀쩍 떠나 보는 것도 건강에 좋을 거요. 당신한텐 그런 여유가 필요해. 그동안 나한테 속을 썩은 데다 애 낳고 키우느라 좀 고생했소."

성재는 처음으로 속을 썩혔다는 말을 꺼낸다. 그 말은 화경과의 관계 때문에 은미가 입었을 고통을 의미하는데 은미는 되레 그런 말을 왜 하느냐며 남편을 나무란다.

"나는 화경이를 한번도 원망해 본 적이 없어요. 화경이나 나는 당신의 공동 보호자예요."

"보호자라니?"

"보호자도 몰라요? 어린애를 돌보는 보호자 말예요."

"당신도 농담할 줄 아는구려."

"농담이 아녜요. 화경이와 나는 상부상조하는 셈이라구요."

"상부상조? 기막힌 말이군. 남편과 정을 통한 여잔데 상부상조라니?"

"화경이를 그런 여자로 여기는 거예요?"

"물론 아니지. 친구일 뿐이지. 당신만큼 존경스런 친구."

"나는 믿어요. 당신이 화경이를 시시한 여자로 보지 않는다는 걸. 화경이는 내 하나뿐인 친구예요."

"나는 짐승이 아뇨. 암튼 부산이나 어서 다녀와요. 부산은 낭만과 슬픔이 공존하는 멋진 곳이지. 그런 데서 애인과 실컷 밀담을 나누구려."

성재가 농담을 던지자 은미는 연락처가 분명하지 않다며 제대로 찾아갈지가 의문이라고 한다. 하기야 찾는다 해도 남편한테는 못 찾고 그냥 돌아왔노라고 꾸며댈 참이다. 남편의 마음씨로 보아 그를 직접 찾아가 만나 볼 게 뻔하다. 그래서 범일동 자성대 근처에 있는 연락처를 대신동 산동네라고 속였던 것이다.

은미는 여행 준비를 서두른다. 성재가 자기 차를 내주겠다며 승용차 여행을 권유했지만 은미는 경부선 고속도로가 생긴 지 얼마 안 되어 생소한 데다 돌아올 때의 우울한 기분을 예상해서 기차여행을 고집한다. 열차 시간도 아침에 도착되도록 밤차를 타기로 한다.

서울역까지 은미를 태워다 준 성재는 매표소에서 차표를 끊고 아내가 개찰구를 다 빠져나갈 때까지 지켜서서 손을 흔들었다. 남편과 헤어지고 플랫폼을 걸으면서 은미는 지금 피난길을 떠나고 있다는 엉뚱한 생각이 든다. 외삼촌의 손에 끌려 피난 열차에 오르던 어린 시절이 떠올랐던 것이다. 그때도 부산이 행선지였다. 은미는 고생스런 부산 생활이 아직도 생생하다. 눈보라 치던 역전 광장, 몰려다니던 거지떼, 배고픔, 엄마 생각, 그리고 희끄무레한 전등불, 은미는 생각을 털며 급행 열차 승강기에 발을 디딘다.

몇 년 만에 타 보는 부산행 열차인가. 푹신한 2등실 좌석에 앉으니 감회가 새로워진다. 디젤 열차도 처음 타 보는 셈이다.

기차는 먼동이 틀 무렵 부산에 도착한다.

부산진역에서 내린 은미는 대합실에서 어둠이 걷히기를 기다렸다가 택시를 타고 범일동 쪽으로 달린다. 차윤수한테서 '자성대 태평상회'란 말을 어렴풋이 들었던 기억을 되살리며 자성대 주변을 뒤지기 시작한다.

한 시간 가까이 뒤졌을까, 파출소 건너편 골목에서 허름한 구멍가게 하나가 눈에 띈다. 하지만 간판은 없고 가게 앞 좌판 바람막이로 쓰여

진 판자 덧문에 흰 페인트로 '상회'라고 두 글자가 칠해져 있다. 옥호인 태평은 안쪽 덧문에 칠해진 모양이었다. 그 가게에서 모르면 동네를 뒤질 수밖에 없다는 생각을 하며 안으로 들어서자 칠십 노인이 방문을 열고 나온다. 물건을 사지 않고 주춤거리는 은미의 모습을 살피던 노인이 먼저 입을 연다.

"애기를 고쳐 업으소. 아침 바람에 애기 어깨가 시리겠소."

고집이 낀 얼굴과는 달리 목소리가 자상하다. 은미가 포대기의 띠를 푸는 사이 노인의 손이 벌써 애기를 받는다.

"혹시 차윤수 씨를 아시는지요. 어르신네가 아저씨뻘 되신다고 들었습니다만."

노인은 아무 말 없이 애기만 고쳐 업혀준다. 이맛살이 구겨지는 걸로 보아 은미의 질문을 마뜩찮게 받아들인 모양이다. 노인은 은미의 질문에는 못 들은 척하고 꽃샘추위가 매서우니 애를 얼리지 말라며 고개를 돌린다. 은미가 고맙다는 말과 함께 재차 차윤수의 거처를 묻자, 그제야 마지못해 투정 어린 말투로 초량동에 있는 교회를 찾아가라고 한마디를 뱉고는 방으로 들어간다. 은미는 불쾌감보다 사람을 찾았다는 안도감에 취해 고맙다는 인사를 남기고 서둘러 출입문을 연다. 그때 방에서 노인의 옹골찬 목소리가 들려온다.

"교회마다 뒤질 참요? 성질이 급하긴."

"죄송합니다."

"덕문교회를 물으소. 이른 시간이라 사람이 없을 테니 별채를 찾아가소. 그럼 어서 가 봐요. 가 봐야 신통한 소릴 못 듣겠지만."

은미는 가게 앞에서 택시를 잡는다. 택시를 타고서야 차윤수와 교회와의 관계가 궁금해진다. 교회에서 일을 하고 있다는 건지 아니면 교회 신자라는 건지. 만약 그가 교인이 됐다면 미끼지 않는 일이다.

초량동은 바로 이웃이다. 덕문교회는 큰길가에 있어 택시기사도 잘 알고 있었다. 차에서 내린 은미는 텅 빈 마당을 지나 별채로 들어간다. 문이 활짝 열린 부엌에서 아낙들 대여섯이 부산하게 움직이고 있다. 무슨 행사를 치를 참인지 음식을 장만하는 중이다.

은미는 인사를 주고 나서 모두에게 들리도록 차윤수 씨를 아느냐고 묻는다. 그 말 한마디에 은미를 주목하던 모든 아낙들이 일시에 얼굴을 돌린다. 친절한 대답을 예상했던 은미는 그 수모를 참기 위해 목소리를 높인다.

"목사님은 어디에 계신가요?"

"목사님도 모르실 겁니더."

순해 보이는 아낙 하나가 마지못해 말을 받아준다.

"그분이 교회를 그만뒀나요?"

"안 나온 지 오래됐심더. 지금 어디에 있는지 아무도 모르지라요."

은미는 먼저 차윤수가 착실한 교인이 아니란 걸 직감한다. 그렇다면 또 죄를 지은 셈인데 그 중첩된 죄의 무게를 감당하지 못하고 아무도 모르는 곳에서 혼자 고민하고 있겠지. 가엾은 인간.

은미는 서둘러 교회를 빠져나와 택시를 잡는다. 택시를 타고나서야 그가 언제 교회를 그만뒀는지가 궁금해진다. 은미는 다시 자성대로 노인을 찾아가 그것부터 묻는다.

"서너 달쯤 됐소."

마지못해 마루로 나와 앉은 노인은 그 말만 뱉고 입을 다문다.

"도저히 찾을 수 없을까요?"

"왜 그리 사람을 힘들게 하는 게요. 그나저나 애기부터 방에 눕시다."

노인이 앞장서 방에 들어가자 은미도 뒤따라 들어가 띠를 푼다. 잠든 애기를 곱게 받아 아랫목에 뉜 노인은 밖에서 박카스 한 병을 들고 와 마개를 따서 내민다.

"밤새 잠을 설쳤을 테니 피로부터 풀구랴."

노인은 혀를 끌끌 차며 은미의 얼굴을 살핀다.

"나는 평생 타락한 사람을 많이 봐왔소만 그런 망나니는 첨요. 그 작자와 성이 같아서 친척일 뿐이지 아저씨란 소린 듣기도 싫소. 제 애빈 가난했어도 근실하기로 소문이 자자했소만, 그 자식놈은 우리 핏줄에도 없는 말종인간요. 고등학교에 다닐 때도 담임선생을 두들겨 패고 퇴학당할 정도였지. 그런 개망나니가 교회에 다닌다기에 이제 사람이 되나 싶더니 웬걸. 연봇돈을 훔쳐서 줄행랑을 친 게 아니겠소. 한 달치니까 일 년은 편히 살 거요. 애기는 돌을 넘겼소? 허허 그놈 참 귀엽구나."

"며칠 전에 돌상을 받았어요."

"애기나 엄마의 품새로 보아 애기 아빠가 존 자리에 있는 모양이구려?"

"네, 부럽잖게는 살죠."

"순서가 바뀄습니다만, 댁처럼 고운 아낙이 왜 그런 인간을 찾아다니는 거요? 서울서 왔다면 먼길인데?"

"저한텐 은인인 셈이죠. 제가 길거리에서 난처한 일을 당했을 때 구해 줬거든요."

"구해 주다니?"

"불량배들한테……."

"뭔 말인지 알겠소. 그놈이 어려서부터 깡패질만 일삼더니 그런 쓸모가 있었구먼. 하기사 개똥도 약에 쓴다지만. 암튼 본성이 나쁜 놈은 아뇨. 노름에만 안 미쳤으면 쓸모 있는 인간이 됐을 텐데."

"노름을 오래 했나요?"

"오래가 뭐요. 벌써 중독이 됐소. 마약보다 더 무서운 게 노름이오. 그 바람에 집구석도 거덜난 거요. 애비가 품팔이로 장만한 논까지 다 날렸으니 애비 맘이 어떻겠소. 빌어먹을 놈! 애비가 목매 죽었는데도 그 짓을 아직도 못 버리다니. 아마 훔친 연봇돈도 벌써 날렸을 거구먼."

"자식 노름 땜에 목을 매셨나요?"

"말함 뭐하겠소. 애비가 뒤란 감나무에 목을 매는 시각에도 노름방에서 화투만 죄고 있었다오."

"그분한테 여동생이 있었다죠?"

"그걸 어찌 아우?"

"직공살이하다 폐병으로 죽었다죠?"

"그랬답디까? 그렇다면 그렇게 알아두는 게 편할 거요."

"말씀해 주세요."

"이판에 숨겨서 뭐하겠소만…… 암튼 그애도 오빠 땜에 잘못된 거

요. 우리 집에서 더부살이하는 걸 서울에 데려다 놓고 무조건 돈 벌어
오라 닦달하니 어린것이 뭘 어쩌겠소. 껌을 판다 사탕을 판다며 길거
리를 헤매다가…… 결국은 몸을 팔기 시작한 거요."

"그럼 살아 있겠군요. 지금 어디에 있죠?"

"노량진 부녀보호소에 있소만……."

"윤수 씨는 동생의 그런 처지를 알고 있었나요?"

"나중에야 알았소. 노름돈을 대주던 동생이 감감 소식이니까 파출
소에 가출 신고했던 거지. 알고 보니 직공살이한 게 아니라 몸을 팔았
던 거요."

"친오빠니까 보호소에서 데려올 수 있었을 텐데요?"

"데리고 나와 봤자 당장 어쩌겠소. 노름판에 끼어 살던 놈이 재울 곳
인들 있겠소? 그래서 목돈을 구하려고 애는 썼겠지."

은미는 차윤수가 그 무렵 자기 집에 침입했을 거라고 추측한다.

"지금도 보호소에서 지내겠군요?"

"사실은 그때 바로 도망쳤소. 오빠가 알고 면회 오자 창피해서 담을
넘은 거지. 차라리 그냥 놔뒀더라면 거기서 먹고 자고 기술이나 배워
나갈 텐데, 그 순하고 착한 게 어디서 뭔 고생을 하는지 모르겠구먼."

노인은 한숨을 내쉰다. 은미는 치미는 화를 누르지 못하고 거침없이
감정을 토해낸다.

"여동생이 그런 처진데 연봇돈을 훔쳐 달아나다니……."

"내가 지금 한숨을 쉬는 것도 그래서요. 말종인간도 그러진 못할 텐
데 아주 싸가지 없는 놈요. 그런 놈한테 일 년여 동안 공밥을 먹여준

게 억울하오. 그래도 교회에 다닌다기에 사람이 됐다 싶었는데, 지금도 그 배신을 생각하면 치가 떨려서…….”

“그래도 잠시나마 교회에 다녔다는 게 대견스럽군요.”

“대견? 그런 약올리는 소린 마쇼. 우리 집 마누란 그놈을 교회에 데리고 다닌 죄로 얼굴을 못 들고 다닐 정도요. 요즘은 교회도 못 나가고 친정 동네서 숨어 산다오.”

“아무 때고 반성하겠죠. 그땐 어르신네 은공도 깨달을 거구요.”

“반성은 아무나 하오? 인간성 그른 놈은 죽어야 고쳐지는 법요. 댁도 이번 발걸음으로 빚 갚은 셈치고 다신 상종 마쇼.”

은미는 웃음이 터져나온다. 한심한 인간의 한심한 작태를 재미있게 엮어내는 노인의 말이 정답다. 또 그녀의 웃음에는 자신을 하 비웃는 자조가 섞여 있기도 하다. 다시는 상종하지 말라는 노인의 말은 그 망나니의 마음을 잡아주라는 사정처럼 들리기도 하는데, 강도에게 강간을 당해서 낳은 자식을 업고, 천리길을 마다하고 그 강도를 찾아와, 길거리를 헤매는 꼬락서니가 웃음을 자아내게 했던 것이다.

“교회에서도 윤수 씨의 행선지를 정말 모를까요?”

“어허, 상종을 말라니까 그러네.”

“그래도 진 빚이 하도 커서요.”

노인은 잠시 침묵을 지키다가 말을 잇는다.

“아직 모를 거요. 알면 교인들이 돈을 찾으려고 가만있겠소. 나한테도 여러 번 물어왔소만, 그놈 땜에 시달리는 게 한두 군데가 아뇨. 밥값에다 옷값에다, 심지어 이발비 땜에 찾아오질 않나. 이러다간 나까지 인심 잃기 십상요."

"저까지 찾아와서 죄송합니다."

"아뇨. 댁이라면 언제라도 좋소. 그놈이 그래도 조상님 덕을 받아 댁 같은 사람과 연을 맺은 거요. 비록 주먹으로 쌓은 공이라지만."

노인은 허허허 웃음을 날린다.

"어르신네는 윤수 씨가 어디로 갔다고 생각하시나요?"

"참 안타깝구먼. 그리도 간절하오? 결초보은할 맹세도 헌신짝처럼 버리는 세상인데 그깟 주먹덕 한번을 잊지 못하는 거요? 참말로 기특하구려. 아낙의 맘씨를 생각하면 부산바닥을 다 뒤져 보고 싶소만 너른 천지 어느 구석에서 찾아내겠소. 암때구 제 발로 날 찾아올 테니 그때나 만나서 인간을 만들어주구려."

"제가 감히 그럴 수 있나요. 윤수 씨는 저보다 나은 분예요."

"저 겸손한 마음씨라니. 하기야 그놈도 근본은 못 버리겠지. 우린 대대로 덕을 쌓아온 혈통이라우. 역마살이 끼어 탈이지만……."

노인이 또 허허허 웃음을 날린다. 은미는 인사를 드리고 노인과 헤어졌다. 친척을 만나 본 것만으로도 답답한 마음이 조금은 풀린다. 부산 시내가 새삼 밝아 보인다.

부산에 다녀온 후로 은미는 차윤수에 대한 자리매김이 혼란스러워진다. 그를 잊기 위해 찾아간 부산에 되레 미련만 심어 놓고 온 꼴이 되었다. 차윤수를 연민 차원으로만 재단할 수 없는 선택 문제가 고민스럽다.

그 사람은 내 몸을 겁탈한 한갓 강도일 뿐이다!

은미는 그렇게 마음을 다잡지만 날짜가 지날수록 차윤수의 모습은 점점 더 선명하게 그려진다. 그녀는 자기의 그런 마음이 두렵기만 하다.

그 사람은 정우와 아무 상관없는 존재다. 정우 아버지는 성재다.

은미는 비석에 글자를 파듯 그 말을 거듭 가슴에 새기곤 하지만 마음이 흔들리는 건 어쩔 수 없다.

예상한 대로 차윤수는 나타나지 않았다. 철이 바뀌고 해가 바뀌어도 그에게서는 아무 소식이 없다. 정우가 성장하여 초등학생이 되고, 중학생이 되고, 고등학생이 될 때까지도 마찬가지였다. 은미와 성재는 점점 그를 잊어갔다.

반항의 계절

정우가 말썽을 피우기 시작한 것은 고등학생이 되고부터다. 아버지에 대한 반항심이 정우의 마음을 비틀어 놓은 것이다. 아버지의 애정 어린 설득에도 정우는 겉돌기만 했다.

오늘은 일요일인 데다 비가 내리고 있어 정우와 이야기를 나눌 좋은 기회로 여긴 성재는 정우의 방에 들어가 대화를 트러 하지만 정우는 여전히 말을 받아주지 않는다. 정우의 그런 무례한 침묵은 성재가 아버지다워지기를 바라는 도덕 논리를 갖추고 있는 행동이어서 함부로 나무랄 수도 없거니와 성재 역시 정우를 나무라고 싶지 않은 심정이다.

성재는 자신의 그 인내에서 자부심이 느껴질 정도로 정우의 반항을 불효로 여기지 않고 있다. 어려서부터 아버지를 따르고, 아버지를 벗 삼아 자라온 자식이다. 고교생이 되자 까탈을 부린다는 것은 그만큼 정우가 어른이 되었다는 증거이기도 하다.

“솔직히 말해 보렴. 내가 어떻게 해 주면 좋겠니?”

“딱 한 가지죠.”

정우는 아버지를 뒤돌아보지도 않은 채 책상에 앉은 자세로 대꾸한다.

“허락 못할 조건도 있잖니.”

“그러니까 아버지 말씀은 말짱 사기라구요.”

“너도 진 선생을 싫어하진 않잖아.”

“예의로 대하는 것뿐인데요.”

그때 은미가 방문을 열며 고함을 친다.

“이놈! 진 선생을 에미처럼 받들지 않으려면 나도 에미로 여기지 마라 이놈!”

성재는 아내를 진정시키고 나서 정우의 등을 다독거린다. 방문 앞에 서 있는 어머니를 향해 조용히 무릎을 꿇고 있는 태도가 무척 철들어 보인다. 정우는 어머니가 화를 거두자 그제야 자리에서 일어나 다시 의자에 앉는다.

정우는 그 후 며칠 동안 자숙하는가 싶더니 다시 말썽을 부리기 시작했다. 여전히 동네 불량배들과 어울려 술을 마시고 싸움질을 일삼았다. 성재가 차윤수를 만난 건 그 무렵이다.

성재는 우연히 TV 화면에서 차윤수의 얼굴을 보게 되었다. 행려병자 보호소에서 시체 치우는 일을 맡아 보던 차윤수는 시체 한 구를 해부용으로 필요한 곳에 몰래 빼내 판 혐의를 받고 있었다. 마침 병원 비리가 사회의 지탄을 받던 시기인 데다, 시체를 팔아먹은 해괴한 사건이어서 그가 검거되는 장면도 자세히 보도해 주었다.

재판이 끝나자 성재는 차윤수가 수감된 부산교도소를 찾아가기로 마음먹고 은미 몰래 여행 준비를 서둘렀다. 그동안 어떻게 지냈는지 몹시 궁금했던 것이다. 정우가 태어나기 바로 전인 1970년 늦가을에 헤어졌으니 거의 18년 만에 만나는 셈이다. 긴긴 세월이었다.

그동안 은미 몰래 거처를 수소문해 봤지만 전혀 알 길이 없었다. 은미에게 부산 연락처를 캐물으면 모르쇠로 일관했던 것이다. 은미는 처음 부산에 다녀왔을 때도 헛걸음을 쳤노라고 고집을 부렸고, 그때 은미는 성재에게 이렇게 면박을 주었다.

도대체 그 사람을 만나 뭘 어쩌겠다는 거죠? 젖먹이를 업고 한번 찾아간 성의만 해도 우리의 도리는 다한 것 아녜요? 또 도리랄 것도 없잖아요?

김해공항에 내린 성재는 대기하고 있는 택시를 타고 대저동 쪽으로 달린다. 교도소 정문 앞은 생각과는 달리 면회객이 한산한 편이다. 막상 교도소에 도착하고 나니 성재는 황당한 기분이 느껴진다. 왜 차윤수를 만나러 왔는가. 꼭 차윤수를 만나야 하는 당위가 뭔가. 그런 회의가 자꾸 몸을 옥죈다.

택시에서 내린 성재는 울적해진 마음을 달래려고 담배를 꺼내 피운다. 교도소 주변의 자연 환경이 담배 맛과 어울리면서 묘한 낭만을 자극한다. 그 낭만이 답답한 마음을 어느 정도 열어주자 성재는 차윤수를 면회온 것을 낭만 탓으로 돌려 본다. 어떤 이념에서가 아니라 남을 감동시키고 싶은 그 이기적인 낭만 때문이라고 생각하니 한결 마음이 가벼워진다. 이제 차윤수를 주저 없이 만날 것만 같다. 인형을 가지고 놀 듯, 마음대로 차윤수를 조종할 것만 같다.

성재는 수속을 마치고 면회장으로 들어간다. 지정된 자리에서 오 분쯤 기다렸을까, 차윤수가 간수의 안내를 받으며 나타난다.

그런데 이상하다. 차윤수의 모습이 기부터 질리게 한다. 애처로울 줄 알았는데, 표정과 태도가 너무 활기차서 죄수 같지가 않다. 숫제 남의 집에 놀러온 사람처럼 여유 있어 보인다. 히죽히죽 웃으며 비아냥거리기도 한다.

“아내의 정부를 면회온 사람은 당신뿐일 거요. 이 세상에서.”

성재는 멍하니 앉아 그를 바라보기만 한다. 옛날의 차윤수가 아니다. 말투도 옛날처럼 진지하고 겸손하지 않다. 차윤수와 나누고 싶었던 말은 입속에서만 빙빙 돌 뿐이다. 차윤수와의 대화는 그가 옛날처럼 그리움에 젖어 은행잎을 만지작거릴 때나 가능했다. 그렇다고 그냥 돌아설 수도 없는 노릇이다.

성재는 예의치레로 몇 마디를 던진 다음 그동안 은미를 만난 적이 있느냐며 속을 떠본다. 하지만 막상 그런 말을 꺼내 놓고 보니 사내답지 않다는 생각이 들어 얼굴이 달아오른다. 성재의 그런 열없는 표정을 살피던 차윤수는 껄껄껄 웃고 나서 더 짓궂게 떠들어댄다.

“질투하는 걸 보니 윤 사장도 보통 사내에 불과하구려. 이제 보통 사내로 판명되었으니 앞으론 부인을 자주 만나야겠수다. 공연히 짝사랑만 하다가는 내 속이 성치 않을 것 같소. 그러니 돌아가 마누라 단속이나 잘 하시구려.”

한바탕 더 웃고 난 차윤수는 갑자기 정색을 하며 “애 이름을 뭐라고 졌소?” 하고 정우의 이름을 물어본다.

“정우요. 윤정우.”

“윤정우라, 그놈 이름 한번 멋지네.”

차윤수는 일부러 능청을 떤다. 정우란 이름을 이미 알고 있었던 것이다.

그가 정우를 처음 껴안아 본 것은 정우가 초등학교 이학년 때였다. 그날은 가을 햇살이 따스했다. 밤차를 타고 부산에서 올라온 차윤수는 아침 일찍 성재네 집 근처에 숨어 있다가 가방을 메고 등교하는 정우의 뒤를 밟아 학교를 알아두었다.

다음날 학교로 찾아간 그는 운동장 구석에 앉아 혈육의 뛰노는 모습을 보며 눈물을 짓다가 하굣길에서 겨우 껴안아 볼 수 있었다. 참 예쁘구나. 네 이름이 뭐지? 그때 차윤수는 처음으로 정우의 이름을 알게 되었고 그때부터 정우의 이름을 때와 장소를 가리지 않고 되뇌었다. 정우, 정우, 정우, 정우…… 슬플 때도 정우, 기쁠 때도 정우, 밥 먹을 때도 정우, 길을 걸어갈 때도 정우, 품팔이할 때도 정우, 심지어 노름판에서도 정우를 입에 달았다. 그는 잠든 시간에도 꿈속에서 정우를 불렀다. 일에 지치다가도 정우의 이름을 되뇌이면 몸에 생기가 돌곤 했다.

“꼭 하고 싶은 얘기가 있어 왔소.”

성재는 말을 돌린다.

"시체 팔아먹은 놈한테 할 얘기라뇨?"

"정우가 고등학생이 됐소. 키도 부쩍 컸고 머리도 영리한데 말썽을 피워서 탈이오."

"그래서요?"

"아무리 애써도 그애 맘을 못 잡아주겠소."

"그래서요?"

"만날 술을 마시고 싸움질하기 일쑤요. 요즘은 가출도 버릇이 되다시피했소."

"그래서요?"

"이봐요, 무슨 대답이 그래요?"

"그럼 뭐라고 대답하죠? 당신 자식이 못된 짓하는 걸 내가 어쩌란 말요."

"당신 자식도 되잖소? 따지고 보면 당신 자식이지 내 자식이오?"

"말 같잖은 소리……."

"내가 모범적인 애비가 못 돼서 그런 것 같소."

"그럼 모범적인 애비가 되면 될 것 아뇨."

"그렇게 억탁만 부리지 말고 내 심정을 이해해 달란 말요. 정말 나는 아버지 될 자격이 없는 사람이오. 그러니……."

"그러니 어쩌란 말요."

"정우한테 나서 달라는 거요. 정우 앞에 당당히 나타나 자기 몫을 챙겨 달라는 거요. 그애가 보고 싶기도 할 거구."

"몫을 챙기라고 했는데, 그래 무슨 몫을 챙기란 말이죠?"

"아버지 역할."

"아버지 역할? 그럼 윤 사장 집안이 파탄날 텐데요?"

"이미 파탄이 난 집요. 다만 나와 아내가 현명하게 처리하고 있을 뿐이오. 그러니 아무 걱정 말고 정우를 만나줘요. 그게 나로선 마음이 더 편하니까."

"애한테 나서 달라는 말이 아니라 그러지 말라고 못 박는 소리 같수다."

"제발 억탁은 부리지 말고 내 말을 잘 들어요. 아버지란 원래 아버지 될 사람이 돼야 하는데 나는 애초부터 그런 싹수가 없는 사람이오. 지금 억지로 아버지 행세를 하고 있다 그 말이오. 억지로 그래 보자니 어색할 뿐더러 위선을 가르치는 꼴만 된다 그 말이오. 그러니 당신이 기막힌 아버지가 한번 돼 보란 거요."

"미쳤소? 그런 골치 아픈 짓을 하게?"

"당신은 가능해요. 아무 때든 당신도 가정을 이뤄야잖소."

"무슨 얼어 죽을 가정. 나는 이제 누굴 사랑하는 것도 지겹소."

차윤수는 자리에서 벌떡 일어난다. 그리고 면회실을 나가기 전에 멍하니 서 있는 성재에게 한마디를 내뱉는다.

"세상에 모범적인 아버지가 한 사람인들 있겠소? 말로야 가능할지 몰라도."

차윤수는 감방에 돌아와서야 성재에게 너무 심했다는 후회가 들었지만 어쩔 수 없는 노릇이라고 마음을 다잡는다.

그분의 가정에 울타리를 쳐줘야 돼. 얼마나 속이 상했어야 그처럼 너그러운 분이 아버지 될 자격이 없다고 한탄했을까…….

차윤수는 빠끔히 열린 철창을 올려다본다. 액자 마냥 네모로 구획된 작은 하늘 한 귀퉁이에 손바닥만한 구름 한 조각이 끼어 있다. 혹 불면 날아갈 것만 같은 하얀 구름…….

지금은 키도 컸겠지. 몸도 불었겠지. 오뚝한 코와 서글서글한 눈. 정우야, 제발 착하게 자라다오.

차윤수의 눈에 눈물이 그렁그렁 맺힌다.

정우가 중학생일 때였다. 초등학교 시절 두세 차례 뒤밟아 본 뒤로 오랜만에 만나 보는 셈이었다. 서울에 올라가 아침 일찍 필동집 근처에 숨어 있다가 정우의 뒤를 밟은 차윤수는 학교를 알아두었다가 오후에 다시 찾아갔다. 하교시간까지 교문 앞에서 기다린 그는 친구들과 어울려 나오는 정우에게 다가가 길을 물었다. 정우가 손가락질을 하며 자상히 가리켜 주자 그는 정우의 손을 잡고 고맙다는 말을 되뇌이며 손을 어루만졌다. 그렇게 해서라도 혈육의 손을 만져 보고 싶었다.

차윤수는 자기를 한 가정을 이루어 사는 가장으로 착각할 때가 종종 있었다. 아내는 은미, 아들은 정우였다. 차윤수는 그 세 가족이 여행을 떠나는 모습을 상상할 때도 있었다. 어느 때는 바닷가로 어느 때는 산속으로 여행을 떠났다. 길거리에서도 예쁜 아낙이 아들의 손을 잡고 걸어가면 자기 아내와 자식이라는 착각에 빠지곤 했다. 그는 자기의 가족들과 어느 때고 상봉하리라는 기대를 품게 되었고, 그런 막연한 기대는 그의 의식 속에 넘을 수 없는 담을 쳐놓고 말았다.

그는 어느새 이산가족이 되어갔다. 텔레비전 프로에서도 이산가족 찾기는 빠지지 않고 보았다. 그 시간에는 실컷 울 수 있어 좋았다. 그는 슬퍼 우는 시간이 가장 행복했다. 실컷 울고 나면 몸이 나른해지고 그 맥살 없는 몸에 다시 그리움이 쌓이곤 했다. 칼로리 섭취로 생명을 유지하듯 그는 그리움을 섭취해야 살아갈 수 있었다.

그는 술판에서도 정우의 이름을 불러 보곤 했다. 그에게 정우가 가장 그리울 때는 노름판에서 돈을 날리고 술에 취할 때였다. 그때마다 그는 밤하늘에 떠 있는 별에 대고 정우를 목청껏 불러 보곤 했다. 도박, 술, 싸움은 그에게 있어 한시적인 필요악이나 진배없었다. 그가 정치 폭력 집단에 끼게 된 것도 그 무렵이었다.

죄수와의 재회

성재가 부산교도소에서 차윤수를 만나고 사 년이 지나서다. 성재는 또 한번 신문에서 차윤수에 대한 기사를 읽게 된다. 이번에도 수배인물이다. 집권당의 부정선거를 규탄하는 야당 궐기대회장을 쑥밭으로 만든 깡패 집단의 수배자 중 하나였다. 그 무렵 서울 거리에는 매일 군중 시위가 잇따르고 시민의 분노는 지방으로까지 확산되고 있었다. 그들은 자수할 수밖에 없었다. 형식적인 재판이 끝나고 일당이 안양교도소에 수감되자 성재는 그를 찾아갔다.

차윤수는 죄수라기보다 대접을 받는 손님이나 진배없다. 얼굴에는 기름기가 흐르고 간수들에게 반말을 날릴 정도다. 성재가 예상했던 풀죽은 모습이 아니다. 시체를 팔아먹은 파렴치범으로 쇠고랑을 찼을 때만 해도 그에게서는 아직 신선한 믿음이 느껴졌는데, 지금은 다르다. 파괴의 광기가 어려 있던 그의 눈에는 야비한 탐욕이 이글거렸고 몸에서는 살기마저 번뜩인다. 그는 은행잎을 집어 들고 그리움을 달랠 줄 아는 슬픈 나그네도, 시체 팔아먹은 짓이 부끄러워 억탁을 부리던 위악적인 낭인도 아니다.

성재는 차윤수로 하여금 정우의 아버지를 만들고 싶어한 의욕이 상실되자 맥이 빠진다. 이제 정우는 성재 한 사람의 아들이 될 수밖에 없고 성재의 삶은 그만큼 더 무거운 하중을 받게 되었다.

성재는 곰곰이 생각해 본다. 애초에 자기는 위탁받아진 아버지일 뿐이었다. 그래서 애정만 퍼부어주면 그만이다 싶었다. 하지만 이제는 모든 부담을 혼자 짊어져야 하는 고달픈 아버지가 돼야 한다. 성재는 그 아버지의 하중에서 벗어나고 싶어 안달하지만 차윤수는 끝내 아버지이기를 포기한다.

성재는 답답하다. 그동안의 아버지 노릇은 한갓 낭만 어린 치기에 불과할지 모른다고 생각했지만 이제는 정말 아버지다운 체질로 굳어질 수밖에 없다. 성재는 자신의 그 결심이 무거운 짐이 되어 어깨를 짓누르는 것만 같다. 피로가 느껴진다. 앞으로 어떻게 정우의 행패를 감당할 것인가.

"정우에게 보여주고 싶던 당신 모습은 모두 퇴색해 버렸구려."

"퇴색? 당연히 그래야지. 그래야 살지. 그나저나 정우에게 보여주고 싶었다는 내 모습이 도대체 뭐요?"

"그걸 몰라서 묻는 거요? 제발 정우한테 부끄러운 아버지가 되지 마오."

성재가 목소리를 높인다. 그러자 차윤수도 발끈한다.

"뭐요? 당신 말투가 왜 그리 건방져? 당신이 유식하면 얼마나 유식하다고 메시껍게 굴어?"

"내 말을 메스껍게 들을 정도면 당신은 정우 아버지 될 자격이 충분하오."

"뭐야? 이 사람 듣자듣자 하니 꼴불견이구먼. 입만 나불댄다고 예수 되고 부처 되는 줄 알아? 함부로 까불지 말라구."

차윤수는 버럭 소리를 내지른다. 성재는 그렇게라도 화를 내는 차윤수의 긴장된 모습이 다행으로 여겨진다. 아직은 능글능글하고 느끼한 속물이 아닐 성싶다.

"지금도 아들놈이 속을 썩이는 거요?"

느닷없이 차윤수가 빈정대는 투로 묻는다. 성재는 그의 얼굴을 빤히 쳐다보다가 시비조로 따진다.

"왜 남의 집 자식에 대해 캐묻는 거요?"

그러자 차윤수는 기분 좋은 얼굴로 웃는다.

"이제 아들 편을 드는 걸 보니 아버지 노릇에 숙달한 모양이구려."

차윤수는 성재의 얼굴에 대고 연방 웃음을 날리다가 이번에는 시큰둥한 목소리로 말한다.

"그땐 꽤 말썽을 부립디다. 술 처먹고 지랄하는 꼴이 옛날 내 모습을 보는 것 같아 기분이 착잡합디다."

"그럼 직접 정우를 목격했단 말요?"

"먼발치서 봤으니 놀랄 건 없소."

지난번 부산교도소에서 출소한 차윤수는 며칠간 서울에 머물 일이 생겼다. 그때 성재의 말이 떠오른 데다 성장한 자식의 모습이 그리워 일부러 필동집까지 찾아갔고 먼발치에서나마 정우를 훔쳐볼 수 있었다. 처음에는 정우의 등굣길을 뒤밟아 학교를 알아두고 방과 후에는 다시 뒤를 밟아 친구들과 어울리는 모습을 구경하다가 자식의 탈선을 목격하게 되었다. 방과 후에 서너 명의 친구들과 어울린 정우는 골목에 있는 중국집 구석방에서 술을 마셨는데 그 모습이 정우를 뒤밟던 차윤수의 눈에 띄었던 것이다. 차윤수는 홀에서 자장면을 시켜 놓고 정우의 행동을 몰래 살피던 중이었다.

"뺨을 칠까 하다가 참았소만, 지금은 대학생이 됐을 테니 아마 달라졌겠죠."

"애가 그리 된 건 모두 내 탓이요."

"그럼 지금도 말썽을 부린다는 거요?"

"대학생이 된 뒤로는 행패가 더 심해졌소."

"하지만 너무 걱정하진 마쇼. 애가 싸가지없어 뵈진 않으니 암때구 효도할 날이 있을 거요."

"효도를 바라진 않지만 차형한테 꼭 정우의 장한 모습을 보여주고 싶었소. 그게 정우를 키우는 내 재미죠. 내가 사는 의미 찾기도 되고요."

"나는 무식해서 그런 고상한 말은 질색이오만 암튼 고마운 말요. 그런데…… 윤 사장 말을 들으면 속이 뒤집힐 때가 있소. 정말 화가 치민단 말요. 사람이 왜 저럴까, 너무 싱거워서, 그래서 화가 치민단 말요. 싸움을 걸어도 받아주지 않으니 그 헛손질이 얼마나 짜증스러운지 윤 사장은 모를 거요."

"꼭 대들어야 싸울 맛이 납니까?"

"나는 윤 사장이 비굴한 사내로 보일 때가 있소. 싸울 일이 생기면 싸워야 하는데……."

"나도 싸울 줄 아는 사람이오. 내가 볼 때는 되레 차형이 싸울 줄 모르는 사람 같소. 나한테 약을 올려얄 텐데……."

성재가 빙그레 웃어주자 차윤수는 벌떡 일어나 서둘러 면회실을 나간다. 차윤수와 헤어진 후에 사식비를 넣어주고 밖으로 나온 성재는 갑자기 몸에서 맥이 빠지며 휑한 기분이 느껴진다. 면회실 마당을 걸어나올 때도 자꾸 발이 헛디뎌지는 것만 같다. 파란 잔디와 곱게 가꿔진 조경수마저 온통 회색빛으로만 보인다. 그는 쉼터 의자에 앉아 담배를 피우며 곰곰이 생각해 본다. 그는 다시 교도소를 찾아온 자기의 행동에 회의가 느껴진다.

내가 왜 여기에 와 있는 걸까? 내가 지금 무슨 짓을 하고 있는 걸까?

그는 처음으로 자기의 행동에서 허망한 낭패감이 느껴진다. 아내를 겁탈해서 임신시키고, 핏줄도 아닌 자식을 갖게 하여 속을 썩게 한 인간, 그런 인간한테 왜 이처럼 마음을 주고 있는 걸까? 과연 내 행동이 옳은 짓일까? 성재는 집에 돌아오면서도 좀처럼 마음을 정리할 수가 없다. 그런 갈등은 정우의 행패가 심해질수록 더욱 증폭되어간다.

정우는 상급생이 되자 나아지기는커녕 술주정이 부쩍 늘었다. 친구들과 술을 마실 때도 말싸움을 걸기 일쑤였고 한번 술판을 벌이면 길

바닥에 널브러질 정도로 취해야 직성이 풀렸다. 집에 들어오는 시간도 대중할 수가 없었다. 어느 때는 새벽녘에야 돌아올 때도 있었는데 그 때마다 성재가 대문을 열어주고 잠자리를 돌봐주었지만 정우는 그런 아버지의 마음에 상처를 내곤 했다.

"지겹지도 않으세요? 자식 뒤치다꺼리가 그리도 재밌으세요?"

그때 성재가 자식 뒷바라지를 싫어하는 부모도 있느냐고 타이르자 말문이 막힌 정우는 히죽히죽 웃으며 아버지 주위를 어슬렁거렸다. 물 어뜯고는 싶은데 아버지의 말이 옳다 보니 함부로 대들 수 없는 노릇 이었다. 그렇다고 마냥 아버지한테 몰릴 수만은 없어 차선책으로 고안 해낸 공격 수법이 무턱대고란 낱말이다.

무턱대고 저를 칭찬만 하세요? 무턱대고 제게 양보만 하세요? 무턱 대고 제 의견만 옳다고 하세요? 그게 사랑인 줄 아세요?

정우는 대학원생이 되어서야 술주정을 고치고 아버지와 어울리기 시작했다. 언제 그랬냐는 듯 아버지를 붙따르는 태도가 어린 시절 아 버지와 함께 자고 거닐고 장난치던 추억 속으로 되돌아간 느낌이어서 성재는 그런 자식이 한량없이 기특하고 고맙기만 했다. 사소한 집안일 에서부터 학교생활에 이르기까지 모든 걸 아버지와 의논하고, 등산이 나 여행할 기회가 생겨도 아버지와 함께 떠나고 싶어했다. 심지어 여 자 친구를 사귈 경우에도 먼저 아버지에게 보여줘 됨됨이를 평가받곤 했다. 자그마치 십 년 동안 끈질기게 참고 설득해 온 그 애정의 결실에 성재는 자부심마저 느껴졌다.

그런데 정우가 석사학위 논문을 준비 중이던 그 해 겨울에 감당 못할 일이 터지고 말았다. 함박눈이 쏟아지는 밤이었다. 자정 무렵에야 집에 돌아온 정우는 눈이 쌓인 점퍼를 벗지도 않은 채 성재에게 따지고 들었다.

"왜 저를 사랑하시는 거죠?"

느닷없는 질문에 말문이 막힌 성재는 부모니까, 라고 대꾸해 주었다. 그러자 정우는 아버지의 대답이 무모하다며 목소리를 높인다.

"아버지는 저를 사랑한 게 아녜요. 사랑한 척했을 뿐이라구요."

뭔가 예기치 못할 일이 벌어질 것만 같아 성재는 덜컥 겁이 난다. 미처 느껴 보지 못한 불안감이다. 정우의 말투부터가 예전과 다르다. 누구한테서 무슨 말을 들은 게 틀림없다.

그렇다면?

성재는 대뜸 명희가 떠오른다. 가까운 친척도 자기의 무정자증을 모르고 있으니 그걸 알고 있는 사람은 남산병원 원장밖에 없을 테고, 원장은 외동딸인 명희가 정우를 따르는 터라 딸의 마음을 돌리기 위해 자기에 대한 비밀을 털어놓았을 게 분명하다. 원장 입장에서 보면 정우는 사생아이고 정우 어머니인 은미는 불륜한 여자인 셈이다.

"너 오늘 밤 태도가 이상한데, 무슨 일이 있었던 거냐?"

성재는 조심스럽게 물어본다.

"잘 아실 텐데요."

"알다니? 뭘 안다는 거냐?"

"저는 자식이 아니잖아요."

"자식이 아니라구?"

"……."

"누가 그러던?"

"말할 수 없어요."

"말해야 한다. 입을 다물 일이 아니잖니."

"알고 계시잖아요. 제가 말씀드리는 게 얼마나 힘든지도요."

"너 명희한테서 무슨 말을 들은 모양인데……."

"명희 아버지가 그런 말을 꾸며댔겠어요?"

"그건 오진이었어."

"오진이라구요?"

그때 갑자기 안방에 누워 있던 은미가 뛰쳐나오며 고함을 친다.

"네 이놈! 그럼 이 에미가 서방질을 했단 말이냐!"

은미의 고함 소리에 집안은 잠시 조용해진다. 그녀의 지친 숨소리만 먼 산울림처럼 들려온다. 성재는 정우에게 어서 방에 들어가 자라며 타일렀지만 미동도 하지 않는다.

"저놈한테 타이르지 마세요. 어려서부터 용서만 해 주니까 애 버릇이 저래요."

"용서 안 하면?"

"강한 아버지가 돼 보란 말예요."

"꾸중한다고 강한 아버진가?"

"저놈은 교활한 놈이라 시시하게 다루면 안 된다구요."

"자식한테 그게 뭔 소리요."

"교활한 놈이니까 부모를 의심하죠. 이놈아 어서 빌지 못해!"

정우는 은미 앞에 무릎을 꿇는다.

"이놈! 빌 데는 내가 아니라 아버지 앞이다!"

정우가 마지못해 성재 앞으로 무릎을 틀자 은미의 목소리가 더 높아진다.

"부모를 편애하는 불효가 어떤 불효인지 아느냐 이놈아! 천벌을 받을 놈! 네놈이 어째서 나를 닮았단 말이냐! 네놈이 아버지를 닮았더래도, 저 착하신 아버지를……."

"착하다고요? 그건 착한 게 아니고 여린 마음에 불과해요. 그게 어머니의 동정심을 유발시켰다구요. 엽색 행각을 철없는 유아적 놀이로 현혹시킨 걸 모르세요?"

정우가 북받치는 감정을 토해내자 은미가 아들의 멱살을 잡고 흔든다.

"이놈아 내가 아버지를 괴롭혔지 아버지가 나를 괴롭혀?"

정우의 멱살을 잡았던 은미의 두 손이 이번에는 정우의 머리채를 움켜쥔다. 성재가 달려들어 아내의 손을 풀었지만 은미의 손에 정우의 뜯겨진 머리칼이 쥐어져 있다. 은미는 숨을 고르고 나서 다시 목소리를 높인다.

"계집 말만 믿고 부모를 의심한 놈! 너는 악마야 이놈아! 그래서 나는 네놈을 사랑할 수 없었어."

"어머니의 뜻을 잘 압니다. 아버지한테 정이 쏠리도록 일부러 저를 멀리하신 것도요."

"그럼 내가 네놈을 사랑한다는 거냐? 세상 에미가 다 그러니까 나도

그럴 거라구? 어리석은 놈, 내가 자식 따위를 사랑할 것 같으냐? 내가
그런 여자로 뵈든? 악마의 눈엔 그렇게 뵈겠지."

"여보, 자식한테 그게 무슨 말요. 어서 화를 풀어요."

"화나서 한 소리가 아네요. 나는 애초부터 저놈이 싫었다구요. 저놈
한테 젖을 물리기도 싫었어요. 몸도 씻겨주기 싫었고요. 돌잔치나 생
일잔치도 당신이 차려줬지 내가 챙긴 적 있어요? 공부 성적이 오르든
말든, 착한 일을 하든 말든 거들떠보지 않았다구요. 우등상을 받아와
도 내가 칭찬해 준 적 있어요? 초등학교에 입학해서 대학원을 다니도
록 나는 저놈이 몇 학년인지도 몰랐다구요. 입학식 졸업식에도 당신이
참석했지 나는 한번도 가 본 적이 없잖아요. 옷이나 학용품도 당신이
사줬고 병원에도 당신이 데리고 다녔고요. 나는 저놈을 업어준 적도
없고 손을 잡아준 적도 없어요. 저놈 살만 닿아도 소름이 끼쳤어요. 나
한테 장한 짓을 해도 이쁘긴 고사하고 되레 역겨웠다구요."

정우는 무릎을 꿇은 채 반듯한 자세로 앉아 있기만 한다. 얼굴 표정도
평온해 보인다. 어머니의 건강이 걱정되어 자기감정만 다듬는다. 요즘
부쩍 몸이 쇠약해진 어머니가 자리보전하는 날이 많아져 걱정이다.

잠자코 앉아 어머니의 화가 가라앉기를 기다리던 정우는 성재가 손
을 잡아 일으키자 그제야 마지못해 안방을 나가고 자기 방에 돌아와서
야 성재에게 용서를 빈다.

"죄송합니다. 명희한테서 그 얘길 들었을 때 저는 아버지가 가여웠
어요. 아버지께 불효한 것이 후회스러웠죠. 얼마나 자식을 갖고 싶었
어야 저한테 그처럼 잘해 주셨을까를 생각하니……."

정우는 말을 끝맺지 못하고 고개를 푹 숙인다. 성재는 정우의 몸을 끌어당겨 포근히 감싸안는다. 큰산을 껴안고 있다는 생각이 든다. 자기 몸이 물안개로 녹아 그 산속에 젖어드는 기분이다.

포옹을 풀고 난 성재는 정우의 손을 잡고 속삭이듯 말한다.

"아마 내가 낳은 자식이라면 네게 그처럼 애정을 쏟진 않았을 거다. 친아버지는 존재 그 자체만으로도 아버지가 될 수 있지만 나는 신념 없인 아버지가 될 수 없잖니."

성재는 아들의 손을 놓고 창가로 다가간다. 밖에는 아직도 눈이 내리고 있다. 그때 정우가 성재의 팔을 잡고 공손한 목소리로 말한다.

"이제 저한테서 아버지를 해방시켜드리고 싶어요."

성재는 잠시 머뭇거리다가 이런 말로 대꾸해 준다.

"정우야, 나는 감동하며 살고는 싶은데 그 대상을 찾지 못하다가 너를 택했니라."

사실이다. 정우를 잘 키우는 거야말로 성재에게는 살아가는 재미였다. 정우가 자기의 정성을 알아주든 말든, 자기에게 효도를 하든 말든, 훗날 친아버지를 찾아가든 말든 그건 상관할 바가 아니다. 외려 정우가 올곧은 인격체가 되었을 때 그 장한 모습을 낳아준 사람에게 떳떳이 보여주고 싶었다. 성재는 서슴없이 말한다.

"언젠가는 너를 낳아주신 분을 만나야 한다. 그분은 네 아버지시다. 누가 그분처럼 너를 사랑하겠니. 내가 네게 애착을 갖는 것도 그분처럼 사랑해 보려는 흉내에 불과했어."

성재는 그렇게 말은 하면서도 차윤수가 어떤 사람임을 밝힐 수는 없었다. 사는 곳은 물론이고 신분도 밝힐 수 없었다. 낳아준 아버지가 따로 있다는 충격과 그 아버지가 어떤 사람이라는 충격은 의미가 다르고 정우에게 끼치는 영향이 다르다. 강도란 이미지가 자칫하면 정우에게 평생 좌절감을 안겨주는 업보가 될지 모를 일이다. 아버지가 강도였다는 사실은 치유하기 힘든 외상임에 틀림없다. 성재는 그런 생각을 하며 천천히 방을 나간다.

정우는 방을 나가는 성재의 뒷모습을 바라보며 여태까지 무심히 지나쳐 온 성재의 얼굴을 구체적으로 떠올려 본다. 윤곽이 둥그스름하고 눈빛이 순해 보이면서도 가끔 방황하는 듯한 표정. 정우는 자기를 낳아준 분의 얼굴도 아버지의 얼굴과 비슷하리라는 생각이 든다. 아버지는 어머니가 좋아한 유형일 테니 그분 역시 아버지와 닮은 유형이기에 어머니가 좋아했을 것이었다.

정우는 밖으로 나갔다. 정원에는 눈이 쌓이고 있다. 고개를 젖혀 낙하하는 눈송이에 얼굴을 적신다. 날개를 뱅글거리며 정원등 불빛 속으로 떨어지는 눈송이의 앳된 몸짓이 어린 시절을 떠올리게 한다.

초등학교 삼 학년 때던가, 그해 겨울 어느 눈 내리는 날이었다. 어머니는 뿌연 허공에서 낙하하는 눈송이를 보며 이런 말을 했었다.

"눈송이들이 모두 애기의 모습 같구나. 저기 내려오는 탐스런 눈송이가 바로 너였지."

함박눈을 맞으며 옛 기억에 젖어 있던 정우는 눈을 털어버리고 자기 방으로 돌아간다. 방 안에는 한밤의 정적이 무겁게 쌓여 있다. 책상과 침대 같은 가구들이 전쟁을 치렀던 퇴역병처럼 낡아 보인다. 순식간에 긴 세월이 흘러버려 자기의 얼굴이 폭삭 삭아진 것만 같다.

나를 낳아준 분은 누굴까?

왜 어머니와 헤어졌을까?

정우는 전혀 기억에 없는 생부가 궁금하기만 하다. 내가 젖먹이 때 헤어졌을까?

정우는 지친 몸을 침대에 뉜다. 그제야 명희 생각이 떠오르고 새삼 그녀가 걱정된다. 아직도 호텔 방에 누워 있는지 아니면 집에 돌아가 자고 있는지. 그러니까 꼬박 하루 동안 명희를 호텔에 방치한 셈이다.

어제 해질 무렵이었다. 정우를 커피숍으로 불러낸 명희는 평소와 달리 튀는 모습을 보였다. 목소리와 행동이 무척 거칠었다. 술을 별로 좋아하지 않으면서 만나자마자 술부터 사달라고 조르는가 하면, 기분이 달뜬 것 같기도 하고 누구한테 수모를 당한 것 같기도 했다. 차림새도 여느 때와는 달리 노출이 심한 옷을 입었고 화장도 야했다. 그런 육감적인 자태는 처음이었다. 술집도 노변 카페가 아닌 조용한 호텔 라운지에 가자고 했다.

라운지에서 칵테일 서너 잔을 연거푸 비운 명희는 정우를 호텔 방으로 데려갔다. 이태가 넘게 사귀어 오면서 키스 이상의 육체적 접촉을 피해온 그녀로서는 이해할 수 없는 짓이었다. 말투도 생경했다.

"아무 생각 말고 오늘 밤 함께 자줘."

명희는 침대로 다가가 먼저 옷을 벗기 시작했다. 브래지어와 팬티만 남자 정우는 얼른 이불로 그녀의 몸을 감싸주었다.

“부모님께 이런 식으로 반항하면 안 돼.”

“반항이 아냐. 충동도 아니고. 깊이 생각한 결과야. 오늘 밤 자기 애를 갖고 싶어.”

“나도 그러고 싶어, 지금은 더 해. 하지만…….”

“자기가 바본 줄은 알고 있지만 정말 너무한다. 여긴 침실이라구. 언어가 필요없는 정글 속이란 말야.”

정우는 명희의 요구를 선뜻 받아들일 수가 없었다. 공정한 게임이 아니라는 생각이 들어 오늘만은 훈육선생이 되고 싶었다. 지금 명희를 껴안게 되면 그쪽 부모의 허락을 받아내기 위한 졸렬한 시위로 보이기 십상이었다. 그는 이불자락을 다독거려 주고 침대 모서리에 돌아앉았다. 그러자 명희가 정우의 등에 대고 소리쳤다.

“야! 병신아!”

정우는 그제야 불안감이 느껴졌다. 점잖고 예의 바른 명희가 저토록 위악적인 태도를 보일 때는 예상을 넘는 절박함이 있을 터였다. 그게 도대체 뭘까? 정우는 일어서서 명희를 빤히 바라보았다.

“말해 봐.”

“내 몸부터 먼저 열어줘.”

“너와 함께라면 지옥에라도 갈 거야. 하지만 오늘만은…….”

“역시 바보군. 누가 사랑하는 여잘 이렇게 짓뭉개니, 요 사생아야!”

“……?”

“넌 아버지가 둘이라구.”

“……?”

"이래도 옷을 안 벗을래?"

정우는 명희의 두 어깨를 덥석 잡아 일으켜 앉혔다. 그녀의 하얀 몸이 불빛에 드러났다. 정우는 담배부터 피워물었다.

"부모님이 우리 사이를 떼놓으려고 히든카드를 사용했어."

명희는 자기 아버지한테서 들은 이야기를 모두 털어놓았다. 정우는 그제야 명희네 부모가 결혼을 반대하는 이유를 알았다. 그는 이불로 명희의 몸을 감싸주었다. 명희는 입이 마르는지 혀로 입술을 축였다. 정우는 냉장고에서 냉수병을 꺼내 컵에 따라주고 아무 말 없이 혼자 호텔을 나왔다.

굵은 눈발에 시야가 흐렸다. 정우는 만날 지나다니던 그 길거리가 낯설게 느껴졌다. 가로수, 차량, 건물 등 모든 게 익숙해 보이지 않았다. 자기의 몸도 다르게 느껴졌다. 살과 뼈가 자기의 것인지, 혈액은 누구의 성분인지, 그는 자기가 타인처럼 느껴졌다.

멀리서 바라보다

밤새 내린 눈이 아침에도 그치지 않는다. 그치기는커녕 점심때가 되자 함박눈이 되어 내린다. 텔레비전 뉴스에서는 폭설이라고 한다. 여기저기 교통이 두절되고 강원도 산간마을에는 생필품 공급이 어렵다는 보도다.

성재는 창가에 서서 정우가 마당에 길을 내는 모습을 바라본다. 비로 쓸기가 무섭게 눈이 도로 쌓이지만 정우는 부지런히 현관에서 대문 앞까지 길을 내고 있다.

아들의 눈 치우는 모습을 지켜보자 성재는 자기의 어릴 적 추억이 떠오른다. 겨울철 눈 치우는 광경은 성재의 어린 기억 속에 늘 아름다운 꽃송이로 그려져 있다. 머슴이 대비로 마당에 쌓인 눈을 쓸면 장갑 낀 손으로 눈을 도로 헤쳐버리던 그 심술궂은 장난이 기억 속에 깊이 자리 잡고 있다. 그때 누나는 동생의 장난이 재밌다며 깔깔깔 헤픈 웃음을 날리곤 했는데 어쩜 누나는 공허한 웃음을 날리던 그 무렵부터 정신이 혼미해졌고, 죽음이 예고되었는지 모른다.

성재는 다시 소파에 앉아 텔레비전 화면을 본다. 성수대교 붕괴사건은 아직도 화면에서 지워지지 않고 있다. 그 참담한 화면이 연말 분위기를 꽁꽁 얼리곤 한다. 삼풍백화점 붕괴에 이은 성수대교 붕괴는 도대체 이 나라가 어떤 나라인지 그 구조를 의심하게 한다.

텔레비전을 보며 한숨을 내쉬던 성재는 전화벨 소리가 울리자 볼륨을 낮추고 수화기를 든다.

"누구시라고요?"

가슴이 두근거린다. 이상한 일이다. 차윤수답잖은 차분하고 공손한 목소리다. 왜 이리 기분이 달뜨는 걸까?

"서너 차례 전화를 걸었지만 사모님이 받는 바람에 그냥 끊었습니다."

목이 쉰 것 같다. 그러고 보니 차윤수는 벌써 오십대 중반에 접어들고 있었다. 어떤 모습일까? 지금은 잘 살겠지. 정치적인 문제에 끼어들어 한몫을 챙겼을 테니 넉넉한 풍모에 그랜저쯤은 타고 왔을 거야.

성재는 외출 준비를 서두른다. 차윤수의 목소리가 반가우면서도 묘한 불안감이 머리를 어지럽힌다. 집을 나와 차윤수가 기다리는 장소를 찾아가면서도 성재는 자기가 관리할 수 있다고 여겨온 차윤수가 이제는 대등한 위상이나 그 이상일지 모른다는 생각이 들어 저절로 발길이 멈춰지곤 한다.

운명일 수밖에 없는 거야. 이제 정우의 아버지는 확실히 둘이 된 거야. 그동안은 정우의 아버지가 나 하나였으며, 나 하나였기에 둘이 되어도 무방하리라는 일종의 자신감을 갖고 살아왔는데…….

감당 못할 외로움이 성재의 몸을 짓누른다. 그는 모처럼 자신이 무정자증 환자임을 실감한다. 강도의 위상보다 더 비참한 위상이라는 생각에 몸이 떨리기까지 한다.

내가 왜 이럴까? 왜 이런 터무니없는 생각에 시달릴까?

성재는 몸을 꼿꼿이 세운다. 그는 차윤수를 가엾게 여겨온 본래의 자기로 돌아가고 싶어 숨을 다듬는다.

차윤수가 기다리고 있는 다방은 서울역 근처에 있었다. 홀에 들어선 성재는 한참 두리번거리다 차윤수가 손짓을 하는 바람에 겨우 찾아낸다.

그런데 왜 저런 외모일까?

금방 알아볼 수 없을 만큼 차윤수의 외모가 변해 있었다. 후줄근한 옷차림과 숭굴한 수염. 나이보다 훨씬 늙어 보인다. 외출복을 챙겨 입은 모양인데 빛바랜 비닐 점퍼의 소매 깃이 헤져 있다. 홀의 투명한 분위기와는 동떨어진 모습이다. 예상과는 너무 빗나간 차림새가 황당하다.

"그저께 부산서 올라왔습니다."

오랜 세월이 흘렀지만 차윤수는 자주 만나는 사이에 하듯 소탈하게 말한다.

"서울에서 이박 삼일 동안 묵었지요. 그냥 떠날까 하다가, 수감생활 중에 베풀어준 고마움에 인사도 할 겸 전화를 걸었습니다. 정우를 찾아간 사실도 고백할 겸…….”

“정우를 만났다고요?”

“두 번 봤죠. 집 앞에서 한번, 골목길에서 한번.”

성재는 그가 정우를 만나 무슨 짓을 했는지 궁금했지만 캐묻지 못한
다. 옹졸한 모습을 보이고 싶지 않았다. 그래도 궁금증을 누를 수 없어
정우가 어떤 태도를 보였느냐고 넘겨짚자, 차윤수는 먼발치로 훔쳐본
것뿐이라고 대답한 후 그게 마지막 만남이 될 거라며 성재를 안심시킨
다. 그리고 창밖을 내다보며 담배를 꺼내 피운다.

밖에는 비가 내리고 있다. 뿌연 시가지를 바라보는 차윤수의 눈이
자주 끔벅거린다. 솟구치는 눈물을 애써 참는 모양이다. 차윤수는 눈
물을 삼키려고 손톱으로 유리창을 그어 보기도 하고 손가락으로 괜히
커피잔을 통통 튕겨 보기도 한다.

성재는 그가 왜 슬퍼하는지 궁금하다. 그래서 술을 마시면 말문이
트일 성싶어 맥주를 주문하고 술이 배달되자 서둘러 잔에 술을 따라
준다.

“정우는 의젓한 청년이 됐습니다. 말썽도 피우지 않고, 이젠 내게 너
무 달라붙어서 귀찮을 정도죠.”

분위기를 눅치려는 성재의 밝은 목소리에, 하지만 차윤수는 그 말을
듣는 둥 만 둥하며 교회에 나간 뒤로 술을 끊었다는 말만 되풀이한다.
성재는 차윤수의 사양을 무시한 채 술잔을 들어 앞으로 내민다.

“한 잔 들도록 해요.”

성재는 일부러 술잔을 더 깊이 내밀어 차윤수의 잔에 부딪친다. 마

지못해 술잔을 입에 댄 차윤수는 연거푸 두 잔을 마셨고, 얼굴에 술기운이 배들기 시작하자 다시 입을 연다.

"초량에 있는 덕문교회에서 청소부 일을 하고 있습니다. 연봇돈을 훔쳤던 교회죠."

"연봇돈을 훔치다뇨?"

"사모님은 아실 겁니다. 옛날에 부산에 내려오셨을 때 집안 아저씨가 말씀해 드렸다는데 그때 사모님은……."

"그냥 정우엄마라고 불러줘요. 사모님 소리는 어색하고 거리감이 느껴지네요."

"아닙니다. 이제 내 마음이 정리된 상태이니 본래대로 돌아가고 싶어요."

"본래라뇨?"

"윤 사장님과 사모님을 어렵게 보던 그때로 말입니다. 그때 나는 두 분의 종이 되리라 결심했습니다. 난생처음 두 분한테서 인간 대접을 받았거든요. 더구나 나 같은 죄인이 말입니다."

"차형, 죄인이란 말은 듣기가 거북합니다. 솔직히 말해서 차형은 우리한테 죄인이 아닙니다. 차형 땜에 아내와 나는 지루한 삶을 모면하게 됐던 겁니다. 자칫 우리는 로봇처럼 세상을 흉내내며 살 뻔했죠. 그게 아니면 파탄났을지도 모르고요. 얼음처럼 차디찬 아내와 방만하기 짝이 없는 내가 꾸미는 삶일 테니 보나마나죠. 그런데 우리는 그런 지루한 일상을 깨고 색다르게 살 수 있었던 겁니다. 한마디로 의미 있는 삶이랄까요. 그게 누구 덕인지 아십니까?"

"무슨 말씀인지 이해가 안 가는군요. 나는 두 분한테 고통만 안겨줬을 뿐인데요."

"그럼 더 자세히 설명하죠. 나는 자식을 둘 수 없는 몸입니다. 그렇다고 자식을 두고 싶어 연연하지도 않지만요. 자식에 연연하지 않긴 아내도 마찬가지죠. 또 우리는 자식 문제로 가정불화를 일으킬 사람들도 아닙니다. 솔직히 아내는 내 몸에 하자가 없다손 치더라도 애를 낳게 되면 그냥 낳을 뿐이지 자식한테 어떤 의미를 둘 여자가 아닙니다. 그처럼 우리는 우연한 생에 매달릴 수밖에 없었을 겁니다. 그래서 인간은 양가감정(兩價感情)을 지니게 마련 아닙니까. 하지만 우리는 또 하나의 다른 삶, 즉 필연적인 삶을 창조할 힘이 없었습니다. 나는 게으르고 아내는 세상을 시시하게 보기 때문이죠. 가령 목사로 한 생을 살고는 싶은데 고리대금업자로 평생을 산다고 할 때 우리는 목사가 되려고 애쓸 수 있는 인간이 못된다 그 말이죠. 나는 성경 공부에 매달릴 만큼 부지런하지 못하거니와 아내는 목사나 고리대금업자를 똑같은 위상에 놓고 보는 체질이거든요. 그런데 우리의 그 소극적인 삶에 차형이 개입되었다 그 말입니다. 한마디로 그냥저냥 살겠다는 우리의 삶을 차형이 긴장된 삶으로 방향을 틀어줬다 그겁니다. 정우를 키우는 재미가 바로 그거죠. 남의 자식을 멋지게 키우려는 시도 말입니다."

"글쎄요. 말씀이 어려워서 무슨 뜻인지 잘 모르겠습니다만…… 암튼 정우가 철이 들었다니 반갑습니다. 이젠 마음을 놓을 수가 있겠군요. 사실은 오늘 그게 궁금해서 찾아뵌 겁니다."

차윤수의 얼굴에서 일시에 어두운 기색이 사라지고 평화로운 여유가 깃든다. 이때다 하고 성재는 가장 엉뚱하면서도 가장 흥분되는 말을 꺼내고 싶어진다. 오랜 세월을 기다리며 차윤수에게 해 주고 싶었던 말, 그래서 가슴이 떨리기도 한다.

"차형, 정우를 삼십 년 동안 켜오면서 꼭 하고 싶었던 말이니 오해하진 마세요. 이제 정우가 훌륭한 청년이 되었으니 그애 곁에 와 사세요. 직장도 우리 회사에 자리를 마련하겠어요. 지금은 숙부님이 경영하고 계시지만 곧 정우가 운영할 회삽니다."

"……."

"나는 그동안 정우를 켜온 재미로도 충분한 보상을 받은 셈이죠. 꼭 그렇게 해드리고 싶었어요."

허황된 욕심을 버리고 청소부를 택한 그의 변신은 한 인간에 대한 신임을 촉발시켰고, 그 같은 사람이면 평생 믿고 지낼 수 있을 것만 같았다. 그런 사람을 청소부로 늙도록 방치한다면 정우를 위해서도 바람직하지 못한 처신이었고, 성재는 그래서 차윤수를 자기 회사에 두고 싶었던 것이다. 그리고 무엇보다도 차윤수에게 큰 감동을 안겨주고 싶었다. 차윤수 같은 인간이라면 그런 감동을 받고도 남을 사람이었다.

"고맙습니다. 솔직히 가슴이 떨리는군요. 그렇지만 그 청을 받아들일 수 없습니다."

"……."

"그런 호의는 나를 부패시킵니다."

"부패시키다뇨?"

"그럼 말씀드리죠. 삼십 년 전 한창 노름에 미쳐 지낼 때였습니다.

내가 노름으로 살림을 거덜내자 아버지는 나무에 목을 매다셨죠. 그래도 정신을 못 차리고 장례식을 치르기가 무섭게 서울로 올라가 또 노름판에 끼었습니다. 행상 밑천까지 날려먹자 이번에는 열네 살 된 여동생을 서울에 데려다 놓고 돈을 벌어오라고 다그쳤습니다. 어린것이 객지에서 무슨 수로 돈을 벌겠습니까. 껌팔이나 동냥질을 시켰지만 결국 나 몰래 몸을 팔았던 거죠. 그 후 혼자 이십 년 넘게 사창가를 떠돌다 에이즈까지 걸리고 말았습니다. 죽을 임시에야 오빠를 찾아왔지만…… 나는 참혹한 동생의 모습을 보자 따라 죽고 싶었습니다. 내가 그애를 죽인 겁니다. 천벌을 받을 놈이죠. 하나뿐인 여동생의 몸이 썩는 줄도 모르고 정치다 뭐다 하고 날뛰고 다녔으니……."

성재는 조용히 차윤수의 손을 잡아준다. 손가죽이 까칠하다. 오랜 세월 굳어온 고생 때다.

"남은 여생을 비질만 하다 죽으렵니다. 용서받기 위해서가 아닙니다. 나는 영원히 지옥에 빠져 있고 싶어요. 비질은 제게 너무 과분한 삶입니다."

차윤수는 담배를 깊이 빨아 천장에 대고 후욱 내뿜는다. 어느새 차윤수의 눈이 붉어진다. 미이라처럼 메마른 여동생의 참혹한 모습이 떠올랐던 것이다. 성재는 그의 손을 한번 꼭 쥐어주고 나서 벌떡 일어난다.

"정우를 불러내야겠소."

차윤수가 성재의 팔을 잡아 도로 앉힌다.

"뜻은 고맙지만 열차 시간이 급합니다. 내일 교회에 행사가 있어 저녁차로 내려가야 합니다. 아마 윤 사장님을 뵙는 것도 오늘이 마지막일 것 같아요. 정우도 다시는 찾아보지 않을 겁니다. 이제부터는 먼발치에서도 보지 않을 겁니다. 그애가 보고 싶으면 빗자루를 꼭 쥐면 되겠죠."

차윤수는 자리에서 일어나 출입구 쪽으로 걸어간다. 성재는 멍하니 서서 문을 열고 나가는 그의 뒷모습을 바라보다가 얼른 뒤쫓아나가 정우를 만나주지 않는 이유를 캐묻는다. 그러자 차윤수는 발길을 세우고 성재의 얼굴을 바라보며 말한다.

"피부로 느끼는 자식보다 보이지 않는 자식이 더 아름답죠."

"그건 변명일 뿐입니다."

"꼭 말씀드려야 합니까? 그럼 정우 곁에 있는 게 좋겠어요 아니면 내가 숨는 게 좋겠어요. 그애한테나 나한테나 어느 게 더 좋겠습니까? 정우한테도 내가 숨는 게 좋겠지만 나한테는 더 큰 이유가 있어요. 정우에 대한 그리움을 참는 고통, 그리고 그애 아버지이기를 포기하는 고통, 나한테는 그런 시련이 필요합니다. 아니 그 이상의 시련이 필요합니다. 차라리 죽고 싶지만 죽음은 내겐 사칩니다. 이제 아시겠어요? 더구나 윤 사장님 같은 분이 정우의 아버지가 되셨는데 더 바랄 게 뭐가 있겠어요."

차윤수는 급히 몸을 돌려 보도를 걸어간다. 고개를 숙인 채 걷는 걸로 보아 눈물을 감추는 모양이다.

차윤수가 버스 정류장 쪽으로 사라지는 모습을 지켜보던 성재는 커피숍으로 돌아와 아까 자리에 도로 앉는다. 그리고 차윤수가 앉았던 자리를 바라본다. 그가 떠난 자리, 그 자리에 다른 누가 앉아도 외로움이 가실 성싶지가 않다. 성재는 그 자리에 화경의 모습을 앉혀 본다. 하지만 화경의 한계를 느낄 뿐이다.

화경이도 내 슬픔을 막아주지 못하는군…….

성재는 속으로 중얼거리며 화경에게 전화를 걸기 위해 카운터 쪽으로 걸어간다. 몸이 아프다는 핑계를 대고 천마산에 놀러가기로 한 약속을 취소할 참이다.

성재의 전화를 받자 화경은 당장 서운한 감정을 드러낸다.

"오랜만에 함께 지내고 싶었는데……."

축 늘어진 목소리다. 일부러 꾸민 목소리다. 화경은 처음 당하는 성재의 반역에 당황하는 기색이다. 시시한 몸살에 약속을 취소할 성재가 아님을 그녀는 잘 알고 있다.

"슬퍼진 이유가 뭐지?"

화경은 성재의 약점을 콕 찌른다. 슬퍼진 이유? 전화 통화만으로 어떻게 내 감정을 읽었을까? 성재는 그녀의 감각이 놀랍다.

"뭐에 감동한 모양이군. 그게 네 한계라구. 인간적이어서, 그래서 너는 나처럼 타락할 수 없어."

화경은 깔깔거린다. 성재는 화경의 말에 금세 마음이 홀가분해진다. 서둘러 커피숍을 빠져나와 집으로 향한다. 발걸음이 가볍다. 훨훨 날 것만 같다. 숫제 콧노래라도 부르고 싶다. 갑자기 은미가 보고 싶어진다.

은미는 여전히 누워 있다. 요즘 몸이 점점 더 쇠약해지고 있어 걱정이다. 성재는 은미 곁에 앉아 손을 잡아준다. 요즘 들어 아내에 대한 애정이 유난히 깊어지는 성재다. 은미는 그 정을 느끼고 있다.

"걱정 마. 당신이 건강을 되찾도록 해 줄 거야."

"어떻게?"

은미는 빙그레 웃는다. 성재가 꼭 애기 같다.

"자신 있어."

"글쎄 그 자신 있다는 게 뭐냐구요."

"자신 있다니까!"

성재의 눈에 눈물이 맺힌다. 은미가 손을 어루만져 주자 그 눈물은 뺨을 타고 주르르 흐른다. 은미의 눈에는 그 눈물이 강물처럼 보인다.

"나 차윤수 씨 만났어."

"언제요?"

"방금."

"그럼 아까 그 사람 만나러 나간 거예요?"

"응."

"전화도 그 사람 거였어요?"

"응. 나는 행운아야."

"그게 무슨 뜻이죠?"

"지금 말할 순 없어."

성재는 허리를 숙여 은미의 상체를 껴안는다. 은미가 그 포옹을 살며시 밀쳐낸다.

"당신은 너무 다감해서 탈이에요. 그 사람한테는 냉정하세요. 그 사람은 강도였어요."

"당신답지 않은 말이군. 왜 그 사람한텐 위악적인 거지?"

"위악이 아녜요. 솔직한 말이에요. 당신은 그 사람한테서 너무 낭만을 느끼고 싶어해요. 그 사람이 착해졌나 보죠?"

은미는 몸을 틀어 돌아눕는다.

"졸음이 와요."

거짓말인 줄 알면서도 성재는 조용히 자리를 뜬다. 은미에게서 야릇한 분위기가 느껴졌던 것이다. 형용할 수 없는, 두려움 같은 기분이었다.

죽음의 향기

한여름의 무더위가 연일 기승을 부린다. 해가 져도 더위는 좀처럼 식을 줄 모른다. 정우는 선풍기를 벽 쪽으로 틀어 놓고 역풍으로 어머니의 몸을 식혀주고 있다. 밤이 이슥해져 더위가 식어갈 무렵까지 정우는 꼼짝도 않고 어머니 수발에 정성을 쏟는다. 어떻게 하면 어머니를 더 편안히 모실 수 있을까, 어떻게 하면 어머니에게 더 효도를 바칠 수 있을까, 그는 오로지 어머니 수발에 대해서만 생각하고 실천하고, 그러면서도 못 다할 효도가 서러워 몰래 눈물을 짓곤 한다.

은미가 간암 진단을 받은 건 정우가 석사학위를 받은 직후다. 정우가 대학원에 입학할 무렵부터 시름시름 앓아오던 은미는 막상 암에 걸리자 그 불치병을 두려워하긴커녕 외려 그 병에 걸리기를 바란 사람처럼 명랑해 보였다. 기왕 걸린 불치병인데 미워할 게 아니라 치장해 주고 받들어주는 게 낫다는 것이다. 암에 걸린 후의 시간은 축약된 인생인데 살아온 세월을 정리하고 뉘우치고 새로 설계하는, 아주 값진 살이로 여기는 것이다.

은미는 말수도 많아졌다. 평생 아껴왔던 말을 한꺼번에 쏟아 놓을 모양인지 남편과는 물론이고 아들과도 풍성한 대화를 나누곤 했다.

"정우야."

은미는 에미 곁을 지키며 눈물을 짓는 정우의 이름을 다정히 불러 본다. 그 다정한 목소리가 정우를 긴장시킨다. 모처럼 들어 보는 어머니의 정표였다.

"죽기 전에 네 외할머니 얼굴을 한번 더 보고 싶구나."

은미는 손가락으로 서랍장을 가리키며 죽기 전에란 말에 힘을 준다. 그 말 속에는 앞으로 얼마 살지 못할 텐데 그동안 멀리해 온 자식과 가까이 지내고 싶다는 뜻이 담겨 있다.

정우는 얼른 일어나 서랍 속에서 사진첩을 꺼내 외할머니가 젊은 시절에 찍었다는 사진 한 장을 빼내온다. 어머니가 아끼던 사진이다. 그 시절 외할머니는 어머니보다 더 미모인 데다 눈매나 가슴이 육감적이다.

정우가 사진을 눈앞에 대주자 은미는 거죽이 까칠한 손으로 사진을 쓰다듬으며 말을 흘린다.

"역시 절색이시지. 이런 미인을 이웃집 사람도 구경할 수 없었다니."

은미의 목소리가 순한 음조를 띤다.

"외할머니께서는 왜 숨어 지내셨나요?"

정우가 조심스레 묻는다. 은미는 그 이유를 곧이곧대로 말해 줄 수 없어 대답을 둘러댄다.

"네 외할아버지는 주벽이 심하셨지. 독립투사를 잡아들이는 직업이
니 오죽 괴로웠겠느냐. 그래서 외할머니는 얼굴을 나타내지 않으신
거야."

말을 끝낸 은미는 처음으로 정우의 손을 정답게 잡아준다. 정우는
어머니의 그런 애정 표시가 낯설기만 하다. 철들고 나서 한번도 받아
본 적이 없는 정표가 아닌가. 은미는 아들의 손을 잡은 손에 힘을 주면
서 말을 잇는다.

"나는 어려서부터 죽음과 친숙해졌느라. 네 외할머니가 항시 죽음을
생각하며 사셨거든. 외할아버지는 결국 정신병원에서 돌아가셨지."

천정을 바라보는 은미의 눈빛이 그윽하다. 그 초점 없는 눈빛은 아
버지를 용서하는 마음의 그림자였다. 은미는 지그시 눈을 감는다. 힘
이 부치는 모양이다.

봄에 새싹이 돋아나듯 이불자락 밖으로 은미의 손이 비죽 내비친다.
정우가 그 손을 살포시 잡아 홑이불 속에 묻어주자 은미의 얼굴에 미
소가 번진다.

"정우야, 내가 왜 너를 멀리했는지 이해하겠느냐."

"알고 있습니다 어머니."

"네가 편협되게 크지 않아 무척 고맙구나. 에미는 늘 네가 이해성이
부족한 인간이 될까 봐 걱정했는데 정말 자랑스럽구나."

어머니한테 칭찬을 듣자 정우는 가슴이 답답해진다. 고마움과 슬픔
이 일시에 폭발하여 숨통을 막는 것만 같다. 은미는 잠시 침묵을 지키

다가 정우에게 눈을 준다.

"정우야, 너는 아버지를 어떤 분이라고 생각하니?"

어머니의 진지한 물음에 정우는 솔직한 심정을 털어놓는다.

"무모한 분이시죠."

"더 구체적으로 말해 보렴."

"무모는, 아버지처럼 인정 많고 순진하신 분들의 약점이면서도 강점이기도 하죠."

"아버지의 착함을 전제한 말이겠지만…… 자꾸 핵심을 피하는 것 같구나. 혹 말하기가 거북해서 그러느냐?"

"……."

"언젠가 너는 아버지를 유아적이라고 말한 적이 있니라. 네가 어떤 의미로 그 단어를 사용했는진 몰라도, 네 아버지는 너무 크신 분이다. 항상 우리가 넘볼 수 없는 세계를 동경해 오셨어. 논리적으로 해석할 수 없는 그 세계는 유아적인 몸짓으로밖에 표현할 도리가 없지. 나는 네가 아버지를 이해하는 자식이 되길 고대했다만……."

"……."

"무엇이 네 의식을 한정시킨 탓이지. 너를 온전하게 열어주지 못한 것, 그게 이 에미의 죄니라."

"어머니!"

"이제 잠이 오는구나."

은미는 조용히 눈을 감는다. 눈을 감은 채 아들의 손을 더듬어 잡고 꺼져가는 목소리로 한마디를 보탠다.

"네 대답이 아주 틀린 건 아니다. 나는 네가 말한 무모가 뭔지 눈치는 챘니라. 너는 현실적이지 못한 아버지를 이해할 수 없었던 거지. 네가 그 정도로 참아온 것만 해도 장한 일이긴 하다. 하지만 앞으로 아버지를 온전히 이해하도록 해라. 아버지의 진정한 정신세계를 이해할 때 너는 그만큼 더 성장할 수 있다. 너무 네 상식, 네 세계에만 갇히지 말라는 거다. 알겠니?"

"네."

"그럼 나가 보렴."

정우는 어머니의 손을 홑이불 속에 묻어주고 슬며시 자리를 뜬다. 그는 환상이나 허무를 무모란 단어로 얼버무린 자기의 대답을 이미 꿰뚫어 본 어머니가 신비스럽기만 하다.

거실로 나온 정우는 창가에 서서 화려한 불빛이 넘실대는 시가지를 바라본다. 그때 현관문 밖에서 인기척이 들려온다. 정원등 불빛에 드러난 얼굴은 아버지다. 어머니의 곁에만 머무르다 오랜만에 외출하고 돌아온 아버지가 담배를 피우며 서 있다. 연기가 조심스러워 밖에서 피우는 모양이다.

성재는 은미가 암 진단을 받은 뒤로 담배가 부쩍 늘었는데 병석을 지키다가도 담배 생각이 나면 현관 밖으로 나가 피우곤 한다. 그동안 정우의 건강 걱정에 못이겨 조금씩 줄여온 담배를 지금은 폐암에 걸리고 싶어 안달하는 사람처럼 줄담배를 피워댄다.

"그만 피우세요."

어느새 밖으로 나온 정우가 아버지의 담배 쥔 손을 잡아 불붙은 담배를 빼낸다. 아버지마저 잃고 싶지 않다는 아들의 효심 어린 부아에 성재는 느긋이 기지개를 켠다.

꽁초를 마당가 항아리 휴지통에 버린 성재는 단풍나무 밑에 서 있는 아들을 바라본다. 정우의 듬직한 틀거지가 단아한 석상처럼 보인다. 삼십 년 동안 탁마해 온 조각상. 그 예술품이 가까이 다가와 속삭이듯 말한다.

"어디를 다녀오셨어요?"

"오랜만에 혼자 시내 구경을 해 봤니라."

"오후에 진 선생님이 다녀가셨어요. 그런데 이상한 일이 벌어졌어요."

"이상한 일이라니?"

"방 안에서 어머니의 웃음소리가 들려왔거든요. 어느 때는 어머니 혼자 웃으시다가, 어느 때는 두 분이 함께 시끄러울 정도로 웃으시다가, 잠시도 조용한 적이 없었어요. 어머니는 무슨 기력으로 그렇게 웃으시는지 도무지 이해가 안 갔어요. 완전히 병이 나은 분 같았어요."

"어머니가 진 선생을 좋아하니까 그러시겠지."

"진 선생님은 너그러운 분이세요. 그분한테는 아버지의 따뜻한 인정이 필요해요."

"고마운 말이구나. 하지만 진 선생은 인정을 싫어하는 분이시다. 나도 인정이 좋은 것만은 아니라고 생각한다. 요즘에야 그걸 깨달았니라."

"아버진 달라지시면 안 돼요. 달라지실 수도 없지만요. 그냥 지금의

훈훈한 성품대로 사시는 게 아름다워요."

정우는 빙그레 웃으며 아버지의 손을 잡아준다.

"정우야."

"네."

"너도 이제는 네 감정에 순응하며 살아 보도록 해라. 너무 감정을 억제해도 성품이 규격화되고 만다. 세상을 깊고 넓게 알려면 항상 자유의지에 젖어 있어야 한다."

"네 그러겠습니다. 어머니한테서도 말씀을 들었지요."

성재는 아들을 앞세워 현관 안으로 들어선다. 안방에서 은미의 기침 소리가 들려온다. 서둘러 안방으로 들어가는 아버지의 모습을 바라보던 정우는 다시 밖으로 나가 어둠이 깔린 서울 시가지를 바라본다.

당신의 보호자

온종일 추적거리던 가랑비가 밤이 이슥해지면서 굵은 빗줄기가 되어 쏟아진다. 성재는 빗소리를 들으며 몸져누운 아내의 머리를 쓰다듬어준다. 그때 은미가 힘겹게 몸을 일으키더니 농문을 열고 대여섯 권의 노트 중에서 맨 아래 노트 한 권을 꺼내온다. 죽음을 앞두고 그동안 정리해 뒀던 재산 관리장부쯤으로 생각한 성재는 그게 아내가 쓴 일기란 데에 놀란다. 보나마나 자기의 방종한 삶을 질책하는 글이 태반일 테니 그 까만 노트가 무슨 신문조서처럼 여겨진다. 그런 성재에게 은미는 외려 자기가 죄를 짓기나 한 듯 떨리는 목소리로 말한다.

"평생 집에 들어앉은 몸이라 심심해서…… 이제 태워버릴까 해요."

은미는 그 말을 끝으로 입을 다문 채 잠자코 눈만 끔벅거린다. 노트 표지에는 〈1971년〉이라고 적혀 있다. 1971년이면 정우가 태어난 해다. 성재는 그 일기의 내용을 짐작하고 아내의 손을 꼭 잡아준다. 정우를 임신하고부터 오랜 세월 아내가 겪었을 고통을 생각하니 측은한 마음이 들었던 것이다. 성재는 은미가 임신했을 당시의 기분을 솔직히 털어놓는다.

"당신이 임신한 걸 알게 되자 묘한 기분이 들었어. 처음에는 갈등을 겪은 게 사실이지만 마음을 정리하고 나니 당신이 아주 신선해 보였어. 당신의 몸이 새삼 그리워졌지. 우린 뜨거운 열애의 절정에서 애기를 잉태했노라고 상상했거든. 아니 그렇게 믿고 싶었어. 애기를 가질 수 없는 내가 정우를 통해 아버지가 된 셈이지. 아버지를 회복한 거야. 나는 에이즈 환자처럼 자식을 갖는 것부터가 죄를 짓는 걸로 생각해 왔거든. 그래서 내 핏줄은 아니지만 정우가 더 예뻤던 거구. 신성한 출생, 그렇게 속으로 다짐하곤 했지."

성재는 땀이 맺힌 아내의 이마를 물수건으로 닦아주고 나서 그동안 아내한테 숨겨온 자기와 차윤수와의 관계를 빠짐없이 밝혀주기로 마음먹는다. 아내는 이제 살날이 얼마 남지 않았으니 그런 위로라도 주고 싶어 성재는 교도소로 차윤수를 찾아간 사실을 추억담처럼 들려준다. 은미는 내심 즐거운지 얼굴이 밝아 보인다. 차윤수가 위악적인 행동을 보인 장면에서는 웃음을 터뜨리기도 한다.

"서로 아버지 될 자격이 없다며 싸워요? 참 이해할 수 없군요. 두 사람 다 미쳤나 봐요. 그럼 따져 볼까요? 정우 입장에서 보면 아버지가 둘, 내 입장에서 보면 남편이 둘, 당신 입장에서 보면 호모?"

은미는 깔깔깔 웃어댄다. 그 웃음새가 귀엽다. 처음 보는 폭소다. 성재는 아무래도 아내의 마지막 폭소 같다는 생각이 든다. 성재가 기침

하는 아내의 손을 꼭 잡아준다. 웃음이 버거웠던 모양이다. 그 꺼져가는 힘이 가엾다. 성재는 허리를 굽혀 아내를 껴안아주며 속삭인다.

"멋진 향연이야. 당신은 천년을 살아도 지금처럼 멋지게 웃진 못할걸."

"그래 맞아요."

은미가 두 팔로 남편을 껴안는다.

"여보 사랑해요."

갑자기 은미의 눈에서 눈물이 흘러내린다. 흘러내린 눈물이 베개를 적신다. 아내를 부둥켜안고 한참동안 숨을 고르던 성재는 포옹을 풀고 일어나 물수건으로 아내의 얼굴을 닦아준다. 땀이 씻겨진 아내의 얼굴에 생기가 살아난다. 성재는 아내에게 들려주고 싶은 이야기를 생각해본다.

아내가 눈을 뜨고 있는 동안에는 무슨 이야기로든 시간을 채워야 한다. 재미있는 추억담이면 더욱 좋다. 사실 한평생의 그리운 추억담이라야 열심히 산 사람이라도 며칠 밤을 지샐 분량밖에 되지 않을 것이다. 부피로 친다면 한 바구니에 불과하달까. 그걸 만들어내기 위해 평생을 허우적거리게 마련 아닌가.

"당신 기억나지? 어느 여름밤 마당에서 당신을 애기처럼 업어준 적 있잖아?"

"오래 전이라 어렴풋해요."

"아마 정우가 초등학교에 입학할 무렵일까. 그때 당신은 내 등에서 말 탄 시늉을 하며 엉덩이를 들썩거렸지."

"맞아요. 그런데 그때 왜 업어줬죠?"

"당신의 모습이 너무 마음에 걸렸던 거야. 내가 화경이와 밀착될수록 질투는커녕 혈색이 좋아지고 명랑해지는 당신의 모습이 너무 애처로웠어. 얼마나 양심의 가책을 느껴야 저렇게 내 불륜을 좋아할까 생각하니 가슴이 아팠지. 아마 그때가……."

"그때라뇨?"

"당신이 윤수 씨를 가장 그리워했을 때일 거야."

은미의 얼굴에 희미한 미소가 번진다. 그녀는 힘없는 목소리로, 하지만 분명한 발음으로 말한다.

"그만큼 당신은 착한 사람예요. 나는 가책 때문에 그런 게 아녔어요. 당신이 화경에게 빠지자 난 정말 홀가분했어요. 그동안 당신의 보호자로 여기며 살아왔는데 그 짐이 덜어진 셈이죠. 암튼 너무 맘이 편했어요."

성재는 의외의 말에 어리둥절하면서도 애써 태연한 척한다.

"잔인한 여자군."

"잔인하지 않았으면 벌써 당신과 헤어졌을 걸요."

"그게 무슨 소리지?"

"누구에게도 애정을 줄 수 없다는 말이죠. 나는 그처럼 메마른 여자예요."

"그래도 그 남자를 사랑했잖아?"

"천만에요. 정우 땜에 관심을 가진 건 사실이지만, 만약 그 사람을 사랑했다면 역시 당신과 헤어졌을 걸요."

“그럼 어째서 애를 낳지?”

“당신이 애를 낳을 수 없으니까요. 그래서 낙태시키지 않았죠.”

“내가 애를 갖고 싶어하는 줄 알고?”

“당신의 심정을 헤아려서만은 아녜요. 한갓 기분에 불과하달까요. 그냥 낳고 싶었을 뿐예요.”

“그렇다고 아무 애나 낳아? 더구나…….”

“더구나 강도의 씬데, 그 말이군요. 사실 그래요. 만약 강도가 아니고 다른 남자라면 애를 지웠을 거예요.”

은미의 말이 섬뜩하다. 은미도 자기의 말이 지나쳤다 싶었는지 눈을 질끈 감는다. 하지만 그녀는 금방 눈을 뜨고 더 생기 있는 목소리로 말한다.

“임신이 확인되자 맨 먼저 느낀 감정은 내가 정상인을 낳지 않는다는 안도감이었죠. 눈은 있는지, 귀는 있는지, 코는 몇 개고 입은 몇 갠지. 짐승이어도 좋았어요. 정상인만 아니면 뭐든 키워 보고 싶었어요. 그렇게 실험해 보고 싶었어요.”

“무섭군.”

“윤수 씨를 피한 것도 인간적인 걸 느끼기 싫어서죠. 자꾸 만나게 되면 그 사람 역시 정상인으로 느껴지기 십상이거든요. 그를 정상인으로 여기게 되면 애를 지워야 되고요.”

“그 사람이 정상인이 아니라구?”

“그 사람은 괴물이죠. 눈이 없고 코와 입이 두 개씩이잖아요? 얼굴에는 머리통보다 더 큰 혹이 달렸고요.”

"도대체 무슨 말을 하는지 모르겠군. 그럼 나하곤 왜 살아온 거지? 나도 이상한 괴물이라서?"

"당신은 정상인도 괴물도 아녜요. 당신은 그렇게 선별할 수 없는 무엇이죠. 나무나 풀 같은."

"나를 인간적으로 사랑한 적이 없군."

"사랑요? 그게 무슨 의미가 있죠? 암튼 지금까지 당신 아내로서 살아왔잖아요?"

은미는 소리내어 웃는다. 잔잔한 호수에 번지는 새소리랄까, 그 웃음소리가 꺼져가는 생명의 마지막 몸부림으로 여겨지자 성재는 몸을 굽혀 그녀의 가슴에 얼굴을 묻는다. 은미는 팔을 들어 힘없는 손으로 성재의 머리를 쓰다듬는다.

"흰머리가 더 많군요."

은미의 목소리가 이명처럼 들려온다. 거미줄 같은 목소리, 성재는 그 거미줄에 걸려 아내의 먹이가 되고 싶다. 그렇게라도 아내를 구해내고 싶다.

천장에 눈을 준 채 조용히 누워 있던 은미가 목이 마르다고 하자 성재는 부엌 냉장고에 보관 중인 보리차를 컵에 따라와 팔로 아내의 고개를 받쳐들고 물을 마셔준다. 그리고 아내가 마시다 만 물로 목을 축이고 벽시계를 바라본다. 시침은 자정을 넘고 있다. 그때 소슬한 바람소리 같은 음성이 들려온다.

"윤수 씨가 그처럼 좋으세요?"

"세상에 사람은 많지만 윤수 씨 같은 사람은 찾기가 힘들잖아. 나는 그런 사람을 만나게 해 준 내 운명에 감사하고 싶어.”

“이제 보니 당신은 욕심이 많은 사람이네요. 그렇다고 감히 신을 넘보다뇨.”

“차윤수를 좋아한다고 신까지 들먹여? 하지만 그건 얼토당토않은 소리야. 내 욕심은 그게 아니고 뾰족한 이기심에 불과하다구. 오직 내가 바라는 인간형에 그가 딱 맞게 조각되었을 뿐이야. 만약 차윤수가 간교한 인간이라면 징그러워서 쳐다보지도 않았을 거라구. 흉측한 강도일 뿐이지. 신은 흉측한 인간도 감싸줄지 모르지만 나는 정말 싫어. 그러니 차윤수 같은 사람한테는 마땅한 보상이 필요해. 그래서 정우를 보여주고 싶은 거야.”

“안 돼요. 절대 안 돼!”

갑자기 은미의 단말마 같은 음성이 방 안을 날카롭게 찢는다.

“정우한테 그 사람을 보여주면 안 돼요. 차윤수가 사는 곳을 알려줘도 안 돼요. 그 사람의 됨됨이나 과거사를 얘기하면 절대 안 돼요. 내가 죽은 뒤에도요.”

“이제 무턱대고 숨길 수만도 없잖소. 진실을 끝내 숨길 순 없으니까. 강도 사실도 마찬가지야. 그만한 걸 소화하지 못할 애가 아니잖소. 또 악마가 되든 신이 되든 그건 그애 운명일 뿐이고.”

“절대 안 돼요. 그애를 함부로 흔들어선 안 돼요. 끝내 비밀을 숨겨야 돼요. 그걸 알고 나면 온전한 인간이 될 수 있겠어요? 아무리 정우가 이해성이 넓다 해도 심리적 외상은 지울 수 없어요.”

은미의 목소리에는 숨이 차 있다. 성재는 할 수 없이 그러마, 라고 아내의 마음을 안정시키며 머리를 쓰다듬어 준다.

"정우는 나한테도 유일한 희망이야. 다시 태어날 내 모습이라구. 나는 온전한 인간이 아니잖아."

성재는 모처럼 자기의 비애 어린 감정을 드러낸다. 그러자 은미가 애를 못 낳는 게 약점이냐며 발끈 화를 낸다.

"당신이 그 정도로 졸장부예요?"

성재는 아내의 꾸지람이 봄볕처럼 따스하다. 그는 종족보존의 고귀한 본능을 들먹이려다 그 말이 유치하다는 생각이 들어 빙그레 웃기만 한다. 그 자조를 은미의 미소가 감싸준다.

"내가 공연히 애를 낳았나 보죠?"

은미가 모처럼, 정말 모처럼 애교를 떤다. 꽃봉오리가 터지는 모습이랄까. 성재는 아내의 그 고운 모습을 꽃병에 꽂아두고 싶다.

"당신이 애를 가졌기 땜에 차윤수 같은 사람을 알았잖아? 당신한테 잉태의 기회를 준 사람. 당신은 강도의 자식을 낳은 것만큼 날 사랑한 거야. 나한테 자식을 안겨주고는 싶은데…… 바람을 피울 순 없고……."

은미는 성재의 시선을 피해 고개를 돌리며 이불을 끌어 덮는다. 성재는 아내의 귀에 대고 속삭인다.

"나 자신을 버리고 싶었어. 차윤수가 되고 싶었던 거지. 정우한테 애착을 가진 것도 차윤수가 되기 위한 몸부림이었어. 지루한 내가 아닌 역동적으로 살아온 차윤수 말야. 그리되면 명실상부한 아버지와 남편이 되잖아."

성재는 은미한테서 꼭 무슨 말인가를 듣고 싶어 그런 말을 한 것이다. 그는 자기의 말이 아내의 마음을 뒤흔들 거라고 예상했다.

그래요. 훌륭한 아버지가 되세요. 당신은 지금도 훌륭한 아버지고요.

최소한 그런 말을 듣고 싶었다. 하지만 은미는 아무 반응을 나타내지 않고 침묵만 지켰다. 숫제 성재의 말을 들었는지조차 모를 만큼 그녀는 아무 말 없이 밭은 숨소리만 흘렸다. 성재는 답답했다. 그렇다고 은미에게 소감을 물어볼 수도 없는 노릇이다.

그는 이불 위에 손을 얹고 조심조심 은미의 몸을 흔들어 본다. 그러자 은미의 몸이 모로 틀어지며 새우처럼 움츠러든다. 그는 이번에는 이불 위를 다독거려 본다. 그제야 이불 속에서 숨소리처럼 낮은 음성이 새나온다.

"후암동집에 가 쉬세요. 화경이를 실망시키지 마세요."

성재는 불에 데인 듯 얼른 이불에서 손을 뗀다. 그는 안방이 낯설게 느껴진다. 나는 지금 어디에 앉아 있는 걸까? 성재는 방을 나가고 싶지만 아내를 놔둔 채 일어날 수도 없다. 그는 아내 곁에 누워 살며시 아내의 이불자락을 끌어 덮는다. 아내의 몸에서 점점 두려움이 느껴진다.

사랑하는 남자니까 죽여야 돼

필동집에 급히 도착한 화경은 은미의 표정이 밝은 데 우선 마음이 놓인다. 아까 전화를 받을 때만 해도 위급한 일이 터진 것만 같아 마음이 조마조마했다. 급히 와줘. 은미의 그런 긴장된 목소리는 처음이었다. 아무리 급한 일이 생겨도 경거망동하지 않고 앞뒤 사리를 가려 행동한 은미였다. '급히' 란 부사는 은미답잖은 말투였다. 만약 병세가 악화되어 숨을 거둘 지경이라 해도 단말마를 혼자 삼킬 여자가 아닌가. 죽을 날짜를 기다리는 처지인 데도 그녀는 화장과 옷차림을 단정히 꾸밈으로써 죽음을 예의로 맞아들이고 있잖은가. 그런데 급히라니.

"무슨 좋은 일이라도 있어?"

"사람 하나를 죽이려고 그래. 그래서 네 도움이 필요해."

"사람 죽이는 일? 신나는 얘긴데, 네가 죽을 때가 돼서야 사는 재미를 느꼈나 보구나. 물론 협조하고 말고지. 하기야 너는 사람을 죽일 인물이 못 되니 내가 처리할밖에.”

“농담이 아냐.”

“누가 농담이래? 도대체 처치할 대상이 누군데?”

“정우를 낳은 사람.”

“겨우 성재를 죽여? 그 착한 걸 죽여 뭘 하게?”

“딴 사람야. 정우는 딴 남자가 낳거든.”

“얘, 농담 말고 어서 용건이나 말해.”

“지금 부산에 살고 있어.”

은미의 표정이 너무 진지한 탓에 화경의 얼굴에 순간 그늘이 진다.

농담이 아니라면?

화경은 벽을 기대고 앉아 있는 은미의 얼굴을 빤히 쳐다본다. 은미는 차윤수에 대한 이야기를 자세히 털어놓는다. 어떻게 해서 정우를 낳게 되었으며, 기른 과정과 심리적 갈등에서부터 남편과 차윤수와의 관계에 이르기까지 하나도 빼지 않고 소상히 밝혀준다.

이야기를 다 듣고 난 화경은 말없이 창밖을 내다본다. 정원에 쌓인 눈이 햇살을 받아 반짝거린다. 이럴 수가. 화경은 평생 기대온 벽이 무너지는 낭패감에 젖어 좀처럼 입이 열리지 않는다.

고교 시절에 만나 평생 동안 어울려 온 친구 사인데 자그마치 삼십 년 동안 비밀로 숨겨오다니. 더구나 치부를 감출 사이가 아니잖은가. 되레 치부를 드러내 놓고 서로 고민하고 위로하고 감싸줘야 할 사이가 아닌가. 그녀는 배신감마저 든다.

“네가 나한테 이러다니…….”

"사과는 않겠다. 아무리 이물없는 친구라 해도 강도의 씨를 밴 건데…… 아마 진작 네가 그 사실을 알았으면 정우는 못 태어났을 거야."

"내가 말렸을 거라구?"

"말렸다기보다, 네 우애가 내 판단을 흐렸을지 모르잖니. 그 당시 내 판단은 백지 한 장 차이였으니까. 또 단순한 강도 강간사건도 아니고, 정우의 문제만도 아니고, 나 자신의 묘한 심리가 개입된 일이기도 하고…… 암튼 언제 너한테 고백할까 고민해 왔어."

"네 묘한 심리란 게 뭐지?"

"차윤수……."

"강도한테 정을 품었다구?"

"그냥 강도가 아냐."

"그래, 네 말대로 차윤수가 강도 아닌 강도라고 치자. 그렇다고 네 마음을 진작 밝힐 수 없어? 네가 그 사람한테 정을 품었다면 그 사실을 맨 먼저 고백할 사람이 나잖니? 그걸 내가 알면 안 될 이유라도 있는 거니? 내가 성재한테 본격적으로 대들까 봐?"

"너 무슨 말을 그리하니. 내가 이제야 밝힌 건 미안하다만, 너한테마저 보이기 민망할 만큼 흉한 치부잖니. 생각해 봐라, 자기를 강간한 치한에게서 정을 느낀다, 그게 상식으로 통할 일이냐구."

"상식? 그걸 젤 무시하며 사는 게 우리잖니? 그런 반역에 자부심을 느끼며 사는 게 우리잖냐구. 네가 성재에게 별 애정을 느끼지 않으면서 평생을 숨어 살아온 것, 내가 톱스타의 자리와 숱한 청혼을 팽개치고 알코올 중독자가 된 것, 재벌로까지 키울 수 있는 굴지의 사업체를 남한테 맡겨버린 성재, 만약 상식을 내세운다면 우리의 삶에 무슨 당위성을 부여하겠어. 그러니 상식을 따지면 우린 타락한 존재일 뿐이라구. 그런데 네가 상식을 내세워 변명하다니.”

은미는 할 말이 없다. 화경의 말이 모두 옳다. 내심 화경을 멀리해 온 그 간격이 미안하다. 그동안 화경과 숱한 대화를 나누며 살아왔으면서, 심지어 성재를 소외시키면서까지 둘만의 비밀스런 대화를 나눠 왔으면서, 가장 중요한 내용을 숨겨온 자신의 그 옹졸함이 양심에 꺼린다. 화경은 자기한테 한 가지도 숨겨온 게 없잖은가.

“정말 미안하구나. 나 자신도 모르게 너한테 간격을 둬온 것만 같애.”

“성재도 내게 그 사실을 숨겨온 것이 섭섭해. 하지만 성재는 남자로서 네 치부를 가려줄 만하니 이해할 수 있어. 그래서 네가 더 섭섭한 거야. 암튼 그건 그렇구, 내가 도와줄 일이 뭐지?”

“성재는 정우에게 사실대로 알려야 된다고 말했어. 분명 그럴 사람이야. 하지만 그럴 순 없잖니?”

“물론 그래야지. 아버지가 둘인 것과 강간 사실과는 다르니까.”

“그래서 너를 부른 거야. 어쩌면 좋을지 모르겠어. 성재 성격에 내가 죽은 뒤라도 틀림없이 정우를 차윤수와 만나게 해 줄 거라구. 그러다 보면 예상 못한 일이 생길 거구. 어느 순간 강도 사실이 탄로날지도 모르잖아.”

“그건 막아야지.”

“그리고 정우를 온전히 성재의 자식으로만 만들어주고 싶어. 윤수 씨에겐 안 됐지만 성재에겐 그만한 보답이 필요해."

"네가 그토록 성재를 사랑하는 줄 몰랐구나."

"사랑이 아냐. 공로야. 인간적인 배려랄까."

"그럼 차윤수를 어떻게 하면 좋겠니?"

"죽이는 게 젤 좋지."

"회개한 사람을 죽인다는 게 아름다운 일일지도 몰라. 회개한 사람은 죽음을 두려워 않거든. 하지만 회개한 자를 죽이는 걸 아름답게 느끼는 세상이 아니잖니. 가짜로 회개한 자가 판치는 세상이라."

"그래서 고민하는 거라구. 진짜 회개한 사람을 죽일라니까."

"그 정도 얘기로도 네 심정을 충분히 이해하겠다. 두 사내 다 아깝다 그거군."

담배를 피워 문 화경은 술상부터 차려오게 한다. 은미의 부름을 받고 방에 들어온 아줌마에게 화경은 양주를 주문한다. 농담 같으면서도 진담 같고 진담이면서도 농담처럼 들리는 은미의 말, 그 죽인다는 말이 살인을 뜻하는 게 아님을 화경은 잘 알고 있다.

그 말은 이성이나 감성 중 어느 한쪽의 귀만으로는 이해할 수 없는 언어이니 두 귀를 활짝 열어 놔야 해석이 가능한 말이다. 한쪽 귀에서 더 적극적으로 죽여야 된다고 들릴 때 다른 귀에서는 더 적극적으로 살려야 된다고 들렸던 것이다. 차윤수를 죽여야 된다는 은미의 말은 그처럼 이중구조를 지니고 있다.

술상을 차려온 아줌마가 돌아 나가려 하자 화경이 그녀의 손을 잡아주며 아줌마도 많이 늙었네요 한다. 아줌마가 방긋 웃으며 방을 나가

자 은미가 조용히 귀띔해 준다.

"죽기 전에 아파트라도 사줄 참이야."

그러면서 은미는 오랜 세월 함께 지내온 아줌마가 더없이 고맙다는 말도 덧붙인다. 은미의 말이 끝나자마자 거듭 두 잔을 비운 화경의 입에서 경쾌한 목소리가 굴러 나온다.

"역시 술이 좋아. 술을 마시니까 금방 물리가 터지잖아. 암튼 정우가 차윤수란 자를 못 만나게 하면 되지? 너희들이 그자를 영영 못 찾게 되면 더 좋을 테고. 네 마음이 언제 변할지 모르니까. 방법은 있어. 그 대신 내가 무슨 짓을 하든 상관 말아야 돼. 알지?"

"나도 모르는 곳에 가 살도록 해 줘. 지금 고생하고 있을 테니."

"끔찍히 생각하는구나. 그리고 보니 속으로는 차윤수를 생각해서 그러는 거였군. 도대체 너는 어떤 여자니. 나도 별나지만 너를 도저히 이해할 수 없구나."

"네 수단껏 대책을 세워줘."

"분명히 대답해. 내가 하는 짓을 너희들이 영영 몰라야 돼. 꼭 약속을 지켜야 된다구. 너희가 수사관의 고문에 못이겨 불면 큰일이거든. 차윤수를 진짜 죽일 테니까. 그 대신 지옥에 가도 내가 갈 거니 사례비나 두둑이 내놔. 사례비는 네가 죽은 뒤에도 성재한테서 받아낼 거야. 비용은 내 돈으로 먼저 쓸 테니."

화경은 술을 한 잔 더 마시고 자리를 뜬다. 방문을 닫고 나간 그녀는 다시 문을 열고 얼굴을 디민다.

"구체적인 이야기는 우선 부산에 다녀와서 결정하자."

화경은 문을 쾅 닫는다. 은미는 창을 통해 대문 밖으로 사라지는 화경의 뒷모습을 바라보다가 술상 앞에 앉는다. 약속을 꼭 지키는 친구여서 어떤 식으로든 마무리를 짓겠지만 한편 화경의 그 실천력이 은근히 원망스럽기도 하다. 화경은 차윤수를 꼭꼭 숨겨 놓고 숨긴 곳을 알려주지 않을 여자다.

그렇다고 아무리 친구 사이라 해도 숨긴 곳을 물어볼 수도 없잖은가. 그나저나 화경이 어떻게 처리하겠다는 건지 은미는 갑자기 차윤수가 가여워진다. 그녀는 가슴속에서 꿈틀대는 슬픔을 누르기 위해 술을 따라 마신다. 그동안 피해온 술이다. 또 술을 따라 마신다. 간암에는 치명적인 술, 그녀는 세 번째 잔을 비운다.

다음날 화경은 느지막이 부산행 여객기를 탔다. 은미가 가르쳐준 약도대로 택시를 타고 달리니 쉽게 덕문교회를 찾아갈 수 있었다.

교회에 많은 신도들이 모여드는 광경을 보고서야 화경은 오늘이 일요일임을 깨닫는다. 그녀는 성경책을 들고 힘겹게 걸어오는 한 늙은 여신도에게 묻는다.

"차윤수 성도님이 누구시죠? 사찰집사신데요."

노인은 구내를 바쁘게 헤집고 다니는 육십대 초반의 한 사내를 불러 놓고 화경을 그쪽으로 보낸다. 양복 차림인 그 사내는 환한 얼굴로 화경에게 허리를 굽히며 다가와 도와드릴 일이 무엇인지를 묻는다. 언뜻 보아 촌티나는 형색은 아니다. 허드렛일을 도맡은 청소부의 외모가 아니다. 말씨도 음전하거니와 환갑 넘은 나이에 비해 살색이 맑고 이목구비가 수려하다. 눈빛 또한 범속하지 않다. 이글거리는 눈빛 속에 얼비치는 안개 같은 슬픈 기색이 그의 얼굴을 신비스럽게 꾸며준다. 뒤죽박죽인 인상, 평온과 갈등과 욕망과 허무가 뒤엉킨 묘한 인상이다.

은미한테서 들은 차윤수의 인상과는 너무 거리가 멀다. 외려 그와 정반대라는 게 옳다. 은미가 말해 준 인상대로라면 겉은 호인상이지만 속은 몽짜스럽기 짝이 없고, 남을 등쳐먹는 데에 이골이 난 위선의 때가 기름처럼 매끄러울 텐데.

"교회에 다닌 지 몇 주 안 되는 신잔데요, 잠깐 시간 좀 내실 수 있겠어요?"

화경은 조심스레 말을 걸어 본다.

"예배를 끝낸 뒤에나 시간을 낼 수 있는데요."

화경은 주위를 휘 둘러보고 나서 교회 근처에 있는 호텔을 가리키며 그곳 커피숍에서 만나자고 제안한다. 차윤수가 교회에서 만나면 좋겠다며 숙박업소에서의 만남을 꺼려 하자, 화경은 몸이 아파 예배도 못 보는 입장이니 그동안 방에서 쉬겠다는 말로 둘러댄다. 사실 몸이 피곤한 터라 조용한 방에서 쉬고 싶은 생각이 간절하다.

"안색이 정말 안 좋으시군요."

차윤수는 공손히 허리를 굽히고 나서 교회 안으로 들어간다. 화경은 교회 정문을 나오면서 된숨을 내쉰다. 마치 교도소 안에 갇혔다가 풀려나는 기분이다. 행복한 발걸음으로 교회에 들어서는 신자들이 포승줄에 줄줄이 묶여오는 죄수들처럼 보인다.

저런 소굴 속에 옥빛처럼 맑은 미소가 피어나고 있다니, 은미가 연정을 품을 만해. 은미가 그처럼 평생 동안 숨어 지내는 것도 그 고통을 끌어안고 살기 때문일 거라구.

화경은 차윤수가 자기 말을 들어줄지가 걱정이다. 일단 교회를 빠져나온 화경은 교회 근처에 있는 호텔을 찾아간다. 방에서 쉬고 있다가 교회가 조용해지면 그를 불러낼 작정이다.

충분히 죽일 수 있어!

화경은 침대에 넉장거리로 퍼져 누우며 미소를 짓는다. 어려운 숙제를 풀었을 때의 쾌감이랄까, 일이 쉽게 풀릴 것만 같은 예감이 그녀를 흥분시킨다.

창밖으로 파란 하늘이 보인다. 그 하늘 아래에 파란 파도가 넘실댈 것이다. 바다를 생각하니 금방 긴장이 풀린다. 몸이 나른해진다. 화경은 눈을 감는다.

침대 밑에서 파도가 넘실댄다. 침대는 배가 되고 그 배는 바람을 타고 바다 멀리로 흘러간다. 수평선 멀리에서 험악한 얼굴이 떠오른다. 소름이 끼친다. 저 오묘한 악마의 눈…….

전화벨 소리에 화경은 눈을 뜬다. 아직도 숨이 차다. 벨이 연거푸 울린다. 수화기를 든다.

"누구세요?"

"접니다."

"저라뇨?"

"차윤숩니다."

“누구요?”

“차윤숩니다.”

“왜 여길 왔죠?”

“여기서 만나자고 약속하셨기에…….”

그제야 화경은 깜짝 놀라며 목소리를 다듬는다.

“금방 내려갈게요. 미안해요. 잠결이라 까막 잊었네요.”

화경은 의자에 걸쳐 놓은 겉옷을 주어 입고 서둘러 방을 나간다. 커피숍으로 들어서자 차윤수는 정장 차림인 채 의자에 앉아 있다가 벌떡 일어난다. 화경이 미안하다며 거듭 예의를 차리자 차윤수도 단잠을 깨워 죄송하다며 미소를 짓는다. 그 웃음새가 봄볕처럼 따스하다.

“나오지 않을까 하다가, 먼 데서 오신 수고를 생각해서…….”

“먼 데서 오다뇨? 그걸 어떻게 아셨죠?”

“댁의 행동과 말에서 느낄 수 있었죠. 여태까지 저를 그런 식으로 만나자고 한 성도는 아무도 없었거든요. 더구나 댁은 얼굴이 팔린 분이고요. 옛날에 은퇴하셨지만 지금도 흔적이 뚜렷하죠.”

“사실은 서울에서 왔습니다. 정우엄마와는 죽마고우죠.”

“용건부터 말씀하시죠.”

부드럽던 차윤수의 목소리가 갑자기 단단해진다. 화경은 분위기를 눙칠 양으로 일부러 투정을 부린다.

“그렇게 다그치면 어떻게 말이 나와요?”

하지만 차윤수는 화경의 그런 비나리를 무시한 채 목소리를 높인다.

“은미 씨에 대한 이야기라면 듣지 않을 겁니다.”

“그 친구는 지금 죽어가고 있어요.”

“다른 할 얘기가 없으시면 이만 실례합니다.”

차윤수가 벌떡 일어난다. 화경은 그의 손목을 움켜잡는다. 평범한 말로는 그를 잡아둘 수 없겠다 싶어 버럭 소리를 내지른다.

“이런 실례가 어딨어! 예의부터 차리는 게 순서 아냐? 은미는 얼마 살지 못한다구. 간암 말기란 말야!”

화경은 벌떡 일어나 두 손으로 차윤수의 어깨를 짓누른다. 뻣뻣한 차윤수의 허리가 점점 무너지기 시작한다.

“찾아오셨을 때 심상찮다는 예감이 들었죠. 정확히 이십칠 년이 지났는데…….”

차윤수는 고개를 돌려 창밖을 내다본다. 화경은 세월의 흐름을 계산해 온 그가 가엾다는 생각이 든다. 일 년, 이 년, 삼 년, 오 년, 십 년, 이십 년, 이십칠 년, 그 세월의 마디마디에는 피어나다 메말라버렸을 새순의 아픔이 엉겨 있을 것이다. 새순이 돋아날 때마다 스스로 물관의 맥을 끊어버린 잔인한 인간, 그 긴긴 동안 사랑하는 여인과 혈육에 대한 그리움을 참고 짓누르기에 가슴이 얼마나 망가졌을까를 생각하니 그가 여느 사람 같지가 않다.

화경은 차윤수의 얼굴을 빤히 쳐다본다. 그런데 이상한 일이다. 그의 얼굴에는 회한이나 슬픈 기색이 한 점도 묻어 있지 않다. 평온한 얼굴 그대로다. 눈씨 한 점 흔들리지 않는다.

“제명 대로 살 여자가 아녔습니다. 자기 몸을 태울 줄만 아는 여자죠. 가장 깨끗한 여잡니다, 그런 여자를 더는 오염시킬 수 없었습니다.

그 포기가 제 보람이죠. 그러니 제 마음을 흔들지 마세요."

"죽어가는 사람의 마지막 부탁이라……."

"무슨 부탁인진 몰라도 그분의 죽음과 저는 아무 상관없습니다. 윤 사장님이 보냈나요?"

"정우아빠는 제가 여기에 온 걸 모릅니다. 정우엄마가 보냈어요."

"……."

"댁을 죽여 달라고 부탁했죠."

차윤수는 고개를 숙이고 묵묵히 앉아 있다가 다시 고개를 든다. 천천히 자리에서 일어나 호텔 밖으로 나온 그는 꼿꼿한 자세로 교회 쪽을 향해 걸어간다.

뒤쫓아 나온 화경은 어찌할 바를 모르고 제자리에 멍하니 서서 그의 뒷모습만 바라본다. 함부로 입을 열 수도 없다. 어떤 말로도 그의 발길을 멈출 수 없을 것만 같다. 차윤수는 길을 걸으면서 자꾸 소매로 눈을 훔친다. 우는 모양이군. 눈물을 흘리는 지금이 그에게는 가장 행복한 순간일 거라고 화경은 생각한다.

차윤수의 뒷모습이 길 모퉁이로 사라지자 화경은 택시를 잡아타고 김해공항을 향해 달린다. 다음에는 꼭 죽여야 돼. 그녀는 차창밖에 펼쳐진 너른 김해평야를 바라보며 살의를 북돋는다. 낙동강 유역의 기름진 평야는 도로에 찢기고 건축물에 잠식당하고 있다.

까마득한 들판 멀리에서 한 무리의 철새가 날아오고 그보다 훨씬 더 높은 상공에서 여객기 한 대가 머리를 숙인 채 고도를 낮추는 중이다. 화경은 그 여객기를 향해 산매들린 사람처럼 혼자 중얼거린다.

동정심은 인간을 타락시키기 십상이지. 타락이 별것인가? 판단을 흐리게 하는 것이 타락이지…….

서울로 돌아온 화경은 곧바로 은미에게 달려간다. 은미는 화경의 당당해진 표정에 안심했는지 대뜸 죽일 수 있겠지? 라고 묻는다. 충분히 죽일 것 같다며 화경이 환한 미소를 짓자, 그 미소에 더욱 마음이 놓인 은미는 화경의 손을 덥석 쥐며 속삭인다.

“죽어서도 잊지 않을게.”

어느새 은미의 눈자위에 물기가 젖어든다. 화경은 은미의 처음 보는 눈물이 당혹스럽다. 그 눈물 속에는 차윤수에 대한 그리움이 묻어 있을 성싶어 화경은 이렇게 말한다.

“네 소식을 듣고 윤수 씨가 많이 울었어. 너와 헤어진 날짜까지 외고 있더라구. 그렇게 너를 사모하면서도 삼십 년 가까이 참아왔다니 무서운 남자야. 정말 네가 부럽구나. 너는 행복한 여자라구. 그런 애정을 받으며 죽는 여자가 세상에 몇이나 되겠니.”

말을 끝내기가 무섭게 화경도 울먹이기 시작한다. 죽은 남편을 생각하겠지, 은미는 그런 생각을 하며 화경의 몸을 끌어안는다.

“너 같은 친구를 둔 것이 자랑스러워. 태어난 보람을 우리의 우정에서 찾을 수 있을 거야.”

은미의 말에 화경이 고개를 끄덕인다. 포옹을 풀고 난 은미는 몸을 뭉기적거리며 윗목에 있는 문갑 곁으로 다가가 문을 열고 흰 봉투 하나를 꺼낸다.

"일을 치르려면 자금이 필요할 텐데 우선 이걸 쓰라구. 십억이야. 남편한테는 다른 말로 변명했어."

"연예활동을 벌써 그만둔 형편이라 내 능력만으론 부족하구나. 그러니 네 도움을 받아드릴게. 그리고 성재한테는 끝까지 내가 죽인 걸로 못박으라구. 알지?"

"알았어. 끝까지 숨길게. 이나저나 곧 죽을 텐데 뭐."

"호주 오빠네에 다녀올 거야. 네가 죽기 전에 빨리 다녀와야지. 그리고 네가 죽으면 아주 이민을 떠날 거야. 그리 되면 차윤수의 살인사건은 영원히 미궁에 빠질 테구."

화경은 앉은 채 몸을 앞으로 내밀어 은미의 몸을 껴안고 흐느낀다.

"너답잖게 울긴?"

"은미야 약해지지 마. 제발 죽음을 즐기라구."

"그래. 네 말대로 창녀가 될게. 창녀가 되어 죽음을 짓밟아버릴게. 창녀가 느낄 자유라면 충분히 허무를 극복할 수 있을 거야."

은미의 목소리가 몹시 떨린다. 화경은 눈물을 주체하지 못하고 밖으로 달려나간다. 마당에는 어둠이 깔리고 있다. 대문 밖으로 나온 화경은 한참동안 서성이다가 차에 오른다. 그때 소나타 한 대가 집 앞에 서고 차에서 내린 명희가 어머니를 부르며 달려온다.

"안녕하세요? 이 시간에 자주 오신다기에, 지금 오면 뵐 수 있다는 예감이 들었어요 어머니."

"어머니라니?"

"선생님을 어머니로 여기고 싶었어요. 선생님을 어머니라고 부르니까 참 행복해요."

"그런 농담이 어딨어."

화경은 어이없는 표정을 지으며 웃는다. 명희는 앞으로 어머니로 모시겠다며 어리광을 부린다.

"그런데 선생님 같은 분이 어머니가 된다는 게 좀 이상해요. 어머니란 이미지는 좀 칙칙하거든요. 선생님 이미지는 나뭇잎에서 반사되는 햇살 같은데, 어머니 이미지로는 좀 그래요."

명희는 연방 생글생글 웃는다. 저 귀여운 아가씨. 화경은 빙그레 웃으며 명희와의 대화를 궁리해 본다.

"그러니까 나를 늙은이로 구겨 놓지 말고 차라리 언니라고 불러. 아 참, 그건 안 되지. 정우와 동급이 되니까. 그냥 지금처럼 선생님이라고 불러. 그게 좋겠지? 생각해 봐. 내가 명희처럼 큰 아가씨를 끙끙거리며 낳았다고 상상해 봐. 내 몸이 징그럽잖겠어? 그지? 여자는 어머니 소리를 듣는 순간 일단은 폭삭 삭아버리거든. 어머니란 늙는 걸 전제로 한 보험금인 셈야. 그지?"

"그러고 보니 그렇네요. 어머니란 이미지는 보험금이 딱 맞네요. 보험금, 축 처지는 어감이죠? 그런데요, 보험금에는 안정감도 느껴지거든요. 안정감은 요동치지 않는 순탄한 이미지, 순탄한 이미지는 깊고 깊은 이미지, 깊고 깊은 이미지는 멀고 먼 은하수의 이미지, 은하수는 신비의 이미지, 신비는 영원성의 이미지, 그래요."

"또 영원성의 이미지는 순간성의 이미지도 되지. 순간성의 이미지는 죽음의 이미지이고. 안 그래?"

“그러고 보니 그것도 맞네요. 선생님 말씀은 틀리는 게 없어요.”

“틀리는 게 없는 게 아니라, 틀리는 걸 안 찾으려는 거지.”

“틀리는 걸 눈에 띄지 않게 숨기는 재주가 매력 아닐까요?”

“명희와 얘기하면 참 재밌어. 얼굴이 탈 텐데 여기 그늘 속으로 들어와.”

“얼굴이 탈 위험성을 제거하는 그 조심성, 즉 미용은 무슨 이미질까요?”

“두 가지야. 하나는 아름다움을 담보하는 이미지고 하나는 추함을 인정하는 이미지고. 이제 헤어질까? 명희는 어서 집안에 들어가 미래의 어머니를 뵈야지? 나는 혼자 처량하게 남산 고갯길을 넘을 테니. 그럼 안녕.”

“어머니, 조금만 더 계셔줘요. 자꾸 얘기를 하다 보니 자연스럽게 어머니처럼 느껴져요.”

“나도 그런 것 같은데. 명희와 자꾸 얘기하다 보니 딸처럼 여겨져.”

“너무너무 행복해요 어머니.”

“그럼 우리 잠깐 모녀가 될까? 오 분간만. 그리고 오 분간만 침묵을 지키자구. 그 침묵이 모녀의 이미지를 씻어줄 거라구. 침묵은 말의 소멸이니까. 그러니 침묵이 계속되면 어머니의 이미지도 자동 소멸될 거구.”

“침묵은 소멸이 아니고 말의 휴식이죠. 그러니 어머니의 이미지는 이미 저장으로 클릭된 셈예요. 어머니 그렇죠?”

“못 말리겠군.”

"안녕히 가세요 어머니."

"정말 못 말리겠군."

"참 어머니, 전화번호를."

"내가 귀찮아지는데. 할 수 없지. 명희니까. 공삼일 칠칠일 팔오칠칠."

"고마워요. 귀찮게 안 할게요."

명희가 손을 흔든다. 화경은 빙그레 웃으며 차에 올라 핸들을 잡는다. 그때 명희의 귀에 새소리가 들려온다. 자동차 클랙슨 소리는 새소리보다 먼 곳에서 들려온다. 그 클랙슨 소리가 들려온 곳에서 화경의 손사래가 차창 밖으로 보인다.

석양에 비쳐진 십자가는

김해공항을 빠져나온 화경은 곧바로 택시를 타고 덕문교회로 달린다. 그동안 차윤수를 설득하기 위해 한 차례 더 부산에 다녀왔으니 이번이 세 번째 길이다. 지난번에도 처음과 마찬가지로 커피숍에서 대충의향만 떠보고 헤어졌으니 이번에는 결단을 낼 참이다. 죽어가는 친구의 소망인데 설득하고 사정해 봐서 그래도 거절하면 교회에 주저앉을 작정이다.

화경은 교회에 도착할 때까지 은미의 말을 떠올려 본다. 내가 살날이 얼마 남지 않았으니 무슨 수를 써서라도 그자를 꼭 죽여야 돼.

평일이라 그런지 차윤수 혼자 교회를 지키고 있다. 화경은 관리실 구석에 꾸며진 차윤수의 단칸방으로 안내된다.

대여섯 평 공간에 낡은 책상 하나가 놓여 있고 벽에는 스무 살쯤 되어 보이는 처녀의 액자 사진이 걸려 있다. 은미가 말한 차윤수의 죽은 여동생이 틀림없다. 젊었을 때 사진을 걸어둔 모양이다. 오빠의 노름 밑천을 대기 위해 몸을 팔았다는 동생의 얼굴에는 티 없이 맑은 미소가 젖어 있다. 동그스름한 얼굴에 코가 오뚝하고 눈이 순해 보인다.

화경은 그 사진을 바라보며 무슨 말을 먼저 꺼내야 할지를 생각하지만 좀처럼 말문이 열리지 않는다. 순수한 호의로 받아 달라는 그런 미온적인 설득으로는 차윤수의 마음을 움직일 수 없음을 잘 알고 있다. 차윤수는 죽는 날까지 빈손으로 남의 종으로만 사는 게 소망이라며 화경의 설득에 관심조차 보이지 않는다. 교회에서 사찰집사로 있는 것도 너무 과분한 은혜로 여기는 그다. 화경은 그렇다고 구체적인 이야기를 피할 수만은 없다. 그래서 차윤수가 듣기에 거북하지 않도록 동래 쪽에 아담한 상가 한 채를 봐놨다는 말로 의향을 떠본다.

"무슨 뜻인지는 알겠습니다만 정우아버지만 비밀을 지켜주시면 아무 탈이 없을 겁니다. 내가 정우를 찾아갈 일은 평생 없을 테니까요."

차윤수는 화경이 망설여지는 말을 미리 꺼내준다. 간단한 말, 성재와 정우 부자를 평생 만나지 말라, 는 그 간단한 다짐을 화경은 곧이곧대로 밝힐 수 없어 여태 참아왔는데 차윤수가 먼저 꺼낸 것이다.

"물론 정우엄마는 집사님한테서 그 다짐을 받고 싶어합니다. 하지만 그 친구의 속마음은 솔직히 다른 데에 있습니다. 그 다짐을 빌미로 집사님에게 마지막 정표를 남겨주고 싶은 겁니다. 정우엄마의 마음 정리랄까요. 죽기 전에 마무리하고 싶은 순수한 정표. 그러니 그 마음을 단순히 물질적 호의로만 해석해선 안 되죠."

차윤수는 긴 숨을 내쉰다.

"그 정표가 순수하지 않다는 게 아닙니다. 은미 씨의 마음 정리도 중요하지만 그 정표를 받으면 제 인생은 뒤틀리고 맙니다. 뿌리째 흔들리고 말죠. 그럴 바엔 차라리 은미 씨를 쫓아다니든가 아니면 진작에 딴 여자와 가정을 꾸몄을 겁니다."

"그러시다면 현실적인 문제를 제기할 수밖에 없군요. 정우아빠 말입니다. 그분은 언제고 정우를 집사님한테 데려올 겁니다. 그러지 않고는 못 배기는 사람이거든요. 그분의 깊은 마음을 잘 아시잖아요. 그럴 경우를 예측하면 집사님이 어떤 판단을 내리는 게 좋겠어요?"

"강도의 자식, 그게 탄로날까 걱정이군요."

"……."

"그래도 그 돈만은 받을 수 없습니다."

화경은 할 수 없이 차윤수를 서울로 데려가 은미를 만나도록 주선하는 수밖에 없다고 생각한다. 그래서 직접 차윤수를 데려가려고 함께 올라갈 것을 사정해 보지만 차윤수는 막무가내다. 그는 서울에 갈 일이 생겨도 일부러 올라가지 않거니와 서울 쪽을 바라보지도 않는다며 고개를 돌린다.

그의 시선이 머무는 교회 지붕 너머에 종탑이 서 있고, 초가을 햇살을 받은 플라타너스 고목 한 그루가 그 종탑을 에워싸고 있다.

"얼마나 그리운 곳이겠어요. 집사님의 맘을 제가 모를 리 있겠습니까. 그런 분이시니까 사정하기가 더 힘들고요. 암튼 문병 가시는 셈치고 마지막으로 만나주세요. 그 친구의 마음속에도 맺힌 그리움이 있잖겠습니까. 물론 집사님도 알고 계시겠지만요."

화경은 차윤수의 얼굴을 살핀다. 그의 표정은 거의 일그러질 듯 굳어 있다. 저럴 수가, 그리운 사람을 만나 달라는데 저토록 괴로워하다니. 화경은 그에게서 연민과 두려움이 동시에 느껴진다.

"은미 씨는 저를 괴물이라고 했습니다. 그리고 인간이 되지 말라고 했습니다. 인간이 되지 말아야 저를 사랑할 거라고 했습니다. 그 말뜻을 해석하려고 이십칠 년 동안 생각해 왔죠."

차윤수는 여전히 창밖을 내다보며 말한다. 그의 얼굴은 아직도 일그러진 상태다. 그 일그러진 얼굴 속에서 눈빛만이 이글이글 타고 있다. 몸에 소름이 돋을 만큼 강렬한 눈빛이다.

"정우엄마가 왜 집사님을 괴물이라고 했죠? 그리고 인간이 되지 말라고 했죠?"

"저도 모릅니다."

차윤수는 입을 다문다. 대화가 끊긴 방에는 무거운 침묵이 흐른다. 화경은 조바심이 난다. 이번에는 무슨 수를 써서라도 은미의 뜻을 관철해야 했다. 호주 이민 준비에 바쁜 데다 은미의 수명이 얼마 남지 않은 상태가 아닌가. 화경은 어떤 극적인 상황을 만들 수밖에 없다는 생각이 들자 불쑥 아까 내비쳤던 상가 이야기를 다시 꺼낸다.

"그 정도 건물이면 혼자 사시기에 넉넉할 거예요."

그 말에 차윤수는 당장 떠나라며 버럭 화를 낸다. 화경은 이때다 하고 더 큰소리로 화를 낸다.

"이봐! 당신이 뭔데 그리 도도해? 당신은 강도였어. 강도는 죽어서도 강도란 말야. 그런 주제가 감히 성인이 된 것처럼 건방지게 굴어? 당신은 지금 꿈속을 헤매고 있는 거야."

"꿈속에서 헤매게 그냥 놔두세요."

"뭐라구? 뭐 이런 인간이 있어!"

화경은 핸드백을 열고 손바닥만한 양주병을 꺼낸다. 심심풀이로 넣고 다니는 술이다. 그녀가 단숨에 술을 반병이나 비우자 차윤수는 벌떡 일어나 부엌에서 깍두기를 담은 접시와 젓가락을 들고 온다.

"목사님이 오실 시간입니다."

"쫓겨나기 십상이군요. 제발 당신이 쫓겨났으면 좋겠어요. 그러면 내 말을 잘 들을 테니."

화경은 또 술병을 집어 든다. 차윤수가 그 술병을 빼앗자 화경이 그의 뺨을 친다.

"당신은 행복한 인간야. 은미 같은 여자의 사랑을 받다니. 하기야 그년도 미쳤으니까 강도를 사랑하겠지만."

화경은 핸드백을 들고 자리에서 일어나 밖으로 나간다.

"뺨 때린 거 미안해요."

화경은 그 한마디를 남기고 정문 쪽으로 걸어간다. 뒤따라오던 차윤수가 앞장을 서더니 길가로 달려가 택시를 잡는다. 호텔까지 모셔드리겠다는 호의다. 화경이 핸드백에서 탑승권을 꺼내 보이자 그제야 차윤수는 택시 뒷문을 열어 화경을 차에 태워준다.

차가 멀리 사라질 때까지 차윤수는 제자리에 서 있다가 관리실로 돌아간다. 그리고 해가 지고 밤이 깊어져 아홉 시 뉴스를 보려고 텔레비전을 켤 즈음 해운대에서 걸려온 화경의 전화를 받는다.

"만약 내 지시에 따르지 않으면 횟집에 데리고 가서 음식에 독약을
타먹일 거야."
　화경의 첫마디다.

태평양의 제비갈매기

보름 동안 호주 여행을 마치고 돌아온 화경이 성재를 후암동집으로 초대했다. 시드니에 사는 오빠와 이민 문제를 의논하고 왔다며 저녁을 함께 들자고 했던 것이다.

화경은 성재를 보자 엉뚱한 말부터 꺼낸다. 표정이 몹시 밝고 기분도 달뜬 상태다.

"멋지게 죽는 방법을 알았거든."

"이민 간다는 여자가 죽는 방법이라니?"

"귀국하기 며칠 전 올케와 함께 퍼즈 쪽 해변을 다녀왔어. 태평양 해변을 구경하던 중에 한 자살 현장을 목격했는데, 아스라한 낭떠러지 밑에 박살난 승용차 한 대가 버려져 있더군. 아리따운 아가씨가 혼자 전속력으로 분지를 달리다가 일부러 추락한 거래. 나도 그런 식으로 마감하고 싶다는 생각이 들었지. 정말 멋져 보였어. 한국에는 그럴 장소가 없어 아쉬워."

화경은 그러고도 남을 여자다. 자살 현장을 이야기할 때 얼굴 표정이 햇살을 받은 포말처럼 화사했는데 그건 도저히 꾸며낼 수 없는, 마음속에서 저절로 우러난 표정이었다.

"백오십 킬로로 날다가 언덕 막바지에서 핸들을 놓으면 제비갈매기가 되어 바다 위를 날겠지?"

화경이 밥을 먹다 말고 두 팔을 수평으로 들어 날갯짓을 한다.

"어서 밥이나 먹어."

"미풍에 흔들리는 커튼 밖에서 갈매기 소리가 들려오는 듯해."

"창이 닫혀 있는데 미풍이라니?"

"퍼즈의 호텔방."

"단단히 미쳤군."

"그 여자는 무슨 사연이 있어 차를 타고 낙하했을까? 사랑 때문일까? 염세 때문일까?"

술잔을 든 화경의 눈에 불꽃이 인다. 성재는 그녀가 아주 미쳐버리지나 않을까 걱정된다. 그런 눈빛은 처음이다. 화경의 시선을 받으면 무엇이든 재가 될 것만 같다. 화경은 한바탕 웃고 나서 큰소리로 떠든다.

"아마 그 여자는 결벽증이 심했을 거야. 너무 깨끗해지려는 병, 병치곤 그 병이 젤 무섭다지? 은미가 처음 간암 진단을 받았을 때 나한테 전화를 건 적이 있어. 그때 은미는 명랑하게 웃으며 이런 말을 했지. 사람이 산다는 게 얼마나 추한지 몰라. 그러고 나서 나한테, 내가 왜 너를 좋아하는지 아니? 그랬어. 모르겠다고 했더니, 너는 나처럼 죽음을 두려워 않거든. 죽음을 자기 정화 수단쯤으로 여긴다구. 그게 모두 결벽증 탓이지. 그러더라구."

성재는 그녀들의 대화 내용보다 우선 두 여자가 서로 전화를 주고받으며 지내왔다는 사실이 놀랍다. 성재는 그동안 둘이 자주 통화했느냐고 넌지시 물어본다.

"전화뿐인 줄 아니? 너한테는 숨겨왔지만 우린 두세 달에 한번은 만났다구. 어느 땐 내가 필동으로 은미를 찾아가고 어느 땐 은미가 후암동으로 나를 찾아오고. 우린 각자의 속마음을 털어냈고 너와의 연애 시절에 대한 추억담도 서슴없이 나눴지. 내가 너하고 우리 집에서 나눴던 얘길 하면 은미는 배꼽을 잡고 웃었어. 그때 내가 말한 것 기억나지? 창녀가 돼야 세상을 무시할 수 있다고 한 말. 그래야 자유로울 수 있고 죽음을 극복할 수 있다고 한 말. 죽음이 겁나는 건 죽음을 받들어 줘서 그런다고 한 말. 그거 기억나지?"

"그럼 너희들끼리 자주 만났단 말야? 나 몰래?"

"너한테는 숨기자고 약속했거든."

성재는 뒤통수를 얻어맞는 기분이다. 이럴 수가, 일이 년도 아니고 삼십 년 동안 따돌림을 당하다니, 성재는 화가 치민다. 그녀들 앞에 발가벗긴 채 버려진 꼴이다.

성재의 화난 표정을 살피고 난 화경은 술잔을 집어 든 채 성재를 데리고 거실로 나간다. 그리고 소파에 마주 앉아 예쁜 승용차를 타고 창공을 날다가 코발트빛 바다로 추락하는 아찔한 장면을 상상하며 술을 마신다.

술잔을 비운 화경은 소파 뒤쪽으로 돌아가 성재의 목을 팔로 휘감은 채 소파 위로 미끄러지며, 그의 머리를 당겨 얼굴에 뺨을 문지른다. 성재는 소파로 미끄러진 그녀의 몸을 껴안고 입을 맞추다가 천천히 블라우스 단추를 끄르기 시작한다.

"잘했어. 그동안 은미와 흉금을 터놓고 지냈다니 내 마음이 가벼워지는구나. 그런데 너희들은 배알도 없니?"

"배알? 그럼 너를 중간에 놓고 은미와 서로 질투하라구?"

하얀 가슴을 맡긴 채 누워 실컷 웃고 난 화경이 팔을 뻗어 테이블에 놓인 성재의 술잔을 집어 든다. 성재가 그 술잔을 낚아채며 혼자 죽게 할 순 없다고 소리치자 화경이 도로 술잔을 빼앗아 단숨에 마셔버린다.

"술을 못 마시면 더 일찍 죽게 돼."

성재는 정 살기 싫으면 함께 죽자며 벌떡 일어나 테이블에 놓인 술병을 집어 든다. 그러자 화경이 술병을 뺏으며 또 한바탕 웃어제낀다.

"또 거짓말을 하는구나. 너 정말 나와 함께 죽을 수 있어? 은미가 내게 뭐랬는지 아니? 널 겁쟁이라고 했어. 그리고 뭐랬는지 아니? 정우 아빠는 겁이 많은 사람이니 죽을 때 꼭 껴안아줘. 그랬다구. 그래서 내가, 왜 같이 죽니? 창녀가 동반자살하는 것 봤어? 그랬더니 은미가 환하게 웃더라."

은미가 진짜 그런 말을 했는진 모르지만 화경이 헛소리할 여자가 아니어서 성재는 기분이 찜찜하다.

"나는 너처럼 치사량의 술도 마시지 못하는 겁쟁이야."

성재는 테이블에 놓인 술병을 들어 연거푸 잔을 비운다. 그때 화경이 벌떡 몸을 일으키며 주정을 부리듯 말한다.

"윤성재! 너는 그동안 나를 농락해 왔어. 은미만 사랑한 거라구. 은미는 네 사랑에 대한 보답으로 차윤수를 죽였구."

"차윤수를 죽이다니?"

"은미는 그만큼 너를 사랑했단 말야. 너를 온전한 정우아빠로 만들려고 차윤수를 살해한 거라구. 정우가 차윤수를 만나게 될까 봐 두려웠던 거지. 더구나 네가 차윤수와 가까이 지낸 거에 큰 충격을 받은 거야. 암 때고 네가 정우를 차윤수에게 데려갈 줄 알았거든. 그러면 강도 아들이란 게 들통나기 십상이잖니."

"차윤수를 죽이다니, 그게 뭔 소리야?"

"말 그대로지. 돼지나 소를 잡듯 차윤수를 이 세상에서 말소시켰다 그 말야."

화경의 말을 농담으로 알아들은 성재는 피식 웃는다.

"은미는 문밖에도 나갈 수 없는 환잔데, 거짓말도 이치에 맞아야지."

"교사는 범죄가 아니니? 은미가 시켰으니까 내가 차윤수가 누군지 알지 어떻게 아니."

하긴 그랬다. 성재는 그제야 화경이 차윤수를 알고 있다는 사실을 새삼 깨닫는다.

"사례비도 십억이나 받았다구. 은미한테 당장 전화를 걸어줄 테니 확인해 봐."

성재의 몸이 긴장되기 시작한다. 화경의 말이 황당한 농담만은 아닐 성싶다. 은미가 화경의 궁핍을 덜어주자며 십억을 빼 쓴 적이 있었다. 연예계 생활을 그만두고 소비만 늘린 화경은 요즘 경제적인 타격이 컸지만 끝내 성재의 도움을 거부해 온 터라 은미가 화경을 돕자는 말을 꺼냈으니 다행으로 여기던 참이었다.

화경의 입장에서 보면 성재의 도움은 모양새가 좋지 않아도 은미의 도움은 명분이 서기 때문에 성재는 아내의 너그러운 마음에 감탄했는데, 그 돈이 다른 데에 쓰였다면…….

"내 말을 못 믿겠으면 부산 덕문교회를 찾아가 보라구. 전화를 걸든가."

덕문교회도 알고 있다니, 예삿일이 아니라는 걱정이 성재의 몸을 긴장시킨다. 차윤수에게 전화를 걸어 보라고 당당히 말하는 걸로 보아 이미 차윤수를 다른 데로 빼돌린 게 틀림없다. 설마 죽이기야 했겠는가. 은미나 화경은 살인할 위인도 못되잖나.

"나 이민 갈 거야. 사람도 죽였지만, 이젠 네가 싫어졌어. 내 인생이 억울하다는 생각이 들었거든. 호주에 가서 신나게 살 거야. 이제야 말하지만 은미가 죽으면 너와 헤어질 참였어. 친한 친구가 죽었는데 어떻게 그 남편과 계속 좋아지낼 수 있니. 내가 짐승은 아니잖아. 그러니 지금부턴 만나지 말자구. 이민 수속은 이미 다 끝냈어. 네가 살인범으로 신고하면 감옥에 갈 수밖에 없지만."

성재는 말문이 막힌다. 화경의 말이 조리 있고 표정이 진지하다는 데에 더 할말이 없다. 그렇다고 침묵만 지킬 수도 없다.

"자세히 말해 봐. 도대체 어떻게 된 거야?"

"여자가 남자 하나 죽이긴 아주 쉽잖니? 내 나이 오십이 훨씬 넘었지만 아직은 미모가 남아 있잖아? 바닷가로 불러냈지. 함께 회를 먹고 술을 마시고 밤이 되자 입술까지 부비다가 술잔에 약을 탔던 거야. 아주 간단했어. 며칠 지나면 바닷가에 시체 한 구가 떠오를 테고 뉴스에도 보도되겠지만 혹시 모르지. 안 떠오를지도."

"농담하고 있군."

"믿어지지 않겠지. 정이나 못 믿겠으면 경찰에 신고해 봐. 수사하다 보면 내 살인 수법이 탄로날 테니까. 그때는 너도 내 살인을 믿을 테구."

"웃기지 마. 살인은 할 사람이 따로 있는 법야. 네가 어떻게 사람을 죽이니. 더구나 차윤수가 철천지원수도 아닌데."

"청부 맡은 살인인데 원수지간을 따져? 더구나 십억이란 거금을 받았는데?"

"살인범이 이처럼 태연할 수 있어?"

성재는 농조로 대꾸해 주면서도 이런 대화를 나누는 자신이 어리석다는 생각이 든다.

"나 같이 죽는 걸 무서워 않는 사람이 뭐 땜에 당황하니. 너 같은 인간이야 법이 무섭고, 도덕이 두렵고, 양심이 아플 거구, 지옥이 겁나겠지만 나처럼 뭐가 뭔지 모르는 주정뱅이는 사람을 죽인 거나 파리를 죽인 거나 구별할 줄 모른다구. 암튼 어서 신고나 해."

"정말?"

"그래. 너는 양심이 바른 사람이니 내 죄를 눈감아줄 리 없지. 모르는 척하는 것 자체를 지옥도에 빠지는 죄업으로 여길 테니까. 그처럼 실속 차리는 네가 아니니?"

"……."

"왜, 기분 나빠? 내 말이 틀려?"

"갑자기 왜 이래? 도대체 나한테 이러는 이유가 뭐야?"

성재는 버럭 소리를 내지른다. 분명 무슨 저의가 깔린 수작일 텐데, 성재는 화를 참으며 조용히 묻는다.

"내가 잘못한 게 있으면 말해 봐. 너한테 오해 산 게 뭐지?"

"오해 산 거라니? 비약시키지 마. 간단히 말해서 사람을 죽였다는 것뿐야. 네가 내 살인을 안 믿을 사람 같으니까 말이 많았던 거구."

"살인 따위가 문제 아냐. 네 말 속에는 분명 억탁이 들어 있어. 나한테 섭섭한 무엇을 그 억탁으로 내비친 거라구."

"참 이상하구나. 그냥 차윤수 죽인 걸 얘기했을 뿐인데, 제발 내 말을 비약시키지 마."

화경의 뺨에 눈물이 흘러내린다. 그 느닷없는 눈물이 그녀의 마음을 드러낸 셈이다. 바로 성재와 헤어질 수밖에 없는 아쉬운 이별의 슬픔. 고교 시절부터 사십 년 넘게 붙어 지내온 사람과의 마지막 이별, 그 찐득찐득한 회한, 그 간과할 수 없는 애증, 그것들이 함께 삶아져 증류수로 걸러진 그 맑디맑은 한(恨)…… 그게 지금 화경의 얼굴을 적시는 눈물이 되었던 것이다.

성재는 아무 말 없이 화경의 몸을 껴안는다. 그리고 자기가 그녀에게 원죄와도 같은 엄청난 죄를 지었음을 새삼 깨닫자 등골이 오싹해진다. 지금까지 아무것도 모르며 천방지축으로 살아온 그 무지가 창피스럽다. 자기는 깊은 물속을 걸어다닌 것 같은데, 이제 보니 발목도 적시지 못하는 개울에서 첨벙거렸음을 깨닫자 그는 자기의 존재가 더없이 초라해 보인다. 도대체 나는 어떤 인간인가?

"네 맘을 이해해. 솔직히 고백하지만 내가 너를 진심으로 사랑했는지 안 했는지 그건 모르겠어. 하지만 유희가 아닌 것만은 확실해. 나는 너를 사실상 동반자로 여겨왔거든. 도덕규범과는 다른 의미야. 내 생각이 그렇다는 거야. 은미는 아내와는 다른 차원이었어."

"다른 차원?"

화경이 긴 숨을 내쉰다.

"은미는 믿을 수 있는 친구랄까. 영원히 함께할 형제랄까. 아니면 내 보호자랄까."

"죽어서도 함께 묻히고 싶겠지. 곁에 있으면 편안한 보호자니까. 어머니 같은."

"사실 그래. 난 보호자 없인 생존할 수 없어. 그만큼 약한 인간이지. 하지만 너한테는 또 다른 의탁심이 생겨. 네가 없으면 외롭거든. 사는 의미가 없다랄까. 만약 너를 다시 만나지 않았다면 나는 폐인이 됐을 거야. 풀 한 포기 없는 세상에서 혼자 헤매는 모습을 상상해 보라구."

"네가 착각한 거야. 네가 착해서 그래. 착함이 판단을 흐리게 하거든. 너는 나 없이도 은미를 사랑하고 정우를 키우는 재미를 찾을 수 있었어. 공연히 나한테 연민이 느껴지니까 그런 생각이 든 거라구, 그만 집에 돌아가. 이제는 은미 곁에 붙어 있어야 돼. 그애가 얼마나 살겠니. 이제부터라도 속을 차리라구."

"은미는 자꾸 나를 너한테로 내쫓아. 처음에는 투정인 줄 알았는데 그게 아녔어."

"나도 알고 있어."

"알고 있다니?"

"너와 나 사이를 은미가 즐기고 있다는 걸. 아니, 아예 관심이 없다는 걸. 은미는 나한테 이런 말을 한 적이 있어. 화경아 네가 없었으면 나는 힘들게 살아왔을 거야."

"그게 뭔 말이지?"

"너를 혼자 짊어지는 것보다 둘이 짊어지는 게 가벼웠다는 말이지. 너는 짐이었거든."

화경은 피식 웃는다.

"딱한 친구."

화경은 손바닥으로 성재의 어깨를 툭툭 친다. 성재는 화경의 건방진 짓이 불쾌했지만 그 짓 역시 자기와 정을 떼려는 엉너리짓이려니 생각한다.

친구들한테서 왕따를 당한 기분이 들자 성재는 벌떡 자리에서 일어난다. 밖으로 나오니 다리가 후들후들 떨린다. 자기 몸이 바람에 쓸리는 가랑잎처럼 느껴진다. 그는 후암동길을 걸으면서도 자꾸 발이 헛디뎌진다. 남산 쪽을 향해 무작정 걷는다. 자기 몸을 혹사시키고 싶다. 세상을 미련하게 살아온 자신이 미워지자 은근히 부아가 났던 것이다.

부유한 집안에서 태어나 평탄하게 살아온 자기의 삶에 굴곡을 만들고 싶어 몸부림을 쳐온 것 같은데 그 몸부림이 겨우 개울에서 물장구를 친 꼴이라니, 그는 길가에 서 있는 벗나무를 껴안고 쿵쿵 머리를 찧는다. 계단 막바지에 앉아 담배를 피운다. 나무 사이로 시가지의 불빛이 얼비친다. 그 얼비친 시내에 담배 연기를 내뿜는다.

성재는 자기가 지니고 있던 물건을 여기저기에 흘린 것만 같다. 그 흘린 물건들을 도로 쓸어담고 싶어진다. 쓸어담은 물건 중에는 차윤수도 끼어 있다. 성재는 차윤수가 자기를 가장 이해해 준 사람 같다. 차윤수의 말이 떠오른다.

"누구나 물건을 흘리며 살게 마련이죠. 무심결에 집었던 막대기나 돌멩이로부터 신다 버린 신발이나 헌 옷가지는 물론, 먹다 남은 음식과 폐품 처리한 가구, 화날 때 씹어뱉은 욕지기, 배신, 남을 속인 말솜씨, 능갈치던 변명, 까먹은 수학 공식이나 영어 단어, 길거리에 버린 꽁초, 영수증, 밑 닦은 휴지, 오줌, 헤어진 친구, 노름판에서 날린 지폐, 선거판에서 날린 거짓말, 팔아먹은 시체, 찬란한 꿈, 눈물, 그런 것들을 죄 모으면 아담한 동산을 이룰걸요. 그러고 보면 인생이 허망하진 않죠."

그때 성재가 박물관 차리게? 하고 농담을 던지자 차윤수는 그런 전시품 중에서 윤 사장님이 가장 돋보일걸요. 바보 중 바보니까요. 하고 웃었다.

성재는 차윤수의 말이 떠오르자 갑자기 차윤수가 보고 싶어진다. 지금 어디에 있을까? 화경이 차윤수를 어떻게 처리했을까? 차윤수가 화경의 장난에 속고 있는 건 아닐까? 그럼 그 장난이란 게 뭘까?

집에 돌아오자마자 성재는 우선 부산 덕문교회로 전화부터 건다. 차윤수의 행방을 물어보았지만 한 달 전에 교회 일을 그만둔 것 말고는 아무것도 모른다는 대답이다. 이제 은미에게 캐 보는 수밖에 없다고 생각한다. 그런데 은미 역시 화경과 비슷한 말만 되풀이한다.

"정우를 강도한테, 강간당해서 태어난 자식으로 만들고 싶지 않았어요."

"당신이나 화경은 도저히 살인할 수 없어. 차윤수를 어디다 숨긴 모양인데……."

"숨겼다한들 당신한테 알려주겠어요? 영원히 비밀일 수밖에요. 나는 곧 죽을 테고 화경이는 곧 호주로 떠날 테고요. 그보다 차윤수 자신이 꽁꽁 숨을 테고."

은미는 화경이 차윤수를 처치하기 전에 몰래 차윤수와 통화한 적이 있다고 꾸며댄다. 그렇게 거짓말을 해야 성재가 자기 말을 믿어줄 것만 같았다.

"내가 윤수 씨에게 이렇게 말했거든요. 윤수 씨, 당신에 대한 애정을 가슴에 품고 곧 이 세상을 떠납니다. 떠나기 전에 윤수 씨가 지켜줘야 할 약속이 있어요. 당신 생명이 다하는 그날까지 남편과 정우를 만나주지 마세요. 아니 죽어서도 만나지 말아주세요. 그게 당신을 사랑하는 한 여자의 마지막 소망입니다. 그래야 정우는 당신의 아들이 될 수 있고 천사도 될 수 있습니다. 그랬어요. 그랬더니 그는 흐느끼며 약속을 지키기 위함이면 당장 죽어줄 수도 있다고 했어요. 그 죽음을 내가 말렸죠. 당신은 불사를 또 다른 업보가 남아 있습니다. 자식을 만나지 않는 고통 말입니다. 그것마저 불사를 때 당신은 강도의 누명을 벗게 됩니다. 그랬죠.”

성재는 아내의 말을 곱씹어 본다. 아내가 차윤수와 통화한 건 사실일지 몰라도 사랑한다고 한 말은 거짓말임이 분명하다.

“당신도 말 수단이 늘었구려.”

성재는 허리를 굽혀 은미를 껴안아준다. 그러자 은미는 성재의 몸을 밀치며 진지한 목소리로 말한다.

“지금에 와서 내가 숨길 게 뭐가 있겠어요. 그이를 사랑한다는 말, 이젠 꺼낼 때가 됐잖아요? 죽을 날이 가까운데.”

은미는 일부러 가슴 아픈 말만 꾸며낸다. 남편을 차윤수와 격리시키기 위해서는 어쩔 수 없는 노릇이다.

“왜 자꾸 나를 어리석은 사람으로 만드는 거요. 그런다고 내가 당신 말을 믿을 것 같소?”

“믿든 말든 그건 당신 입장이지만, 나는 사실을 말한 것뿐예요. 밤이 깊었어요. 그만 불을 꺼주세요.”

달빛 속에 출렁이는 마지막 육체

은미는 조용히 죽음을 맞이하고 있다. 통증을 참느라 이따금 얼굴만 찡그릴 뿐이다. 그때마다 성재는 의사를 불렀지만 진통제 주사로 통증을 가라앉히는 게 고작이다. 음식을 먹을 수도 없어 영양제 주사로 겨우 생명을 부지한다. 얼굴에는 하루가 다르게 죽음의 그늘이 짙어진다.

은미가 병원에 입원해 있던 기간은 간암 진단을 받고 삼 개월 정도다. 수술도 거절하고 여생을 집에서 편히 지내겠다며 고집을 부렸던 것이다. 그녀는 치료 거부의 당위성을 명쾌하게 열거한다. 암 발생은 자연현상이라고 볼 수 있으며, 암 같은 불치병을 치료하겠다고 매달리는 건 구걸행위나 진배없거니와, 더 나아가 암은 선택 대상일 수도 있다는 것이다.

한마디로 암에 적의를 품지 않겠다는 뜻이다. 그리고 죽음이 확실히 보장된 암을 끌어안고 사는 동안의 이단적 삶이야말로 한평생 말고 또 다른 평생을 산다는 의미를 지닌다고 한다. 즉 암환자는 누구나 살다 죽는 보편적인 평생에다 누구나 살아 볼 수 없는 선택된 평생을 더 산다는 뜻이다.

"그러니까 기쁘죠. 다만 통증을 가라앉히기 위한 진통제만 있으면 돼요."

은미는 그 진통제를 배고픔을 때우는 끼니에 비유한다. 그리고 영양제 주사를 사치라고 매도하지만 그것만은 성재의 고집을 꺾지 못한다. 은미의 얼굴에 붉은 반점이 끼기 시작한 것은 뻐꾸기가 한창 울어 댈 무렵이다. 뻐꾸기 울음소리는 나무숲이 무성한 남산에서 들려오곤 했다.

"나 목욕 좀 시켜줘요."

보름달이 청청한 밤. 요 위에 누워 뻐꾸기 소리에 귀를 모으고 있던 은미가 갑자기 목욕을 시켜 달라고 조른다. 이미 약시시 따위를 모두 포기한 터라 불길한 예감이 들지만 성재는 아내를 안고 욕실로 들어가 몸을 씻긴다. 그러자 은미는 손에 묻은 물을 성재의 몸에 뿌리며 같이 씻자는 눈치를 준다. 성재는 서둘러 옷을 벗고 욕조에 들어간다.

함께 목욕을 마친 성재는 은미를 안아다 잠자리에 뉘고 옷장에서 새 내복을 꺼내온다. 그때다. 은미가 있는 힘을 다해 성재의 몸을 껴안는다. 그제야 아내의 마음을 읽은 성재는 일어나 불을 끄고 달빛이 깔린 요 위에 아내의 몸을 편안히 뉜다. 그리고 자기도 알몸인 채 아내의 몸을 애무하기 시작한다.

달빛에 젖은 은미의 야윈 몸은 차츰 사위스런 은회색 유체가 되어 흐르기 시작한다. 손길이 종아리와 허벅지와 꽃잎에 이를 때다. 은미가 신음소리 같은 음성을 토해낸다.

"이대로 묻어줘요."

단말마 같은 그 음성은 안개 속을 흐르는 바람소리 같다. 그 음험한 목소리가 성재의 사타구니를 자극한다. 그는 이제야 할 일이 생겼다는 생각이 든다. 그는 은미의 몸 위에 올라 하체에 힘을 꽂는다. 아내를 홀로 떠나보내고 싶지 않다는 생각이 하체에 힘을 보탠다. 그는 은미의 몸을 껴안고 허릿심을 다해 거듭 힘을 준다. 번개처럼 작렬하는 폭력으로 두 몸을 파괴하고 싶었다. 자기 몸속에 지닌 모든 생기를 태워야겠다는 열정에 빠져 그는 거듭 몸부림을 친다. 절정에 이르는 순간 은미의 입에서 비명이 터져나온다.

"앗! 핏물! 어머니 등에서 피가 흐르고 있어!"

은미는 메마른 팔로 성재의 몸을 껴안는다. 몸을 포갠 채 은미를 부등켜안고 있던 성재는 그녀의 팔에서 힘이 빠지자 조용히 몸을 빼고 일어나 앉는다. 드디어 은미의 몸이 풀어지기 시작한다. 뻐꾸기 소리가 들리지 않는다.

어느새 달이 창 가까이에 머물면서 은미의 몸에 파란 서슬을 뿌린다. 성재는 아내 곁에 누워 팔베개를 해 주고 잠을 청한다. 금방 잠이 들고, 꿈을 꾼다. 꿈속에서 은미는 한 장의 가벼운 종이쪽이 되어 허공을 야울야울 날아다닌다. 날아다니며 건물 벽과 가로수와 달리는 차에

부딪치기도 한다. 그래도 그 종이쪽은 멀쩡하다. 찢기지도 구겨지지
도 않는다.

잠을 깬 성재는 꿈틀거리는 자기 몸이 혐오스러워진다. 자기가 다
시 살아나지 않고 아내처럼 종이쪽이 되어 날아다니기를 바랐던 것이
다. 아무 데나 날아다니며 툭툭 부딪쳐도 아프지 않고, 살짝 손끝만 대
도 세상이 와그르 무너지는 그런 존재로 남아 있기를 바랐는데 다시
인간으로 재생되어 인간의 눈으로 태양을 보게 되다니. 성재는 햇살에
드러난 아내의 주검을 보는 순간 화사한 햇살에서 처음 두려움이 느껴
진다.

무덤에 놓인 꽃다발

"아무한테도 연락하지 말자. 네 엄마도 그러길 바랄 거다."

은미의 머리와 팔다리를 수습하며 성재가 맨 먼저 꺼낸 말이다. 그 말은 정우가 먼저 꺼낼 참이었다. 부자간에 의견이 통한 셈이다. 그들은 장례를 조용히 치를 작정이다. 부고를 내기만 하면 조문객이 줄을 잇겠지만 친지는 물론 가까운 친척에게도 알리고 싶지 않다. 그래서 지금 상가에는 성재와 정우와 가정부와 장의사에서 나온 두 명의 염꾼이 있을 뿐이다.

한 사람이 더 있긴 하다. 까만 상복에 까만 모자를 쓰고 정원을 걸어오던 여인. 언제나 몸에 다비도프 향기가 자욱한 여인, 한때 은막의 톱스타였던 그녀는 지금 정우의 방에서 혼자 술을 마실지 모른다. 핸드백에 술병을 넣고 다닐 정도니까.

성재는 염하는 모습을 지켜보다가 일부러 옆으로 돌아앉는다. 염꾼이 아내의 몸을 향물로 씻고 삼베옷을 입히는 동안에도 윗목 문갑에 기대고 앉아 줄담배만 피워댄다. 그는 장난 삼아 연기를 몽글몽글 뿜어내며 장단을 맞추듯 손가락으로 문갑을 톡톡 치기도 한다. 슬픔이나 고뇌 따위는 모른다, 그런 표정이다. 심지어 염포로 아내의 몸을 묶는 데도 여전히 문갑 위에 팔을 얹고 손장난만 친다. 그 모습을 잠자코 지켜보던 정우의 입술이 파르르 떨린다.

"도대체 왜 그러시죠?"

"뭘 말이냐?"

"몰라서 물으세요? 일부러 그러시는 거죠?"

"일부러 그러는 건 아니다. 죽음을 일상처럼 여길 뿐이다. 죽음을 엄숙하게 맞이하는 건 오히려 네 엄마의 죽음을 확인하는 셈이 된다. 그건 네 엄마와 정을 떼자는 짓이나 다름없어."

정우는 아버지의 말을 무시한 채 방문을 거칠게 열고 밖으로 나간다. 마당에는 어둠이 짙게 깔려 있다. 정원등에 비친 단풍잎이 이따금 바람에 흔들릴 뿐 근조등마저 달지 않은 상가는 은미의 경경하던 자리보존 만큼이나 고요하다. 그녀는 병석에 누워 있을 때도 신음 소리 한 번 내지 않고 몸을 깨끗이 보존해 왔다.

현관 밖에 서서 정원을 바라보던 정우는 계단을 내려가 잔디밭을 거닌다. 마당가에 에둘러진 소나무 사이로 충무로 쪽 시가지의 불빛이 어른거린다. 정우는 소나무에 기대서서 감정을 가라앉힌 뒤에야 거실로 돌아온다. 염습은 이미 끝나고 입관 절차만 남은 상태다.

관 뚜껑을 열어 놓고 상주의 눈치를 살피던 염꾼은 정우가 방으로 들어오자 입관을 서두른다. 입관은 이십여 분 만에 간단히 끝난다. 망자의 옷가지와 솜으로 관 구석과 틈새를 메꾸어 시신을 고정시킨 다음 뚜껑을 덮고 영정을 씌우니 그만이다.

염꾼은 관을 아랫목에 모셔 놓고 병풍을 친다. 그리고 망자의 저승길 노잣돈 명목으로 받은 돈을 자기 호주머니에 챙겨넣고 돌아간다.

밤이 이슥해지자 거실은 시계 소리가 들릴 만큼 고요하다. 은미와 정우와 가정부를 합쳐 네 식구가 살던 집에 지금 한 식구가 늘었다지만 화경은 정우 방에 숨어 있어 거실의 분위기는 그전과 달라진 게 없다. 여느 밤처럼 가정부와 정우는 소파에 앉아 있고, 굳이 달라진 게 있다면 텔레비전이 까맣게 꺼져 있고, 안방 문이 열려 있고, 그 열린 문을 통해 향내가 스며 나오고 있다는 것뿐이다.

생존시에도 안방에만 눌러앉아 있던 은미는 죽어서도 그처럼 일상을 크게 바꾸지 못하고 있다. 그런데 막상 표를 내지 말아야 할 성재의 행동이 눈길을 끈다. 그는 화장실 출입 말고는 한시도 관 곁을 떠나지 않았으며 가끔 병풍을 열고 관을 쓰다듬는다. 그러다가 아예 병풍을 거둬버리고 아내의 관 옆에 붙어앉아 술을 마신다.

"씻으렴."

성재가 술잔을 든 채 정우를 바라본다. 짓눌린 분위기에 가장 적절한 목소리다. 그나저나 여느 때처럼 샤워할 참였어요. 정우는 입속으로만 중얼거리며 방문을 노크한다. 금세 문이 열리고, 검은 상복을 흰 드레스로 갈아입은 화경이 멈칫거리는 정우의 팔을 끌어들인다. 정우는 고개를 숙인 채 서랍장 쪽으로 걸어가 서랍에서 내복을 꺼내들고

도로 방을 나가려 한다. 그때 화경이 다정한 목소리로 정우의 발길을
세운다.

"담배 있어?"

정우는 담배를 꺼내 그녀 앞에 놓는다. 그녀는 담배를 빼내 입술에
물고 정우의 팔을 끌어 자기 옆에 앉힌다. 그리고 정우가 라이터 불
을 대주자 연기를 한 모금 빨고 나서 고맙다는 뜻으로 미소를 지어
보인다.

"밉지?"

"……."

"밉지?"

"아뇨."

진심이다. 이번에는 정우가 묻는다.

"삼십 년이 넘었죠?"

"학창 시절까지 합치면 사십 년이지."

잠시 대화가 끊긴다. 어색해진 정우가 자리를 뜨려 하자 그녀가 얼
른 입을 연다.

"부고 안 하길 참 잘했어. 똑똑하더군. 죽음이 뭐 대단하다구."

"왜 상복을 입고 오셨죠?"

"패션야. 오랜만에 입어 본 건데 긴장되더군. 상복은 그만큼 아름다
운 옷이지. 그렇다고 아무 때나 입을 순 없잖아?"

"창피스러워 부고를 안 했던 거예요."

"이유 대지 마. 그게 아녀도 부고를 안 할 사람야. 정우도 아버지와

똑같거든. 아버지처럼 형식을 싫어하는 성미라구. 그래서 어머니의 장례를 조용히 치르고 싶었던 거야. 한번뿐인 어머니의 죽음을 자기 혼자 지니고 싶어서……."

정우는 처음 화경의 얼굴을 똑바로 바라본다. 자기 속을 예민하게 짚어 보는 그녀의 눈을 보고 싶었다. 일순 그녀의 얼굴에 그늘이 스친다.

"아무리 내가 보기 싫어도 후암동집에 한번은 와 봤어야잖아? 더구나 필동집하고는 고개 하나 사인데 너무했잖아?"

"죄송합니다."

"괘념 마. 이해하고 있어. 정우는 내가 기분 나쁠 거야."

"연예활동을 왜 일찍 그만두셨죠?"

정우는 말을 돌린다.

"배우로선 늙은 거지."

"사십대 초반에 그만두셨잖아요?"

"팬들에게 영원히 젊은 모습을 남겨주고 싶었어. 어느 연기인이나 그러고 싶겠지만 나는 유난히 심한 편야."

"무르익은 완숙미를 보일 때가 아닐까요?"

"모르는 소리야. 완숙은 화장한 것처럼 덧칠에 불과해. 연기의 본질은 생동감이야. 늙은이 연기를 늙은이가 잘할 것 같지만 그게 아니라구. 물론 작품 중에는 내 나이에 맞는 주인공이 수두룩하지. 하지만 나는 늙은 모습을 보여주고 싶지 않았어. 그리고 솔직히 말해서 상식을 깨며 살고 싶었어. 나 자신을 편안히 풀어주고 싶었거든. 은퇴하면 스캔들도 만들지 않을 테니까 술도 맘놓고 마실 수 있었을 테고. 타인의 시선을 의식 않고 사는 맛이 얼마나 달콤한지 정우는 모를 거야."

"술은 간 땜에 참으셔야죠."

"그깟 상관없어. 몇 년 덜 살면 되지 뭐."

"언젠가 드리고 싶었던 질문인데요……."

"말해 봐."

"그동안 왜 결혼을 안 하신 거죠?"

"꼭 알고 싶어?"

"예."

"정우는 남편을 위해 자기 몸을 불사른 아내가 있었다면 재혼하겠어?"

"감독님 말씀이시군요. 하지만 그분의 분신이 진 선생님을……."

"나를 타락시켰다는 말인가?"

"그게 아니라 평생 고통 속에 사시도록……."

"내가 가여워 보여? 정우는 아버지처럼 인정이 많군. 하지만 나는 그 고통을 통해 삶의 깊이를 잴 수 있었어. 진정한 행복을 맛본 거지."

화경은 미소를 날린다. 정우는 자리에서 일어나 문 쪽으로 걸어간다. 그때 화경이 명희의 미모를 칭찬하는 말로 정우의 발길을 세운다.

"지난여름 엄마 문병을 왔다가 우연히 명희를 만난 적이 있어. 너무 참신한 아가씨야. 명희가 보고 싶군."

"앞으로 명희를 예뻐해 주세요. 그럼 편히 주무세요. 아까 검은 상복

입은 걸 패션이라고 하신 말씀 참 신선했어요."

정우는 모처럼 미소를 짓는다. 상복을 패션이라고 한, 화경의 말에 정말 세상이 밝아 보인다.

"웃는 모습 처음 보네."

화경이 손을 내민다. 정우는 그녀의 손을 두 손으로 잡아주고 조용히 방문을 열고 거실로 나간다.

그날 밤 잠자리는 모두 방 하나씩 차지하게 되었다. 성재는 아내의 관이 안치된 안방에서, 화경은 이층 정우 방에서, 가정부는 이층 자기 방에서, 정우는 아래층 건넌방에서 자기로 했다. 그래도 손님방 하나가 남는다.

"그 방을 차지할 사람이 나타날지 모른다."

이튿날 아침 성재가 정우에게 한 말이다.

그런데 그날 점심 무렵에 성재가 말한 문상객은 아니지만, 명희와 그녀 부모가 찾아왔다. 문상객치고는 모두 밝은 표정이다. 명희는 부모와 나란히 영전에 예를 올리고 나서 부엌으로 들어가 가정부의 일을 도와준다.

"벌써 이집 며느리 행세를 하는군요."

성재의 안내로 거실 소파에 앉은 원장이 자기 딸의 거동을 눈여겨보며 말한다. 남편보다 더 결혼 반대에 적극적이던 명희 어머니는 어색한 기색을 감추려고 연방 미소를 짓는다. 그들 부부는 은미가 죽기 두 달 전쯤에 문병온 자리에서 사죄의 뜻으로 서둘러 결혼식을 올리자고 제의했지만 은미가 점잖게 거절했던 것이다.

은미는 자기의 병든 모습을 결혼식장에 비치기 싫다는 핑계를 댔지만 사실은 여러 사람 앞에 나타나는 것이 싫었거니와 정우를 자기 한 사람만의 자식으로 못 박고 싶지 않았다.

"내가 죽거든 네가 정우엄마 노릇을 해 줘."

은미는 노골적으로 화경에게 그런 말을 한 적이 있다. 그러니 결혼식장에서 자기 혼자 어머니 자리에 앉아 있기가 화경에게 민망했던 것이다. 그녀는 자기가 죽은 뒤에 예식을 올리면 화경을 자기 자리에 앉힐 수 있으리라 생각했고 그 뜻을 정우에게 내비치기까지 했다.

"내가 죽거든 진 선생을 내 자리에 모시고 나 이상으로 받들도록 해라. 그분은 네 존경을 받고도 남을 분이시다. 그분과 나는 체질이 닮았니라."

명희가 거실로 술상을 차려오자 정우가 어른들 잔에 술을 따른다. 성재는 명희 아버지와 어머니에게 차례로 건배하고 나서 먼저 말을 꺼낸다.

"장례식은 식구들끼리 조촐하게 치를 예정이며, 그래서 아무 데도 부고를 내지 않았습니다. 심지어 사촌들에게까지 숨겼죠."

아버지의 그런 변명에 정우가 더 자세히 토를 단다.

"어머님 뜻에 따른 겁니다. 돌아가시기 직전 어머니께서는 제게 당부하셨습니다. 창녀가 죽은 자리에 문상객 오는 것 봤느냐, 그러니 집 식구 말고는 형제한테도 연락하지 마라, 그러셨죠. 어머니께서는 자신을 늘 창녀의 위치에 놓아두셨습니다. 제게 이런 말씀을 하신 적도 있죠. 빨갛고 노란 꽃잎에서 아름다운 색깔을 씻어내면 그 표피 속에 숨어 있을 구겨진 것, 찌그러진 것, 냄새나는 것들, 일테면 고통, 절망, 패배 등 그 좌절된 욕망을 보고 싶다고요……."

정우는 목이 메어 말을 잇지 못한다. 정우 옆에 앉아 있던 명희가 눈물을 훔치며 부엌으로 달려가 냉수를 떠온다. 정우는 찬물로 목을 축이고 나서야 겨우 말을 잇는다.

"어머니께서는 제게 이런 말씀도 하셨습니다. 나는 사람을 낳은 게 아니라 괴물을 낳았느니라. 그러니 너는 사람이 되기 위해 네 뿔을 자르고 털을 깎고 꼬리를 잘라야 한다. 그 고통이 어떠한지는 너만이 느낄 것이다, 그러셨죠. 어머니께서는 제가 당신의 말씀을 이해하는 자식이 되기를 바라셨습니다만 저는 아직 모자라기 짝이 없습니다. 하지만 아버님의 자상하신 가르침이 계시기에 언제고 그 말씀을 깨우치게 될 것입니다."

정우의 말에는 명희네 부모에게 자기 말을 똑똑히 들어 보라는 투의 오기가 배어 있다. 단지 출생에 하자가 있다 하여 자기 딸과의 결혼식을 반대했던 그들의 옹졸함에 침을 놓고 싶었다.

실내는 조용하다. 숨소리도 들리지 않는다. 한참동안 말없이 서 있던 정우는 어른들을 향해 고개를 정중히 숙이고 나서 이층으로 올라간다. 그는 명희가 뒤따라오기를 기다렸다가 그녀의 손을 잡고 자기 방으로 들어간다. 정우 방에서 혼자 의자에 앉아 담배를 피우고 있던 화경은 인사하는 명희의 손을 잡으며 반색한다.

"나가기가 쑥스러워 그냥 방에 있었어."

화경은 잡은 손을 놓지 않고 명희에게 보고 싶었다는 말을 되뇌인다. 명희 역시 진 선생님을 뵙고 싶었어요, 하며 화경의 어깨에 머리를 기대고 귀염을 떤다.

"이제부턴 어머님이라고 불러."

정우가 정색을 하며 명희를 바라본다. 명희가 당황하는 기색을 보이자 정우가 이번에는 화경을 바라보며 그동안의 불효를 용서하세요, 하고 예의를 차린다. 화경은 지그시 눈을 감았다가 뜬 다음 정우의 손을 잡아준다.

"그래. 정우를 아들로 삼을게. 하지만 나한테 어머니라고 부르진 마. 정말이지 나는 어머니 되는 게 싫어. 될 자격도 없지만 그런 짐을 지고 싶잖거든. 나는 결혼할 때도 애를 낳지 않기로 남편 될 사람과 미리 약조했었어."

"창녀도 애는 낳고 싶어할 텐데요?"

"그래? 그럼 나는 창녀 될 자격도 없구먼. 그런데 왜 하필 창녀란 말을 꺼낸 거지?"

화경이 빙그레 웃는다.

"어머니가 종종 말씀하셨어요. 창녀란 말은 애초에 진 선생님이 하신 말씀이라고요."

화경은 자식에게까지 자기의 마음을 심어준 은미의 우정이 고맙기만 하다.

하루가 지났지만 집안은 여전히 조용하다. 낮에 장의사에서 잠깐 다녀갔을 뿐, 초상집 티가 나지 않도록 당부한 덕인지 이웃집에서도 눈치를 못 채고 있다. 시골 친척과 친구들에게서 가끔 은미의 병환을 걱정하는 전화가 걸려와도 성재는 무고하다는 말로 얼버무린다. 다만 사촌형의 전화가 끈질거서 처리하기에 힘들었다. 사촌은 자기가 보내준 인진쑥의 효험이 궁금한 모양인지 벌써 세 번째 소식을 묻는다. 직접 쑥을 뜯어 말려서 한약재를 넣어 조제한 환약이니 큰소리를 칠만도 하다.

"하루 세 번 꼬박꼬박 챙겨 드시쟈? 병원에서 포기한 간암 환자도 살려낸 영약여."

성재는 사촌의 전화를 건성으로 받고 수화기를 내려놓는다. 죽은 사람을 잘 계시다고 꾸며대기가 어색했다. 그처럼 까다로운 안부전화 말고는 온종일 신경 쓸 일이 없었다. 내일 운구할 인부와 산역을 맡을 인부도 이미 장의사를 통해 구해 놓은 상태다. 성재는 장의사 직원들에게도 몇 마디의 부연설명을 잊지 않는다.

"우리 집에서는 초상이 날 때 문상객이 오면 집안의 복이 달아난다는 미신을 믿고 있습니다. 그러니 소문을 내면 횡액을 자초하는 꼴이 되죠."

성재는 이튿날에도 인부들에게 묘한 장례 절차를 설명한다.

"망자는 아침 이슬을 밟으며 저승길을 걸어야 극락정토에 이를 수 있어요. 장지에서도 일체의 관습을 무시한 채 산역을 치러야 망자가 노독에 걸리지 않아요."

인부들을 홀린 성재는 그들에게 두툼한 돈봉투를 나눠준다. 가족끼리 조용히 아내를 보내고 싶어 그렇게 꾸며댄 것이다. 성재는 명희네 부모의 장례 참석도 간곡히 사절했다.

그런데 꼭 참석해야 될 사람 하나가 발인 시간이 다 되도록 나타나지 않아 성재는 안절부절 못한다. 혹시 전달이 미흡했지 않나 싶어 화경에게 물어보지만 그녀 역시 조바심만 낼 뿐이다.

애초에 화경은 차윤수의 참석을 완강히 거절했다. 은미가 숨을 거두자 성재는 맨 먼저 차윤수에게 부음을 전하고 싶어 화경에게 사정했고, 그녀는 은미와의 약속을 지키려고 반대했던 것이다. 물론 성재의 태도가 옳았고 차윤수 역시 은미의 영구차 뒤를 따르고 싶었겠지만 그건 정우를 위해서도 들어줄 수 없었다.

그래도 성재의 고집은 꺾을 수 없었다. 정우의 마음에 상처를 입히는 한이 있더라도 차윤수를 참석시켜야 된다고 고집을 부렸다. 화경은 할 수 없이 몇 가지 조건을 달아 성재의 부탁을 받아들이기로 했다. 첫째는 차윤수와 되도록 대화를 피할 것과, 둘째는 하관이 끝나는 대로 보내줄 것과, 셋째로 차윤수와의 관계를 정우가 납득하도록 설정하라는 조건이었다. 한마디로 차윤수와 정우가 두 번 다시 만날 수 없는 장치를 보장하라는 내용이었다. 눈감고 아웅하는 격이지만 성재에게 심리적 부담을 주는 효과가 있을 터였다.

화경이 차윤수에게 은미의 부음을 전한 것은 장례식 전날이었다. 그런데 전화를 받는 차윤수의 목소리는 덤덤했다. 먼 훗날에 혼자 산소를 찾아가겠노라고까지 했다. 화경은 차윤수를 설득하는 데에 애를 먹어야 했다. 심지어 사위스런 말까지 꺼내어 그의 마음을 움직일 정도였다.

"집사님의 결심을 존중합니다. 하지만 죽음과 묻힘은 다른 법이니 저승길을 떠나기 전에 만나주는 것이 도리가 아닐까요?"

그래서 차윤수는 참석을 허락했고 화경은 그의 곁에 바짝 따라붙어 성재와의 접촉을 막을 참이었다.

장의차 출발 시간이 삼십여 분쯤 지나서야 차윤수가 나타난다. 나중에 안 사실이지만 그는 지난밤 여관에 묵었으면서도 참석할지를 곰곰이 생각하다가 늦게야 도착했던 것이다.

"인사드려라. 나하고 절친한 군대친군데 이분한테만은 꼭 알리고 싶었다. 지금 부산에 살고 계시다."

성재가 차윤수를 소개하자 정우는 상주로서 정중히 예를 차린다. 차윤수는 캐딜락에 안치된 은미의 관을 쓰다듬고 나서 성재가 내미는 손을 잡아준다. 차윤수? 정우로서는 처음 들어 보는 이름이다. 군대친구란 말도 생경하다. 정우는 그동안 아버지한테서 군대친구니 고향친구니 하는 말을 들어 본 적이 없다. 고향사람도 가까운 친척 말고는 한 사람도 만나 본 적이 없다. 그런데 군대친구라니? 더구나 사촌형제에게도 마다한 부음을 몰래 전해 줄 정도라면 벌써 낯익었을 사람이다.

정우가 볼 때 차윤수는 아버지와는 다른 점이 많아 보인다. 평온한 분위기는 아버지와 다를 바 없지만, 아버지의 평온이 철없는 순박함이라면 차윤수의 평온 속에는 연민이 엿보인다. 파괴 욕망을 허허바다 속에 묻어버리려는 잔인한 인고의 연민. 정우는 저절로 차윤수와의 눈길이 피해진다. 장지에서도 차윤수가 몇마디 말을 걸어왔지만 정우는 겨우 대꾸해 주는 데만 급급하다.

"잘 생겼군. 자네 아버지한테서 효자란 말을 들었네. 아버지를 더욱 잘 모시게. 자네 아버지는 존경받을 분이시네."

삼우제를 올리는 날이다. 날씨가 맑다. 아침 일찍 집에서 제사를 지내고 산소에서 쓸 제물을 챙길 무렵에 화경과 명희가 도착한다. 제물을 실은 정우의 승용차에는 명희가 타고 성재의 승용차에는 화경과 아줌마가 탔다.

차는 햇살을 가르며 88도로를 타고 팔당대교 쪽으로 달린다. 다리를 건너 양수리를 지나 서종 쪽으로 달릴 참이다. 마침 주말인 데다 단풍철이어서 아침부터 차가 밀렸지만 팔당대교를 지나니 소통이 빨라진다.

팔당호 수면이 나타나자 성재는 은미와 별장지를 찾아다니던 추억이 떠오른다. 그 집터가 이제는 은미의 묘 터가 된 셈이다. 산자수명한 곳에 묻힌 은미, 그곳에 함께 묻히리라 생각하니 성재는 숫제 마음이 달뜨기도 한다.

산은 온통 꽃밭이다. 산기슭에 차가 멈추자 제물 바구니를 챙겨든 정우가 명희와 가정부와 함께 먼저 앞장서고 그 뒤를 성재와 화경이 따른다. 성재는 이제 은미의 무덤을 찾는 일을 낙으로 삼을 작정이다. 마음 같아서는 하루도 거르지 않고 찾아오고 싶다.

봉분이 보이자 성재는 어서 달려가 그 잔디 위에 벌렁 눕고 싶어진

다. 무덤이 그처럼 오붓한 휴식처인 줄은 미처 몰랐다. 마음이 달뜬 그
는 비석을 세우고 상석도 꾸미리라 마음먹는다. 비석에 은미의 이름과
자기 이름을 나란히 새길 생각을 하니 온 천지가 파도처럼 출렁이는
것만 같다.

"웬 꽃이죠?"

묘역에 먼저 도착한 정우가 소리친다. 봉분 바로 앞에 놓인 하얀 국
화바구니가 눈에 띈다. 싱싱한 생화인 걸로 보아 오래된 꽃바구니가
아니다. 그럼 오늘 아침 일찍 갖다 놓았을 텐데 누구의 짓인지 그게 궁
금하다. 이모조모로 생각해 본 성재는 화경에게 시선을 준다. 일행 중
에서 꽃바구니를 보고도 얼굴 표정이 한결같은 사람은 화경뿐이다. 그
변색 없는 표정이 그 의문을 풀어줄 것 같다는 예감이 든다. 차윤수뿐
이다.

성재는 꽃바구니를 그냥 둔 채 제물을 차리라고 지시한다. 정우가
돗자리를 깔고 그 위에 명희와 아줌마가 제물을 차린다. 제사 준비가
끝나자 격식을 무시하고 다섯 명이 한 줄로 서서 차례로 술을 올린다.
제사는 성재가 마지막으로 잔에 술을 채워 봉분 앞에 붓는 형식으로
끝내고 묘 앞에 빙 둘러앉아 퇴주를 음복한다. 모두 한 모금씩 마시고
나자 명희는 가정부와 함께 숲속으로 들어가고 정우는 북한강이 바라
보이는 언덕으로 올라간다. 묘역에는 성재와 화경만이 남는다. 화경
은 그제야 꽃바구니에 대한 의문을 시원히 풀어준다.

"윤수 씨가 다녀갔을 거야. 아마 오늘 오후 차로 내려갈걸. 기왕
올라온 김에 사흘 정도 서울에 머물면서 은미 무덤에 꽃을 놓겠다고

했어."

"고맙군."

"정말 고마워? 자기 아내한테 죽자사자하는 자한테 고맙다구? 도대체 너는 어떻게 생겨먹은 인간이니?"

"윤수 씨는 사랑할 줄도 알고 예의도 아는 사람이야. 그런 사람한테 질투심이 느껴지겠어. 오랜 세월 전화 한 통 없던 게 섭섭했지만 만나봤던들 어쩌랴 싶어."

"가만히 생각하면 그자가 무서울 때가 있어. 너희들 세 사람을 놓고 볼 때 결국 승리한 쪽은 그자인 것 같애. 은미에게 괴물로 보이고 싶어 혼자 가슴만 태워온 긴긴 세월을 생각하면 그자가 예사롭잖아 보여."

성재는 피식 웃고 나서 거듭 술잔을 비운다. 포도주 한 병을 금방 거덜낸다. 성재는 진탕 취하고도 싶고 주정을 부리고도 싶어진다. 자기를 혼자 놔두고 모두 가버리면 그냥 무덤에 쓰러져 잠들고 싶다.

포도주 한 병을 더 비우고 난 성재는 마지막 잔을 봉분 앞에 붓는다. 그때 한 무리의 저어새 떼가 파란 하늘을 가르며 날아간다.

언덕에 혼자 앉아 있던 정우는 봉분 앞에 누운 아버지의 모습을 지켜보다가 혼자 풀잎을 매만지고 있는 화경에게 시선을 돌린다. 하얀 드레스에 하얀 모자를 쓴 화경의 모습이 석양을 받아 눈부시다. 정우는 흙 속에 묻힌 어머니의 모습도 저러리라는 생각이 들자 화경에게서 새삼 모정이 느껴진다.

이놈! 진 선생을 에미처럼 받들지 않으려면 나도 에미로 여기지 마라 이놈!

정우는 어머니의 말이 떠오르자 금방 눈물이 솟는다. 눈물을 훔친 정우는 자리에서 일어나 산소 쪽으로 걸어간다. 그러자 명희와 아줌마도 산소로 바삐 걸어가 짐을 챙기기 시작한다. 성재는 어느새 잠이 들어 있다. 화경이 성재를 깨우지만 그는 연신 코만 곤다. 술 약한 체질이 마음 놓고 마신 탓이다. 정우가 등에 업고 산기슭을 내려가 승용차에 태울 때까지 깨어나기는커녕 점점 더 깊은 잠에 빠져든다.

한밤중에야 눈을 뜬 성재는 방 안을 두리번거린다. 안방이 썰렁하다. 방을 나간다. 거실에는 정우 혼자 소파에 앉아 있다. 텔레비전도 켜지 않은 채 생각에 잠겨 있다.

명희와 화경은 집에 돌아가고 가정부는 자기 방에서 잔다고 한다. 성재는 정우와 조용한 시간을 갖게 된 것이 다행이라는 생각이 든다. 진작부터 정우와 살림 이야기를 나누고 싶었는데 그럴 기회가 없었다. 하지만 막상 마주 앉고 보니 무슨 말을 먼저 해야 할지 몰라 망설이다가 거부감이 안 드는 말부터 꺼내기 시작한다.

"너도 이제 살림 생각할 나이가 되었구나. 앞으로 궁색하게는 살지 마라. 헛돈 쓰는 것도 못난 짓이지만 쓸 돈을 두고 궁상떠는 것도 흉하니라. 네 할아버지가 하신 말씀이다. 나는 아버님께 큰 죄를 지고 산다. 많은 유산을 물려받고도 그걸 키우지 못했으니 불효가 막심하구나. 회사도 앞으로는 네가 운영을 맡아야 할 거다. 숙부님도 너무 늙으셔서 간수하기 힘드시다. 부동산과 네 엄마가 지녔던 유가증권은 당분간 내가 맡으마. 꼭 쓸데가 있니라.”

“저도 말씀드릴 게 있어요. 앞으론 저한테서 자유로우세요. 늘 저한 테 매여 사셨잖아요. 회사는 맡지 않겠어요. 아버지가 맡으셔야 돼요. 제가 운영하기엔 아직 일러요.”

“좋든 싫든 네가 맡을 수밖에 없다. 나는 아무 일도 할 수 없어. 하기 싫은 거야. 풀잎 향기 자욱한 숲속에서 혼자 발가벗고 살다 죽는 게 소 원이다. 그 숲이 나와 함께 소멸되면 더 좋고.”

정우는 잠자코 앉아 있다가 다시 말문을 연다.

“또 드릴 말씀이 있어요. 이번에 진 선생님을 아주 우리 집에 모시도 록 해요. 저도 잘 받들게요.”

성재는 정우의 뜬금없는 말이 고마우면서도 한편 안타깝다. 한집에 서 지내고는 싶어도 화경이 들어줄 리 없거니와 성재 역시 정식으로 부부연을 맺는 것이 죽은 은미한테 죄를 짓는 것만 같다.

“말은 고맙다만 진 선생은 곧 호주로 이민 갈 예정이다. 네 어머니가 돌아가시자 모든 것이 한꺼번에 무너지고 만 거야. 아마 너는 이해하 기 힘들지 몰라도 네 엄마와 진 선생의 우정은 나와의 관계보다 더 깊 었니라. 그러니 네 엄마가 없는 지금 진 선생이 우리 집에 들어와 살 리가 없다. 이민을 떠나는 것도 나와 멀어지고 싶어서 그럴 거다.”

“그럼 모시는 일은 나중 일로 미루더라도, 당장 진 선생님께 노후대 책을 세워드려야겠어요.”

성재의 눈이 환하게 열린다. 그는 자식의 말이 기특하다. 사실은 방 금 전 자기가 쓸 곳이 있다고 말한 재산은 화경을 염두에 두고 한 말이다. 성재는 아들의 손을 잡으며 고개를 끄덕거린다. 그분한테 뭘 아끼겠느냐. 성재의 고갯짓에는 그런 마음이 담겨 있다.

성재는 집안 이야기는 그 정도로 마치고 나중에 다시 의논하자며 자리에서 일어난다. 정우도 소파에서 일어나 이층 계단 쪽으로 걸어간다. 그때 성재가 다시 정우를 불러 세운다.

"정우야."

"네."

"너 말야……."

성재의 목소리가 금방 어눌해진다.

"너 말야, 내 군대친구 인상이 어떻든?"

"좋으시던데요."

"그렇게 막연히 말하지 말고."

"부지런하시고. 장례식날에도 잠시 동안이지만 힘들고 궂은일을 도맡았잖아요."

"혹, 너한테 하신 말 없던?"

"별말씀 없으셨어요."

"색다른 말 말고…… 무슨 시시한 말이라도."

"떠나실 때 제 손을 잡고 이런 말을 하셨죠. 군대생활 하실 때 아버지한테서 많은 걸 배웠다고요. 제가 궁금해서 뭘 배웠냐고 물었더니 이러셨어요. 자네 아버지는 늘 이상한 말씀을 하셨어. 아주 쉬운 말인데도 상식적으로는 도저히 납득할 수 없는 말이었지."

"거짓말이다. 나는 그런 말 한 적 없다."

"그런 말이라뇨?"
정우는 아버지의 얼굴을 똑바로 바라본다.
"아무것도 아니다. 그럼 어서 자렴."
성재는 서둘러 자기 방으로 들어간다.

액자 속의 영혼

아침부터 잔뜩 찌뿌린 날씨가 점점 개기 시작하더니 점심때가 지나자 햇살이 살아난다. 정원에는 아직도 눈이 쌓여 있다.

소파에 앉아 커피를 마시던 화경은 이륙이 가능하다는 확인을 받고서야 여행 준비를 서두른다. 호주로 떠나기에 앞서 차윤수를 만나 볼 참이다. 성재와의 관계를 정리한 마당이니 이제 차윤수 문제만 미완으로 남은 셈이다.

간단히 여행짐을 챙긴 화경은 승용차를 몰고 김포공항 쪽으로 달린다. 차는 공항 주차장에 세워둘 작정이다. 전화는 미리 걸어뒀으니 차윤수는 기다리고 있을 것이다.

부산행 여객기는 해질녘이 가까워서야 김해공항에 착륙했다. 화경은 택시를 불러 타고 동래 쪽으로 달린다. 차윤수가 거주하는 상가 건물은 중앙통을 벗어난 이면도로에 있었다. 화경이 은미가 준 돈으로 장만한 건물이다.

건물에 도착한 화경은 주택으로 꾸며진 삼층으로 올라가 부저를 누른다. 이내 문이 열리고 낯선 아낙이 얼굴을 내민다. 화경은 집을 잘못 찾은 게 아닌가 싶어 여기가 차윤수 씨 댁이 아니냐고 묻는다. 아낙은 자기네가 이 상가를 샀으며 먼저 주인은 며칠 전에 언덕 너머 한가한 뒷동네로 이사했다고 알려준다. 뒷동네라면 슬레이트집들이 즐비한 후진 부락일 텐데, 순간 화경은 배신감이 느껴진다.

한번 배워먹은 도둑질이라더니…….

상가를 팔아 벌써 노름으로 날리고 지저분한 집에 세 얻어간 게 틀림없다.

화경은 아낙이 일러준 대로 골목길을 걸어올라가 가게에서 물어보니 금방 집을 찾을 수 있었다. 집터는 구석지지만 너른 채전을 낀 큼지막한 슬레이트집이다. 마당에서는 네댓 명의 애들이 햇볕을 쐬며 놀고 있다. 아마 저 집에서 방 한 칸을 얻어 살고 있겠지, 그런 생각을 하며 화경은 쪽대문을 두드린다. 애들이 달려와 문을 열어준다. 그때 뒤란 쪽에서 점퍼 차림에 얼굴이 까칠해진 차윤수가 걸어나온다. 교회 사찰 집사로 지낼 때와는 영판 다른 초라한 모습이다. 그는 화경을 보자 깜짝 놀라며 달려나온다. 얼굴에는 웃음이 그들먹하다. 그는 집안으로 안내하면서 이사한 내력부터 설명한다.

"크고 깨끗한 집을 혼자 쓰자니 맘이 편찮아서 평수 너른 집으로 바꿨죠. 여기서 애들이나 돌보고 채전을 일궈 볼까 해서요."

그제야 화경은 자기의 오해가 부끄러웠다.

“그럼 저 애들은…….”

“오갈 데 없는 애들이죠.”

“감당하시기 힘들 텐데요?”

“먹는 건 제가 버는 것으로도 그냥저냥 지탱할 수 있습니다. 상가에서 나오는 셋돈도 요긴하지만 애들이 뛰놀 수 있는 너른 공터가 필요했지요. 숫자가 더 늘면 먹고사는 문제가 걱정이겠지만요.”

“큰일을 맡으셨군요.”

“진 선생님 덕에 더 큰 보람을 찾은 셈이죠.”

차윤수는 환하게 웃는다. 화경으로서는 처음 보는 웃음새다. 집안은 말끔히 정돈된 상태다. 거실처럼 생긴 마루에는 벽을 따라 네댓 개의 낡은 책상이 줄지어 놓여 있고 책상마다에는 초등학생용인 듯한 교과서와 노트가 대여섯 권씩 쌓여 있다. 너른 안방에는 애들 옷이 곱게 걸려 있는 걸로 보아 애들 방으로 쓰일 것 같고, 마루 끝에 붙은 작은 방 하나가 차윤수가 기거하는 방일 것 같다. 방바닥은 따뜻하다.

“그런데 웬일로 추운 날에 발걸음을 하셨는지…….”

“떠나기 전에 뵙고 가려고요. 다시는 뵐 기회가 없을 것 같아서…….”

“떠나시다뇨?”

“호주로 이민을 가게 되었습니다. 은미도 세상을 뜨고, 이제는 의지할 곳도 없고, 너른 땅에서 살아 보고도 싶고…….”

차윤수는 기도하듯 고개를 숙이고 두 손을 모은다. 두 손에 힘이 들어간 걸로 보아 마음을 다잡는 모양이다. 자기 힘으로 어찌할 수 없는 이별의 아쉬움이 역력하다.

차윤수의 움켜쥔 두 손을 바라보던 화경은 어색해진 시선을 윗목 벽에 걸린 작은 액자로 돌린다. 교회 관리실 방에서 보았던 여동생 사진이다.

"저 애가 늘 나를 웃는 얼굴로 지켜보고 있죠."

차윤수가 다시 밝은 표정을 짓자 화경은 저런 동생이 있으니 행복하겠다며 부러운 시선을 준다. 사진을 벽에 걸어 놓고 섬길 대상이 있다는 게 얼마나 행복한가. 오빠를 위해 몸을 팔다 죽은 누이동생이야말로 그 오빠로 볼 때는 가장 구체적인 신이다.

"얄미울 때가 많아요. 오빠를 한시도 놓아주지 않거든요. 나는 자유롭고 싶은데 저 애가 족쇄를 풀어주지 않으니까요. 저 애와 싸울 때도 많습니다. 욕을 퍼붓고 뺨이라도 치고 싶을 때도 있어요. 그래도 늘 저렇게 웃고만 있으니 그 미소가 저를 무장해제시키곤 하죠. 아무리 화를 내봤자, 아무리 뺨을 쳐봤자. 저 애 표정은 변하지 않거든요. 바위보다 더 단단한 웃음이죠. 꼭 예수님 같아요. 아무리 무릎 꿇고 기도해도 예수님은 멍청히 바라보고만 계시잖아요. 정말 답답하죠. 그래도 예수님은 사람을 주저앉히는 힘이 있으시죠. 이제는 무릎 꿇는 게 습관이 됐습니다만."

차윤수는 또 고개를 숙이고 두 손을 모은다. 화경이 그의 경직된 자세를 못마땅하다는 투로 꼬집자 차윤수는 허허한 웃음을 날린다.

"기도하는 자세만은 아닙니다. 제 버릇일 뿐이죠. 은미 씨를 잊기 위해 숱한 세월 그러다 보니 이젠 버릇이 돼버렸습니다."

차윤수는 또 한번 허허한 웃음을 날린다. 화경은 줄곧 그의 얼굴만 바라본다. 이목구비가 뚜렷한 그의 잘생긴 얼굴에서 그녀는 매혹보다 황량한 두려움 같은 게 느껴진다.

사막, 그렇다. 영화를 촬영하기 위해 가 보았던 사하라가 떠오른다. 모든 걸 무덤으로 덮어버리는 망망한 사막. 그곳은 모래와 바람과 뜨거운 햇볕만이 존재할 뿐 교활한 예의나 학습된 지식이 통하지 않는 세계였다. 화경은 차윤수의 얼굴에서 그 원시의 땅이 느껴진 것이다.

화경의 시선은 점점 그의 얼굴에 빨려 들어간다. 차윤수는 그녀의 뜨거운 시선을 감당하지 못하고 얼굴을 돌려 마당을 내다본다. 그제야 화경도 시선을 밖으로 돌린다.

아이들이 언 땅에서 뛰놀고 있다. 때 묻은 옷을 입고 흙밭에서 뛰노는 아이들의 해맑은 모습을 보는 순간 화경은 갑자기 성재의 성의를 거절한 것이 후회스러워진다. 그 돈을 받아서 이 집에 내놓았더라면 차윤수가 애들을 위해 요긴하게 쓸 텐데.

"대충 잡아도 삼십억은 넘을 거야. 내 우정이라 해도 좋고 은미의 우정이라 생각해도 좋으니 받아줘. 정우도 그러길 바래. 원래는 정우의 제안이었어. 착한 애지. 이제 마지막 헤어지는 마당이니 이 성의를 거절하면 외려 비례가 된다구."

그때 화경은 칼로 자르듯 거절하고 성재 곁을 떠났던 것이다.

퍼즈에서 보낸 편지

정우와 명희는 이듬해 봄에 결혼식을 올렸다. 은미가 죽고 반년이 지나서였다. 신랑측은 결혼식도 단출하게 가족끼리 모여 치르기를 소망했지만 신부측의 설득을 끝내 우길 수 없었다. 신부측은 은미의 장례식을 지켜본 탓인지 결혼식이 장례식과 다르다는 점을 강조했다. 장례식은 한 인생을 정리하는 장소여서 침묵이 요구되지만 결혼식은 여러 일가친척에게 새 식구의 편입을 알리는 일종의 축제이니 성대하게 치러져야 한다고 우겼다.

그날 성재는 하객으로 참석한 친구들로부터 은미의 장례식을 놓고 많은 욕을 먹었다.

"예의를 무시해도 유분수지 그럴 수가 있는가."

모두가 예의를 무시했다는 한결같은 질타였다. 한마디로 성재를 아웃사이더라고 나무랐다. 물론 개중에는 성재의 마음을 이해하는 측도 없지 않았다. 잘했네. 용기가 대단하이. 그중에서도 좀 유별난 친구는 성재의 어깨를 툭툭 치며 자네는 멋쟁이야, 라고 호들갑을 떨기도 했다.

그런데 성재를 이해하는 측은 한결같이 사회에서 국외자로 비친, 언필칭 모자라는 친구들이었다. 성재는 그 모자란 축에 낀 자신이 어느 때는 어이없고 어느 때는 자부심이 느껴지기도 한다.

내가 왜 그런 축에 끼게 되었을까? 내 체질일까 아니면 은미와 살다 보니 그리되었을까?

"만약……."

성재는 자기가 살아온 방식을 뒤집어 본다. 회사를 직접 맡아서 운영하고, 여기저기 자생 조직이나 정치 모임에 껴서 회장이나 위원장 따위의 감투를 쓰고, 만날 무슨 무슨 행사나 파티에 초대받아 바쁘게 설친다면 과연 그게 사는 맛일까. 하기야 한때는 그런 유혹에 끌린 적이 있긴 하다. 이틀이 멀다 하고 행사장에 나타나 언필칭 사회 유지란 사람들이나 정객들과 어울리다 보니 자기 뜻대로 사는 게 아니었다. 그는 화장실 가는 핑계를 대고 빠져나온 게 한두 번이 아니었다. 차라리 그렇게 사느니 깊은 산속에 들어가 나무와 풀이나 만지며 사는 게 훨씬 낫다 싶었다. 그러니 자식을 여의는 결혼식장이 조용한 축하 장소가 아니라 허세를 내세우는 곳이 되는 걸 원치 않을 수밖에. 하지만 사돈네의 주문을 무시할 수 없는 입장이었다.

암튼 결혼식은 성대하게 치러졌다. 정우는 화경이 예식장에서 부모 자리에 앉기를 바랐지만 이미 호주로 떠나고 없었다. 그녀는 은미가

죽은 뒤로 출국할 때까지 한번도 성재를 만나주지 않았다. 떠나는 날
에도 성재를 기피하는 바람에 정우와 명희만이 공항에 배웅을 나갔고
화경은 탑승 직전에야 성재에게 전화를 걸어주었다.

"섭섭히 생각하지 마. 우린 부부가 될 수 없잖니. 다른 차선책도
없구."

고작 그 말뿐이었다. 성재는 화경의 전화를 받자 이제야말로 영영
이별이구나, 생각하니 세상이 온통 메마른 풀잎처럼 누렇게 떠 보였
다. 무기력해진 그는 절벽에서 떨어진 환자처럼 온종일 방에 누워 몸
만 뒤척거리다가 잠이 들었다. 그리고 꿈을 꾸었다.

꿈속에서 성재는 아내의 무덤을 찾아가고 있었다. 무덤에는 바람이
불었다. 계곡 사이를 흘러온 강바람이었다. 성재는 슈퍼에서 사들고
간 캔맥주와 호두를 풀어놓고 술을 마셨다. 그때 분명 은미의 음성이
들려왔다.

죽어서까지도 당신을 보호해야겠구려. 암튼 지겨워요. 이제 보호자
를 바꿔 봐요. 나 말고 다른 무엇을 믿어 보란 말요…….

성재는 홧김에 캔맥주 세 개를 모두 따 마시고 봉분 위에서 아래로
몸을 데굴데굴 굴렸다. 하늘과 땅이 빙빙 돌았다. 어지러웠다. 그는 어
지러운 상태 그대로 아내의 무덤 속에 묻히고 싶었다.

북한강 건너 서산마루에 노을이 지고 있었다. 그는 잔디 위에 펴져
누웠다. 바람이 멎으면서 몸에 온기가 느껴졌다. 그는 아내가 침대 머
리맡에 나란히 놓아두던 쌍베개가 떠오르자 팔을 뻗어 봉분 기슭을 더
듬었다. 베개가 손에 잡혔다. 그는 마음이 놓였다.

"저녁 진지 드세요 아버님."

명희의 음성이 꿈속을 파고들지만 성재는 좀처럼 일어날 수가 없다. 몸이 말을 들어주지 않는다. 진지 드시고 주무세요. 명희가 재우치자 그제야 눈이 떠진다. 성재는 명희가 내민 손을 잡고 겨우 몸을 일으킨다. 명희가 환한 웃음을 지으며 어리광스런 말을 한다.

"꼭 애기 같으세요 아버님."

"왜?"

"어머니 베개를 끌어안고 주무셨거든요."

"네 엄마가 나를 떼놓으니까 그러지."

"이제 어머니 베개를 그만 치우시죠."

"시애비 놀리는 며느리도 있던?"

사실이다. 명희는 시아버지를 놀려주고 싶었다. 시어머니가 돌아가신 지 언제인데 아직도 쌍베개를 놓아두는 시아버지의 유아적 놀이가 재밌다.

명희는 혼자 입가에 연방 웃음을 매단다. 저세상으로 떠난 아내한테서 위로받고 싶어한 늙은 시아버지의 앳된 짓이 배를 움켜쥐게 하지만 감히 소리내어 웃을 수는 없다.

"아내란 존재가 젤 유용한 게 뭔지 아니?"

"모르겠는데요."

"남편이 모실 수 있는 신이 될 수 있다는 거다. 나는 네 엄마를 신으로 모시고 있기에 영생할 수 있단다."

"그래서 베개를 꼭 껴안으셨군요. 그런데 어머님은 어떻게 해서 아버님의 신이 되셨죠?"

"보면 모르니? 그래도 모르면 아무 때고 알게 될 거다."

"아버님, 저도 신이 될 수 있을까요?"

"물론 될 수야 있지. 하지만 너는 신이 돼선 안 된다. 정우가 나 같은 남편이 돼선 안 되니까."

"아버님이 어때서요?"

"너무 이기적이지. 스스로 아웃사이더가 되고 그걸 즐겼으니까. 그 바람에 신을 찾지 못하고 겨우 아내를 신으로 모신 거구. 정우는 나 같은 인간이 돼선 안 된다. 현실에 만족하고 현실에 단단히 뿌리를 내려야 한다. 그러니 너는 신이 아니라 사랑받는 귀여운 아내가 돼야 하고."

명희는 성재를 앞세워 주방으로 들어간다. 총각김치, 두부조림, 멸치조림, 김, 다시마튀김, 시금치무침 등이 차려진 식탁 복판에는 생태찌개 냄비가 놓여 있다. 아줌마 솜씨일 테니 시원하고 구수한 찌개 맛이 군침부터 돌게 한다. 그런데 수저로 입에 떠넣은 국물 맛은 짜고 맵다. 억지로 국물을 삼킨 성재는 민망스러워하는 며느리에게 한마디를 해 준다.

"너는 신이 되긴 다 글렀다. 어서 아줌마 솜씨를 익히도록 해라. 반찬 맛을 못내는 아내를 신처럼 모실 남편은 이 세상에 아무도 없느니라. 네 엄마는 음식솜씨 하나는 끝내줬어."

성재가 화경의 편지를 받은 것은 그녀가 한국을 떠나고 일 년이 지날 무렵이었다. 호주 퍼즈에서 보낸 편지였다. 짤막한 그 편지에는 화경의 어투가 그대로 배 있었다.

　……끝까지 너라고 부를 테니 이해해 줘. 마지막 편지여서 존칭을 쓰고 싶지만 쑥스러워 그냥 너라고 부를 거야. 헤어질 때 일부러 매정하게 대한 이유를 짐작하리라 믿어. 그럴 수밖에 없었어. 우리의 만남이 계속된다면 얼마나 추하겠니. 추한 걸 변명할 순 없잖아.
　나는 지금도 은미의 판단이 옳았다고 생각해. 만약 차윤수 씨를 숨기지 않았다면 너는 정우를 그와 만나게 했을 거라구. 그게 무슨 도리겠어. 차라리 그리움으로 남겨두는 게 낫지 뭘 어쩌겠냐구. 또 안 만났다 해도 너는 정우를 그에게 보여주지 못하는 걸 상처로 여길 거구. 생으로 혈연의 정을 끊고 있다는 자괴심이 너를 괴롭혔을 거라구. 결론부터 말하자면 차윤수 씨는 지금 다른 먼 곳에서 편안히 지내고 있어. 이 편지를 받을 때쯤 나는 이 세상에 없을 거야. 제비갈매기가 될 거라구. 제비갈매기처럼 코발트빛 바다에 몸을 던질 거라구. 그보다 더 깨끗한 마감은 없을 것 같애. 그럼 안녕.
　내 영원한 친구에게.
　퍼즈에서 진화경.

　편지를 쥔 성재의 손이 떨린다. 편지에서 제비갈매기가 훨훨 날아오를 것만 같다.

그분은 정말 신을 믿었습니까

성재는 벌써 육십대 중반에 접어들고 있다. 일주일이 멀다 하고 은미의 무덤을 찾던 그는 아예 무덤 근처에 집을 짓고 작년부터 서울을 떠나와 살고 있다.

성재의 뒷수발은 가정부 아줌마가 자청해서 따라와 맡고 있다. 아줌마는 나이가 성재보다 두 살 더 높지만 일이 몸에 밴 몸이라 그런지 거동이 훨씬 가볍다. 그녀는 은미가 죽은 뒤에도 굳이 성재네에서 지내겠다며 함께 살자는 시집간 외동딸의 권유를 뿌리쳤다. 은미가 생전에 정표로 장만해 준 사십 평짜리 아파트도 딸한테 줘버리고 말았다.

아줌마는 성재네에서 지낸 지 사십 년 가까이 지났으니 자기 집처럼 마음이 편하다. 정우에게도 자식처럼 대해 주었고 정우 역시 부모처럼 섬긴다. 요즘은 아줌마한테 힘든 일을 맡기지 않고 운동 삼아 시장 보기나 거들도록 했지만, 그래도 아줌마는 부엌일이며 집안 청소며 심지어 잔디밭 잡풀 뽑기까지 몸을 아끼지 않는다.

명희가 부엌일을 맡겠다고 해도 죽으면 썩을 몸이라며 막무가내다. 인간은 태어날 때부터 움직이라는 팔자여서 편하면 병난다는 게 아줌마의 생활신조다. 그녀는 죽을 때도 성재네에서 숨을 거두겠다고 한다. 정우가 저희 집에서 돌아가셔야죠, 하면 그렇구 말구, 자네가 묻어 줘야지, 그랬다.

회사 운영을 맡은 정우는 명희와 서울 집에 남아 살다가 아버지를 곁에서 모시겠다며 올봄에 양평 서종으로 이사했다. 거리만 멀 뿐이지 시간으로는 차가 막히는 서울 시내와 다를 게 없다. 회사 사무실도 강남 쪽이어서 출퇴근 시간도 필동집에서의 통근과 거의 맞먹는다.

명희 역시 무공해 채소를 기를 수 있고 애를 키우는 데도 시골 생활이 정서에 유익하다는 생각이 든다. 애들도 나무와 풀을 벗 삼아 자라면 심성이 고와질 것이다. 더구나 요즘은 정보통신이 도시와 시골을 한데 묶어 놓고 있어 지능 발달에 조금도 뒤질 게 없다. 더구나 서종 문호리는 서울이 가까운 수도권인 데다 상수원보호구역이어서 만년 청정지역이 아닌가.

"잔디가 제대로 쩔었군."

성재는 맨손으로 뜯은 쇠뜨기를 한 줌 쥔 채 아내의 봉분에 벌렁 눕는다. 아내의 무덤 옆에 집을 지어서 같은 울안에서 아내와 지내는 셈이다. 봉분 주위에 조경한 단풍과 목백합 그늘이 여름 햇살을 가려준다. 파란 하늘에 떠다니는 구름, 산새 소리, 산들거리는 바람, 가시처럼 찌르는 여름 햇살마저 은미의 살갗처럼 느껴진다. 북한강의 청정한 물내와 계곡을 뒤덮은 송림내는 아내의 몸에서 풍기던 향기 그윽한 살내가 아닌가. 줄장미의 빨간 꽃잎은 바로 아내의 입술인 셈이다.

성재는 이제 명줄마저 아내에게 맡겨 놓은 상태다. 아내를 깊이 생각할수록 더 깊이 늙어지는 생명, 그 짧은 명줄을 느슨하게도 팽팽하게도 졸라매는 수고는 아내의 몫이다. 아내가 그 줄을 끊어버리면 한 사람이 죽음을 맞이하여 잔디 속에 묻힐 것이다. 성재는 어서 아내의 무덤 속에 함께 묻히고 싶다. 명줄을 아내에게 맡기니 마음이 늘 평온하다.

성재는 자기 머리칼이 하얗게 쉰 것도 모르고 있다. 주름살이 깊어진 것도 모른다. 봄이 오면 꽃이 핀다는 것도, 가을이 오면 낙엽이 진다는 것도, 해와 달의 운행도, 낮의 밝음도 밤의 어둠도 잊은 채 오직 아내의 무덤에 돋아나는 잡풀만 뽑으며, 그 잔디 위에서 뒹구는 재미에 취해 살아간다.

오리 떼가 시야를 흔들며 날아간다. 저쪽 마당가 연못에서 잉어 새끼를 뒤지던 북한강 오리 떼가 틀림없다. 연못을 까맣게 뒤덮은 잉어 새끼가 요즘은 눈에 잘 띄지 않을 정도로 오리가 쓸고 다닌다. 처음에는 오리를 휘이휘이 쫓았지만 지금은 그 일도 까막 잊고 산다.

성재는 봉분에서 몸을 일으킨다. 그때 명희가 다가와 두 손으로 편지 한 통을 내민다. 명희는 마당 구석에 일궈 놓은 채전에서 상추를 솎아내다가 오토바이를 타고온 우체부한테서 편지를 받았던 것이다.

"아버님한테 온 편지예요."

　명희가 두 손으로 내민 편지를 받아 보니 발신인이 차윤수다. 성재는 얼른 봉투를 뜯는다. 부고다. 그런데 망자의 이름 또한 차윤수다. 어찌된 일인가? 망자 이름으로 부고를 보내다니. 성재는 차윤수의 부음에 마음이 착잡하면서도 의심을 떨쳐버릴 수 없다. 우선 양평 주소를 어떻게 알고 부고를 보냈는지가 궁금하다. 부고에는 보낸이의 전화번호도 적혀 있지 않아 내용을 확인할 수도 없다.

　"어디서 온 편지예요?"

　"부산에 사는 친구가 죽었구나. 내 군대친구 말이다."

　"어머니 장례식 때 오셨다는 그분인가요?"

　"그래그래. 그 친구 맞아. 주소를 보니까 동래에 사는 모양인데……."

　성재는 언젠가 차윤수를 만나기 위해 덕문교회를 찾아갔다가 헛걸음친 일이 떠오른다. 그를 만나 정우가 사려 깊은 청년이 되었다고 자랑하고 싶었는데, 행방불명이라는 소리를 듣고 화경이 따돌린 사실을 확인했던 것이다. 아직 더 살 나이인데, 나보다 더 오래 살 건강체였는데 벌써 죽다니…….

　"그런데 그분이 장례식 때 다녀간 걸 네가 어떻게 아니?"

　"아범한테 들었어요."

　정우한테 들었다면, 그럼 정우가 명희에게 평소 차윤수에 대한 말을 해 줬다는 얘긴데, 그처럼 관심을 가진 이유가 뭘까?

　"내일 일찍 서둘러야겠다."

　"몸이 불편하신데 웬만하면 조의금만 보내시죠."

명희가 시아버지의 건강을 염려한다. 날씨가 추워지면서 자주 기침을 해 오다가 사흘 전에는 몸살감기를 심하게 앓은 성재다.

저녁때 회사에서 퇴근한 정우도 조위금만 보내자고 우긴다.

"아직 쾌유한 몸이 아니시잖아요."

아버지의 건강을 생각하는 아들과 며느리의 효심이 고마우면서도 성재는 꼭 가 봐야 할 자리라고 설득한다.

"그럼 제가 대신 다녀올까요?"

"네 걱정은 고맙다만 꼭 가 봐야 할 친구다. 참 네가 같이 가면 더 좋고."

"그러죠 뭐. 아무래도 제가 모시고 다녀오는 게 마음이 놓이겠어요."

정우가 방을 나가자 성재는 벽에 걸려 있는 은미의 사진을 바라본다. 사진의 얼굴은 여전히 사십대의 모습을 지니고 있다. 그 얼굴이 어서 다녀오라고 말하는 것만 같다.

성재는 이튿날 날이 새기가 무섭게 여행 준비를 서두른다. 부의금도 넉넉히 챙긴다. 어떻게 살다 죽었는지는 몰라도 보나마나 장례를 치러 줄 가족도 없을 테니 뒤처리를 부담할지 모를 일이었다. 그는 예약 시간에 맞춰 정우와 함께 김포공항으로 출발했다.

"모처럼 너와 여행을 하니 마음이 편하구나."

성재는 비행기에 오르자 마음이 달뜨기 시작한다. 정우가 지금은 여행길이 아니고 호상길이라고 하자, 망자는 솜털처럼 가벼운 마음으로 참석해야 반가워할 거라며 허허 웃는다. 그 웃음소리가 얼마나 큰지 주위에 앉아 있는 승객들의 시선이 모두 쏠린다.

정우는 아버지의 그 느닷없는 웃음이 자연스러운 웃음인지 일부러 꾸며낸 웃음인지 궁금하지만 전혀 판별할 수 없다. 그 궁금증을 풀어 준 사람은 아버지 자신이었다.

"그래서 하는 말인데 그 친구는 나보다 훨씬 세상을 값지게 살다간 거다. 생활이 좀 구차하긴 했어도 사는 방도가 나와 달랐어."

"방도가 다르다뇨?"

"내가 뜻뜻미지근하게 살았다면 그 사람은 활달하게 살았지."

"무슨 일을 하셨는데요?"

"뚜렷한 직업은 없었다."

"그럼 가족들이 고생했겠군요."

"가족도 없어. 그 한 가지만 봐도 보통 사람이 아니잖니. 하나님이 이뻐하실 죄인이지."

"교인이셨나요?"

"교인보다 더 독실한 신자였어."

"교인이면 교인이지 독실한 신자라뇨?"

"요샌 숫자만 많다 뿐이지 독실한 교인이 몇이나 되겠니."

정우는 아버지의 말이 농담처럼 들린다. 교인이면 교인이지 교인보다 더 독실한 신자란 말이 어폐가 있는 데다, 하나님이 이뻐하실 죄인이란 말이 한갓 기인에 불과한 사람을 듣기 좋도록 표현한 게 아닌가 싶다. 그리고 활달하게 살았다는 말은 자칫 방종하게 살았다는 의미도 될 터이니 아무튼 어머니의 장례식 때 보았던 순박한 얼굴과는 거리가 먼 이미지다. 그 이미지대로라면 농삿일이든 품팔이든 한 가지 일에만 착실히 매달려서 다복한 가정을 이룰 사람인데, 장가도 안 가고 평생 혼자 늙었다면 세상살이에 적응하지 못하는 외골수이거나 아니면 어디가 모자라는 사람임에 틀림없다. 그런데 그런 사람이 활달하게 살았다니, 정우는 차윤수란 사람한테 더욱 관심이 쏠린다.

어머니 삼우제 때 만난 후로 아버지는 지금까지 그에 대한 말을 한 마디도 비친 적이 없다. 그래도 왠지 그에게 자꾸 관심이 끌렸던 것인데 아버지의 행동부터가 그런 관심을 끌게 했던 것이다. 형제들에게까지 부고를 내지 않았으면서 유독 그에게만 연락한 점, 친구 사이 이상으로 다르게 보인 점, 그를 바라보는 아버지의 슬픈 눈빛, 긍휼의 눈빛, 그 모두가 예사롭지 않았다.

하지만 정우는 차윤수에 대한 궁금증을 털끝만큼도 내비칠 수 없었다. 차라리 그에게 관심이 없었다면 자세히 캐 볼 수도 있었겠지만 관심이 쏠렸기에 일부러 내색할 수 없는 노릇이었다. 만약 내색했다가 그가 자기의 생부로 밝혀질 경우 가정은 뿌리째 흔들릴 판이었다. 부모와 자기와의 거리, 특히 아버지와의 거리는 어떤 장치로도 좁혀질 수 없었다. 생부가 따로 있다는 것과 생부를 아버지 앞에서 직접 만나 본 것과는 간격의 폭이 비교될 수 없다. 간격, 그렇다. 정우는 아버지에게 이렇게 묻고 싶었다.

아버지, 차윤수 씨는 지금 어디에 살고 있습니까? 그전에는 어디서 살았습니까? 주민등록지는 어딥니까? 연고지는 어딥니까? 가족은 왜 없습니까? 어떻게 벌어먹고 살았습니까? 그분의 친척은 누굽니까? 누구를 만나야 그분의 과거를 캘 수 있습니까? 그분의 혈액형을 알 수 있습니까? 그분을 만나 며칠이고 몇 달이고 단둘이 얘기할 수 있습니까?

하지만 그런 질문을 던질 수는 없다. 아버지와 늘 함께 먹고 웃고 말하면서도 그런 질문만은 삼킬 수밖에 없는 간격. 정우는 아버지에게 또 이렇게 묻고 싶었다.

아버지, 아버지는 왜 그분을 좋아하십니까? 왜 그분을 추켜세웁니까? 그분의 무엇이 그처럼 맘에 드십니까? 그분은 누구를 사랑한 적 있습니까? 아버지는 진정으로 그분을 좋아하십니까? 그분이 어머니를 사랑했다면 그래도 그분을 좋아하겠습니까? 그분은 뭘 추구하며 살았습니까? 그분은 허무주의잡니까, 현실주의잡니까? 그분은 정말 신을 믿었습니까?

그런 질문은 더더욱 던질 수 없는 노릇이었다. 하기야 궁금증을 푼들 무슨 소용이겠는가. 정우는 그 사람에 대한 궁금증을 버리고도 싶었다. 눈을 감았다. 그때 정우의 귓가에 잔잔한 목소리가 번진다.

"그분에 대해 알고 싶으냐?"

"그분요?"

정우는 일부러 시치미를 뗀다.

"그 친구는 가끔 주책없는 짓을 저질렀니라. 눈물 탓이었어."

"……"

"눈물이 흔하다는 게 아니라 우는 장소가 애매했던 거야. 남들이 울 수 없는 곳에서 왕머구리처럼 울 때가 있었거든."

성재는 그쯤에서 입을 다문다. 더 자세한 예를 들 수가 없다. 그 정도의 윤곽을 드러낸 것만 해도 큰 모험이다. 성재의 등골에 진땀이 흐른다. 성재는 정우가 더 캐기 전에 말을 둘러댄다.

"그 친구는 감정의 진폭이 컸어. 십자가 앞에서 욕을 퍼대기도 하고 무릎을 꿇고 홍수 같은 눈물을 쏟기도 했지. 가늠하기 힘든 친구였어. 안전벨트 매라는 불이 켜진 걸 보니 벌써 김해 상공에 이른 모양이구나. 우리는 이륙 후 여태 안전벨트를 풀지 않았으니 맬 필요도 없겠지. 역시 우리나라는 좁은 땅야. 잠시라도 너른 땅에 살아 봤으면 좋겠다. 진 선생은 호주 땅 어디에 묻혔는지…… 벌써 팔 년이 지났구나."

"묻히시다뇨? 진 선생님이 돌아가셨나요?"

"틀림없이 술독으로 돌아가셨을 거다. 아니면……."

"아니면요?"

"제비갈매기처럼 날다가 태평양에 몸을 날렸겠지."

여객기가 김해공항에 착륙했을 때는 해가 중천에 떠오르고 있었다. 택시를 잡아 탄 그들은 부고 겉봉에 적힌 주소를 기사에게 내민다. 아파트 단지를 지나 단독주택지로 접어들자 전신주에 상가 표지가 찢어진 채 붙어 있고, 화살표가 가리키는 골목을 돌자 자그마한 슈퍼가 나타난다. 그 가게에서 상가를 물으니 바로 앞집을 가리킨다. 낡은 벽돌집이다. 집은 허름해도 대지는 넓어 보이고 조립식으로 지은 별채 하나가 안채에 붙어 있다. 예상은 했지만 상가치곤 너무 조용하고 대문에는 근조등마저 걸려 있지 않다. 성재가 가게 주인에게 그 이유를 물으니 열흘 전쯤에 초상을 치렀다고 한다.

열흘 전에?

그제야 성재는 봉투 속에서 다시 부고를 꺼내 읽어 본다. 그러고 보니 사망 소식만 적혀 있을 뿐 발인 날짜나 장소 등은 생략한 채 부고도 인쇄물이 아니라 컴퓨터로 뺀 글이다. 낭패감이 든 성재는 대문 가까이 다가가 부저를 누른다. 울안에서는 아이들 떠드는 소리가 들리고, 이윽고 대문이 열리며 예쁘장한 아가씨가 나타난다. 너른 마당에서는 스물댓 명의 아이들이 뛰놀고 있다.

"혹시 윤성재 회장님이 아니신지요?"

성재가 말을 꺼내기 전에 아가씨가 먼저 허리를 숙이며 묻는다. 대답을 준 성재가 아가씨의 신분을 묻자 그녀는 상냥한 미소를 지으며, 아이들을 지도하는 선생이라고 밝히고 사모님이 곧 돌아오실 거라는 말을 덧붙인다. 사모님? 그럼 차윤수가 결혼했단 말인가?

"사모님 말씀이 오늘 중으로 윤 회장님께서 오실 테니 잘 모시라고 했어요. 그럼 안으로 들어가 쉬시죠."

아가씨가 공손한 자세로 안내한다. 겉보기와는 달리 집안은 깔끔하고 책장이나 소파 같은 가구들이 잘 정돈되어 있다. 거실을 휘 둘러본 성재가 이 집이 보육원이냐고 묻자 아가씨는 자상하게 대답한다. 말만 보육원이지 죽은 원장이 오갈데없는 애들을 모아서 돌봐줬다고 한다.

"운영비는 원장님이 직접 폐품을 수집해 파시거나 사모님이 아는 곳을 찾아다니며 비용을 조달하셨어요. 늘 형편이 어렵고 그나마 원장님이 돌아가시는 바람에 요즘은 사모님이 직접 폐품을 모으시고 있지만 앞일이 막막하죠."

"보나마나 선생도 무료 봉사자겠군?"

성재가 묻자 아가씨는 미소를 지으며 얼굴을 돌린다. 그녀의 넉넉한 미소 속에는 윤 회장님이 오셨으니 이제 살길이 열렸습니다, 하는 안심이 깃들어 있다.

성재는 입장이 난처해진다. 흔히 텔레비전이나 신문에서 보고 읽은 봉사자들의 애쓰는 모습이 연상되었지만 그런 희생에서는 별로 감동이 안 느껴진 게 사실이다. 그런 건 자기와 하등 상관없는 남들만의 수고이고 보람일 따름이다. 그런데 오늘 그 탐탁찮은 장소에 와 있다니, 처지가 무척 난처하다.

성재는 차윤수의 초상치레와는 아무 상관없는, 그 장소가 너무 생경하고 어색하다. 차윤수의 주검이 있는 곳에 서둘러 온 것은 그와 겪어온 추억과 낭만과 슬픔을 느끼고, 그의 마지막 뒤처리를 담당하고 싶어서인데 하필 적선이 요구되는 그런 개운찮은 곳이라니.

아가씨가 끓여온 커피를 마시며 반시간쯤 앉아 있었을까, 대문이 열리며 늙수그레한 노파가 사내아이 네댓 명을 데리고 마당으로 들어선다. 노파와 아이들은 작업복 차림인 데다 모두 지쳐 있는데, 마당에 들어서자 아이들은 조립식 건물 쪽으로 걸어가고 노파는 곧장 안채 쪽으로 걸어온다.

아가씨가 현관문을 열고 나가며 그 노파를 사모님이라고 부른다. 그제야 성재는 예의를 갖추려고 소파에서 일어나 현관 쪽으로 다가오는 노파의 얼굴을 살핀다. 차림새가 후줄근하고 얼굴에 때가 묻은 그 노파의 얼굴이 어쩐지 낯익어 보인다. 노파는 미소를 지으며 현관으로 들어선다. 순간 성재의 시선이 파르르 떨린다.

이럴 수가…….

호주에서 죽은 여자가 여기에 있다니, 성재는 꿈을 꾸는 것만 같다. 입이 열리지 않아 멍하니 서 있기만 한다. 그러자 노파가 먼저 입을 연다.

"올 줄 알았어. 너는 착하니까."

노파는 성재와 정우의 손을 동시에 잡는다.

"네가 미쳤구나."

성재의 첫마디다. 그는 두 손으로 화경의 헝클어진 머리칼을 쓸어주며 말을 잇는다.

"네 얼굴이 더 예뻐졌어. 더 젊어지고."

"거짓말 마. 더 추해졌지 뭐가 예뻐졌니."

화경이 얼굴을 환하게 연다. 그리고 그 미소가 지워진 얼굴에 눈물이 맺힌다. 거실에는 먹장구름 같은 침묵이 흐르고 간간이 흐느낌 소리만 들릴 뿐이다. 성재와 화경은 아직도 잡은 손을 놓지 않고 있다. 정우와 아가씨는 나란히 서서 두 노인의 흐느끼는 모습만 바라본다.

회한의 세월을 씹고 계시겠지…….

어느새 가을 해가 산 너머로 지고 있다.

성재와 화경이 차윤수에 대한 이야기를 나눈 것은 저녁을 먹고 난 뒤다. 정우는 아가씨와 함께 아이들 방에서 어울리고 있다. 밤이 깊어질수록 거실은 아늑한 분위기를 풍긴다.

몸을 씻고 이브닝드레스를 차려입은 화경의 모습은 팔 년 전과 마찬가지로 아름답다. 꽃에 비유하면 백합이랄까. 그녀의 미모와 몸매는 나이를 넘어 그 우아함을 더해 간다.

"호주에서 너한테 편지를 보내고 이태가 지나서 귀국했지."

"그럼 귀국하자 바로 윤수 씨와 동거한 셈이군."

"그 얘긴 그만하고…… 교통사고였어. 칠십 넘은 노인이 너무 열심히 뛰다가 그랬다구."

차윤수는 밤늦게 고물을 잔뜩 싣고 돌아오다가 충돌사고로 변을 당했으며, 장례식은 그가 다니던 이웃 교회에서 영구차를 대고 공원묘지까지 장만해서 잘 치렀다고 한다.

"그 당시 부고를 낼까 하다가……."

화경은 말끝을 흐린다. 아마 상복 입은 자기의 모습을 보여주기 싫어서일 거라고 성재는 짐작한다. 하기야 성재 역시 보기 좋은 모습은 아닐 거라고 생각하니 그때 부고를 내지 않은 화경의 배려가 고맙기만 하다.

그럼 이제야 부고를 낸 까닭이 뭘까? 차마 대놓고 물어볼 수는 없지만 보육원 운영에 협조해 달라는 게 이유일지 모를 일이었다. 하지만 성재는 화경이 호주로 떠나기 전 자기의 성의를 일언지하에 물리친 기억이 떠오르자 함부로 협조 의사를 꺼내지 못한다. 물론 지금의 경우는 명분이 서는 일이지만 조심스럽긴 마찬가지다.

밤이 깊어지자 정우와 함께 거실로 돌아온 아가씨가 잠자리 걱정을 한다. 성재는 밖으로 나가 호텔에 투숙하고 싶지만 화경에게 눈치가 보여 처분만 기다리는데 화경이 먼저 호텔 투숙을 제의한다. 그러자 정우가 나서서 집안 아무 데서나 자고 싶다며 외박을 거부한다. 아가씨도 잽싸게 정우의 말을 거든다.

"사모님이 제 방에서 함께 주무시면 되죠."

안방을 손님에게 내주자는 제안이다.

"나도 그러고는 싶다만 윤 회장님이 까다로운 분이시라 짐짓 그래 봤니라."

화경이 미소 띤 얼굴로 아가씨에게 대꾸하자 성재가 농담을 던진다.

"아냐. 사모님 말씀은 거짓말이야. 나처럼 털털한 사람은 없네. 털털한 사람이니까 사모님처럼 못생긴 여자를 좋아했지. 물론 철없는 시절이었지만."

"학창 시절보다 나중에 더 사모하셨다는데요?"

아가씨가 웃으며 말한다.

"사모님이 그런 말을 하셨는가?"

"아뇨. 돌아가신 원장님이 그러셨어요."

"내가 차 집사한테 네 얘길 자주 했지."

화경이 미소를 흘린다.

"차 집사가 질투하면 어쩌게?"

"그이가 네 얘길 더 재밌어 했는걸. 성재란 이름만 들썩여도 귀를 쫑긋 세웠거든?"

"역시 너는 미친 여자야."

그때 정우가 미소를 지으며 고개를 돌린다. 벽시계의 시침이 자정을 넘긴 지 오래다. 화경과 아가씨가 안방에 두 사람의 잠자리를 보고 나서 건넌방으로 들어간다. 성재는 정우를 먼저 잠자리에 들게 한 후 혼자 거실 소파에 앉아 이모저모로 생각해 본다.

그처럼 결혼을 거부해 온 화경이 어째서 차윤수와 함께 지냈을까? 젊어서 남편을 여읜 후로 숱한 상류층 남자들의 유혹을 뿌리친 여자가 아닌가? 더구나 호주로 떠난 사람이 이민생활까지 마다하고 그런 파격적인 일을 저질렀다니, 사랑 때문일까? 아니면 동정? 모험?

성재가 그런 생각에 잠겨 있을 때다. 화경이 잠옷바람인 채 주방으로 들어가 맥주 캔 두 개를 챙겨온다.

"나도 잠이 안 와서 술 한 잔 마시려고 나왔어."

"아직도 술을 많이 하니?"

"윤수 씨와 함께 지낸 후론 많이 줄었어. 그이가 술을 끊었거든."

"왜 귀국할 맘이 생겼던 거야?"

"막상 떠나고 보니 일 년을 넘기기가 힘들었지. 외로움 때문이 아니라 내가 사업할 사람도 아니고, 그렇다고 아무하고나 어울릴 체질도 아니고, 그때 윤수 씨한테서 간절한 편지가 왔어. 자기 일을 도와달라구. 나는 보람된 일이구나 싶었지. 죽음을 맞이하는데 적합한 일거리로 여긴 거야. 또 호주로 떠나기 전 그의 인간 됨됨이가 내 마음을 흔들었던 게 사실이구. 아름다움에서 아름다움을 찾기조차 힘든 세상인데 그만한 인간을 만나기도 쉽잖찮아."

"잘했다. 정말 잘했어."

"네 입에서 잘못했다는 말 나온 적 있니? 속으론 욕을 퍼댈 텐데 잘했다구?"

"진심이야. 정말 축복할 일이야. 솔직히 네가 돈 많은 사람이나 권력 있는 사람한테 시집갔다면 기분이 나쁘겠지만, 역시 너다운 선택이었어. 정말 기뻐."

성재가 화경의 손을 잡아준다. 그녀의 손이 따스하다. 화경이 캔을 따서 하나는 성재 앞으로 내밀고 하나는 자기가 쥔다.

"오랜만에 대작하는군."

성재가 맥주 캔을 화경의 캔에 부딪치자 그녀가 조용히 미소를 짓는다. 오랜만에 보는 그녀의 우아한 웃음이다. 나비와 백합과 영원과 죽음을 한데 아우른 신비한 웃음. 안개 낀 숲속처럼 사위스럽기마저 한 웃음. 성재는 그녀의 귀 가까이로 얼굴을 내밀며 속삭인다.

"네 그 미소는 아직도 살아 있구나. 내 영혼을 뒤틀던 미소였는데……."

이튿날 아침 일찍 잠을 깬 정우는 늦잠에 빠진 아버지의 자리를 피해 방을 빠져나온다. 그는 아이들이 뛰놀던 마당에서 맨손체조로 몸을 풀고 김장 배추가 우부룩이 쌓인 마당가로 걸어가 담배를 피운다. 배추 더미에서는 안개 같은 김이 스멀스멀 피어오른다.

"여기저기서 얻어온 배추야. 오늘 중으로 절이지 않으면 썩어."

깜짝 놀란 정우가 뒤를 돌아본다. 화경이 미소를 머금은 채 걸어오고 있다. 정우가 얼른 담배를 감추며 아침 인사를 하자 그녀는 곁으로 다가와 정우의 손을 잡아준다.

"잠자리가 불편했지? 아버지는 늦게 주무셔서 아직 자고 계실걸. 정우가 함께 와서 너무 기뻐."

"실은 제가 아버지를 대신해 오고 싶었어요. 요즘 아버지 건강이 좋지 않아서 먼 여행은 걱정되거든요. 하지만 아버지가 여기에 안 오고 배길 분이세요?"

"참 효자구나. 정우 모습이 너무 자랑스러워. 회사도 정우가 맡았다면서?"

"그렇습니다만, 너무 서툴러요. 종조부님과 아버지한테서 운영을 배워가며 나름대로 노력하고 있어요."

"아빠가 세상을 등진 사람 같지만 안목은 밝은 편이시지. 옛날 학창 시절에 경제과를 지망한다기에 돈벌레가 될 거냐고 놀려준 적이 있느니라."

화경은 고개를 젖혀 뿌연 하늘을 쳐다보고 나서 말을 잇는다.

"아버지와 나는 악연이었어. 성격도 아주 다른데 그런 사람과 거의 한평생을 어울려 지낸 게 아무래도 이상해. 네 아버지가 뭐가 매력 있다구. 지금 생각하면 참 한심한 세월이었어."

"한심한 게 아니실 겁니다. 선생님은 아버지 같은 분과 오래 지내셨기에 원장님 같은 분을 만나셨을 겁니다."

"그게 뭔 소리냐?"

"제가 볼 때 돌아가신 원장님 같은 분은 세상을 험하게 사셨을 것 같아요. 그런 분에게 감동을 안겨주신 분이 바로 아버지시죠. 아버지가 아니시면 누가 그분을 감동시키겠어요."

"감동시키다니?"

"제 추측일 뿐입니다."

"추측?"

"예. 추측이죠. 아버지 같은 성정으로 봐서 그러셨을 거예요."

"……"

"아버지는 솔직한 분이라, 그분에 대한 비밀을 저한테 말씀해 주실 텐데, 아직 구체적으로 거론하신 적이 없어요. 언젠가 아버지가 이런 말씀을 하셨죠. 아무 때든 널 낳으신 분을 만나야 한다. 그런 말씀을 하신 아버지가 그분에 대해 말을 아끼시는 걸 보면…… 가장 절친한 친구시라면서 제가 단 한번밖에 뵌 적이 없을 정도로 두 분은 교류가 없으셨죠. 심지어 그분이 돌아가신 것도 모르시고……"

"……"

"암튼 아버지는 남한텐 감동을 주셨으면서 그만한 감동을 받아 보지 못했어요. 가여운 분이시죠. 어머니나 진 선생님한테서도 마찬가지고요."

"마찬가지라니?"

"어머니나 선생님이나 아버지께 감동을 안 주셨잖아요?"

정우의 말이 화경의 가슴을 친다.

"너한테 받은 감동보다 더 큰 감동이 어딨겠느냐. 너는 세상에 둘도 없는 효자다. 아버지는 너한테 그런 감동을 받고 싶어 인생을 걸고 사셨잖니. 네 아버지는 우리의 감동쯤은 안중에도 없었어. 정말 큰 걸 노리신 분이지. 그러니까 너 같은 큰 효자를 두신 거구."

"아네요. 저는 아버지를 예의로 대했을 뿐예요. 제 진정한 애정은 다른 분한테 쏠려 있었죠. 어머니나 진 선생님처럼요. 그래서 아버진 불쌍하신 분예요."

"그게 뭔 소리냐? 네 엄마와 내가 아버지한테 어쨌다는 거지?"

"두 분께서는 아버지를 진정으로 사랑하신 적 없잖아요."

"어째서 그렇게 생각하지?"

"저도 중년 나입니다. 어찌 지난 일을 해석할 줄 모르겠어요."

"그건 네가 잘못 안 거야. 엄마는 네 아빠를 지극히 사랑했어. 나한테는 네 아빠를 사랑하지 않는다고 말했지만 그게 아녔어. 물론 나야 다르지. 나야말로 네 아버지 같은 사람을 사랑할 체질이 아냐. 네 아버지는 그냥 좋은 사람일뿐이었어. 토질이 좋은 땅이랄까. 모든 곡식이 잘 자라는 그런 토질. 하지만 나는 계곡이 거칠고 눈보라치고 사막처럼 삭막한 땅을 좋아하지. 그런 곳에서만 미칠 수 있거든. 미쳐야 사는 맛이 생기구."

"그래요. 맞아요. 어머니나 선생님이나 아버지를 휴식처로 여겼을 뿐이죠."

"휴식처? 마땅한 비유 같구나. 하지만 그 휴식처가 너무 좋다 보니 다른 남자는 모두 시시했던 거지."

"아버지의 어떤 점이 좋으셨나요?"

"그런 것도 대답해야 되니? 내가 영락없이 문초를 당하는 죄수 같구나. 하여튼 대답은 해 주마. 언젠가 네 엄마가 이런 말을 한 적이 있니라. 내가 왜 정우아빠를 좋아하는 줄 아니? 이유는 다섯 가지야. 첫째는 착하고, 정직하고, 인정 많고, 둘째는 정우아빠를 보고 있으면 슬픔이 느껴지고, 셋째는 어릿광대처럼 철없어 보이고, 넷째는 외모가 곱

고, 다섯째는 조용히 숨어사는 체질이고, 그랬니라. 네 엄마는 그중에
서도 마지막 조건을 가장 선호했어.”

“한 가지만 더 묻겠어요.”

“말해 보렴.”

“어머니가 돌아가시자 왜 아버지와 헤어지신 거죠?”

“그럼 나보고 진짜 창녀가 되란 말이냐?”

화경이 명랑하게 웃는다. 함께 따라 웃고 난 정우는 갑자기 정색을
하며 화경을 똑바로 바라본다.

“제 어머니가 돼주세요. 효자가 되겠습니다. 어머니도 그걸 원하셨
어요.”

얼굴이 빨개진 화경은 호주머니에서 담배를 뒤진다. 정우가 얼른
담배를 꺼내주고 라이터를 켜대자 몇 모금을 연거푸 빨아 훅훅 내뿜
는다.

“너는 담배를 끊도록 해라. 건강에 아주 나쁘니까.”

“허락하시는 거죠?”

“네 성질이 눅눅한 줄 알았는데…….”

“허락하시는 거죠? 제 어머니가 돼주시는 거죠?”

“금방 서방 죽은 과부한테 시집가라고 졸라대다니. 그런 실례가 어
딨니.”

“아버지를 곧 여기 보육원으로 모시겠어요. 만날 어머니 산소에 누
워 계신 모습이 보기 싫어요. 아마 호주로 떠난 애인이 보고 싶으셔서
그랬을 거예요.”

“헛소리 말고 어서 떠날 채비나 해라. 우리도 배추를 저려야 되니까 아침 먹고 일찍 떠나도록 해.”

화경은 담배 한 모금을 깊이 빨아 하늘에 대고 훅 내뿜는다. 정우는 그녀의 담배 쥔 손을 살며시 잡아 손가락 사이에 낀 담배 개비를 빼낸다.

“담배는 건강에 나빠요.”

정우는 아까 화경이 한 말을 되뇌이며 손을 다시 잡는다.

“어머니, 부디 제 효도를 받아주세요.”

화경은 고개를 들어 하늘을 바라본다. 귀는 남쪽을 향해 열어둔 채였다. 태평양 건너 어디에선가 제비갈매기 소리가 들려올 것만 같다.

"나는 인간이 아닌 괴물을 잉태하고 싶었어."
인간적인 삶이 얼마나 지루한지를 일깨워주는 대목이다.